웃는
동안

윤성희는 1973년 경기도 수원에서 태어났다. 1999년 『동아일보』 신춘문예에 단편소설 「레고로 만든 집」이 당선되어 작품 활동을 시작했다. 소설집 『레고로 만든 집』 『거기, 당신?』 『감기』와 장편소설 『구경꾼들』이 있다. 현대문학상, 올해의 예술상, 이수문학상, 황순원문학상을 수상했다.

윤성희 소설집
웃는 동안

초판 1쇄 발행 2011년 12월 8일
초판 6쇄 발행 2024년 2월 27일

지은이 윤성희
펴낸이 이광호
펴낸곳 (주)**문학과지성사**
등록번호 제1993-000098호
주소 04034 서울 마포구 잔다리로7길 18(서교동 377-20)
전화 02) 338-7224
팩스 02) 323-4180(편집), 02) 338-7221(영업)
전자우편 moonji@moonji.com
홈페이지 www.moonji.com

ⓒ 윤성희, 2011. Printed in Seoul, Korea
ISBN 978-89-320-2255-0

이 책의 판권은 지은이와 (주)문학과지성사에 있습니다.
양측의 서면 동의 없는 무단 전재 및 복제를 금합니다.

웃는 동안

윤성희 소설집

문학과지성사
2011

차례

어쩌면　7
매일매일 초승달　35
웃는 동안　65
공기 없는 밤　93
부메랑　121
눈사람　149
5초 후에　175
소년은 담 위를 거닐고　201
구름판　227
느린 공, 더 느린 공, 아주 느린 공　255

해설 영원히 우연적인 것이 기적을 구원한다_강동호　282
작가의 말　307

멤버 소개

 우리들이 마지막으로 먹은 것은 죠스바였어. 설악산으로 수학여행을 가던 버스 안에서였지. 반 아이들이 앞에서부터 한 명씩 노래를 부르기 시작하자 압정은 끔찍하다는 말을 열 번도 더 내뱉었어. 왜 압정이냐고? 머리가 아주 크거든. "나는 자는 척해야겠다." 압정 옆에 앉은 라디오가 의자 등받이 조절 버튼을 누르면서 말했어. 그러자 압정의 의자가 뒤로 젖혀졌지. "라디오, 이건 내 의자야. 넌 저쪽 걸 눌러야지." "알았어. 너도 잠이나 자." 라디오가 잠바를 꺼내 압정의 무릎을 덮어주었어. 라디오는 밤마다 라디오를 들어. 어머니 유품인데 주파수 맞추는 버튼이 고장 났다고 해. 그 라디오는 60년도 더 된 거야. 딸에게서 딸로 물림 되어온 것이지. 그게 작동하냐고? 라디오의 말에 의하면 아직도 잘 나온다네. 듣는 사람이 주파수를 맞출 수가 없는 게 흠이지만. "내 라디오는 스스로 방송을 선택해." 라디오는 그렇게 말했어. "어제는 이탈리아 방송이 나왔어. 세 시간 내내 오페라만 틀어주더라." 라디오는 학교에 오면 전날 들었던 방송 이야기를 하곤 했어. 그럴 때마다 압정은 라디오의 손을 잡고는 라디오의 머리를 때렸지. "이 고장 난 라디오야!" 우리들은 같이 밥을 먹는 사이야. 학기 초에, 어쩌다 보니까 급식 시간에 같은 자리에 앉게 되었어. 그리고 그날 이후로 우리들은 붙어 다녔지. 우리 네 명의 공통점은 친구들 사귀는 일에 별다른 노력을 하지 않는다는 거야. 다른 애들이라고 뭐 다르겠어. 급식 시간에 다른 자리에 앉았다면 아마 다른 친구가 생겼겠지. 더 근사한 친구들로 말이야. 어느새 반 아이들의 절반 이상이 노래를 불렀어. 마이크가 뒤쪽으로 넘어오자 거울의 얼굴이 창백해지기 시작했지. "너 솔직히 말해. 오줌 마렵지?" 내가 물었어. 거울이 응, 하고 대답했어. 거울은 긴장을 하면 오줌 마려운 걸 참지 못해. 음악 실기 시험을 보던 날, 노래 부르다 오줌이 마려울지 모른다며 조카 기저귀를 차고 오기도 했거든. 거울은 우리 반에서 노래를 가장 못 부르는 아이일 거야. 참, 거울이라고 하니까 다들 너무 자주 거울을 봤기 때문에 붙여진 별명이라고 생각하더라. 그 반대야. 도대체 거울이란 걸 보는 건지. 한번은 이마에 죽은 모기를 붙이고 왔더라니까.

짐작했겠지만, 그래, 사실 거울은 좀 멍청해. "노래 부르지 마. 나도 안 부를 거야." 나는 두 손을 가랑이 사이에 넣고는 어쩔 줄 몰라 하는 거울에게 말했어. 그때 자는 척하고 있던 라디오가 갑자기 일어나 소리쳤지. "선생님 오줌 마렵대요. 곧 쌀 것 같아요." 담임이 빈 페트병을 흔들면서 말했어. "싸라." "선생님. 우린 여자예요." 버스에 있던 아이들이 동시에 외쳤지. 버스가 휴게소에 들어서자 거울은 허리띠를 풀었어. 그리고 버스 문이 열리자마자 달리기 시작했지. "하드 사와." 달리는 거울의 뒤통수에 대고 라디오가 소리쳤어. 그 와중에도 거울은 응, 이라고 큰 소리로 대답했지.

보라색 입술을 갖게 된 사연

거울은 죠스바를 사왔어. "난 스크류바가 먹고 싶어." "난 브라보콘." "난 돼지바." 우리들은 각자 먹고 싶은 게 달랐어. "내가 다 먹을 거야." 거울은 죠스바 포장을 뜯더니 침을 바르기 시작했어. "문제 하나. 거울의 마음은 몇 제곱미터?" 압정이 말하자 나와 라디오가 재빨리 손을 들었지. "삐. 3만 제곱미터입니다." 그제야 거울은 침으로 범벅이 된 죠스바를 우리들에게 건네주었어. 죠스바를 먹은 다음 나는 압정에게 내 혓바닥을 보여주었어. 압정도 라디오에게 혓바닥을 보여주었지. "니들은 자신들이 썩 괜찮은 놈이라고 생각하지? 내가 보기에 아니야." 거울은 낄낄대는 우리들을 한심하게 바라봤어. 반 아이들이 다시 노래를 부르기 시작했고 나는 잠을 자는 척하기 위해 얼른 눈을 감았지. 꿈속에서 나는 막내 고모를 만났어. 북 치는 원숭이 인형을 사주었던 고모였는데, 친척들 말에 의하면 내가 그 고모를 가장 많이 닮았다고 해. 나는 엄마가 뜨개질을 해서 만들어준 붉은색 망토를 입고 있었어. 내가 열 살 때 가장 좋아했던 옷이야. "그동안 어디 있었어요?" 고모는 친구들과 놀이동산에 갔다가 눈이 내리지 않는 나라에서 온 마술사와 사랑에 빠졌어. 마술사는 장모의 마음을 얻기 위해 동네 사람들을 불러놓고 마술쇼를 하기도 했지. 천 원짜리를 만 원짜리로 바꾸자 증조할아버지가 중얼거렸어. 굶어 죽지는 않겠구먼. 친척 중에서 결혼을 반대하지 않은 유일한 분이 바로 증조할아버지야. 고모는 마술사를 따라 눈이 내리지 않는다는 나라로 도망을 갔지. 마술사가 카드를 맞출 때마다 아이들이 박수를 쳤어. 나는 박수를 치지 않았지. "저건 다 사기야." 마술사가 모자를 벗어 나에게 씌워주었어. "우린 곧 만날 거다." 마술사가 말했어. 모자는 너무 컸고, 그래서, 금방 내 얼굴을 덮어버렸어. "머리 좀 자주 감아요. 냄새나요." 내 말은 모자 밖으로 새어 나가지 않았지. 그때 누군가 내 귀에 대고 이렇게 속삭였어. "일어나, 얼른." 마술사의 모자를 벗자, 라디오와 압정과 거울이 나를 내려다

보고 있었어. "뭐야?" 나는 더 많은 걸 묻고 싶었지만 더 이상 말을 할 수가 없었어. 갑자기 라디오가 내 입을 막았거든. 압정과 거울이 양쪽에서 팔짱을 끼고는 나를 들어 올렸어. "얼른 가야 해." 거울이 말했지. 고개를 돌려 뒤를 보려 하자 라디오가 이번에는 내 눈을 가렸어. 나는 손가락 사이로 산소호흡기를 끼고 있는 누군가를 보았지. 어디서 많이 본 얼굴인데, 하고 나는 생각했어. "놀라지 마. 그건 너야." 거울이 말했어. "왜 지금 말해? 나중에 말하기로 했잖아." 압정이 거울에게 소리쳤지. "할 수 없잖아." 라디오가 눈을 가렸던 손을 치웠어. 그리고 다음과 같은 이야기를 들려주었지. 내 앞에 앉은 아이가 노래를 부르려던 참이었어. 버스가 가드레일을 들이박고 언덕 아래로 추락을 한 건. 창가에 있던 거울은 뇌진탕으로 죽었어. 그 자리에서 즉사를 했지. 다행인 건 잠을 자고 있어서 거울은 아무것도 기억하지 못한다고 해. 라디오는 노래를 부르던 아이 쪽으로 넘어졌어. 재수 없게도 마이크 줄에 목이 감겼지. 압정은 차 밑에 깔렸는데 다치지 않은 반 아이들이 힘을 합해 차를 들어 올렸어. 거울의 말에 의하면 한 20센티미터 정도는 들어 올렸다고 해. 그러다가 힘이 빠진 아이들이 버스를 놓쳤지. 그 충격으로 압정은 죽었어. "이게 다 밥도 안 처먹고 다이어트만 하는 년들 때문이야." 압정은 구조대원이 나를 싣고 가기 전까지 내내 그렇게 소리를 질렀다고 해. "그래도 너는 우리보다 일주일이나 더 살았잖아. 병원 응급실에서 널 기다리는데, 진짜, 끔찍하더라." 라디오는 이야기를 이렇게 마무리했어. 거울과 압정은 2박 3일 동안 내 팔짱을 풀지 않았어. "솔직히 말해봐. 내가 죽길 바랐어?" 내 말에 아무도 대답을 하지 않았지. 2박 3일이 지난 뒤, 팔짱을 풀면서, 압정이 말했어. "솔직히 우리만 죽으면 억울하잖아. 그리고 맨 뒷자리에 앉자고 한 사람은 너였거든." 니들은 원래 재수가 없었어, 라고 내가 대답했어. "집에 가볼 생각은, 절대, 하지 마." "니 장례식 장면을 못 보게 한 우리에게 감사해." "우린 그걸 다 겪었어." 나는 압정과 거울과 라디오의 얼굴을 향해 침을 뱉었지. 물론, 침은, 뱉어지지 않았어. 침이 뱉어지지 않자 친구들 말이 무슨 뜻인지 알 것만 같더라고. 울고 싶어도 눈물이 나지 않았을 거 아냐. 나는 친구들의 얼굴을 보면서 이렇게 물었지. "그런데 너희 입술이 왜 그래?" "너도 그래. 죽기 전에 우리 모두 죠스바를 먹었잖아." 이렇게 해서 우리들은 영원히 보라색 입술과 보라색 혓바닥을 갖게 되었어.

우리들의 사주는?

우리들은 갈 곳이 없었어. 영화에서 보던 것처럼 그렇게 자유롭게 하늘을 날아다닐 수 있는 것도 아니었지. 우리들은 얼마 전에 새로 지어진 아파트 단지로 갔어. 거기에는 라디오가 마법 양탄자라고 부르는 정자가 있었거든. 라디오는 정자 주변에 버려진 담배꽁초들을 들여다보면서 중얼거렸어. "내가 버린 게 어느 걸까?" 그러자 압정이 너 담배 피워? 하고 소리쳤지. 라디오는 종종 결석을 하곤 했는데 그럴 때마다 이 정자에 와서 놀았다고 해. 나는 그제야 그 애가 혼잣말을 많이 하는 이유를 알게 되었어. 이삿짐 트럭이 들어올 때마다 라디오는 구경을 해야 한다며 사라졌어. "텔레비전이 없어. 이상한 집인 것 같지 않아?" "그릇이 하나도 없는 집이 있어. 밥을 안 해 먹는 걸까?" "식탁이 얼마나 큰지 알아? 의자가 열두 개더라고. 도대체 식구가 몇 명일까?" 난 라디오를 따라 사람 얼굴 모양의 시계를 구경하러 갔어. 혓바닥이 시계추였는데, 혓바닥이 좌우로 움직일 때마다 눈동자도 같이 움직였어. 정자로 돌아와 나는 하루 종일 시계 흉내를 내보았지. 압정은 방 하나가 핸드백으로 가득 찬 집을 발견했어. 압정은 가방의 브랜드를 모두 알고 있더라고. 더 놀라운 건 진품과 짝퉁도 구별할 줄 알았다는 거지. "넌 이십대가 되면 아마도 명품족이 될 거야." 내가 말했어. 그때 구석에 앉아 있던 거울이 제발, 이라고 말했어. "누가 제발 이 못 좀 박아줘." 거울이 자리에서 일어나자 튀어나온 못이 보였어. "며칠 동안이나 이걸 깔고 앉아 있었는데도 엉덩이가, 안, 아파." 그 순간, 나는 거울의 입술이 보라색인 게 참 다행이라고 생각했어. 압정이 심호흡을 한번 하고 난 다음 그 큰 머리로 못을 내려쳤어. "이해가 안 돼. 난 오래 살 팔자란 말이야." 거울이 여전히 튀어나와 있는 못을 보며 말했어. "내 손금은? 이거 봐." 라디오가 손바닥을 펼쳐 우리에게 보여주었지. 생명선이 아주 길었어. 우리 중에서 사주가 가장 좋은 사람은 압정이야. 사주쟁이 말에 의하면 압정은 오십대에 이름을 날린다고 해. "난 아침밥은 한국에서 먹고, 저녁밥은 뉴욕에서 먹는, 그런 삶을 산다고 했어." 압정은 우리들 중에서 공부를 가장 잘했거든. "나는 딸만 셋을 낳는다네. 둘째 딸이 속을 썩일 거지만 그래도 무난하게 자란다고 했어." 나는 내 사주가 싫었어. 애가 세 명이라니! 지팡이를 짚은 할아버지가 정자 쪽으로 다가오고 있었어. "난 3만 원이나 주고 봤어. 유명한 점쟁이라고." "인터넷에서 5천 원이면 되는데." "정말 이 못을 박을 방법은 없을까?" 할아버지가 정자에 앉아 담배를 피우자 라디오가 재빨리 할아버지 옆으로 다가갔어. 할아버지가 라디오를 향해 담배 연기를 내뱉었지. "저절로 금연이 되네." 아무 냄새도 맡아지지 않는다며 라디오는 실망을 했어. 나는 두 손을 모으고는 기도를 했어. 그런 다음 할아버지가 세워놓은 지팡이를 살짝 건드려봤어. 손이 지팡이를 그냥 통과하더라고. "넌 아직 수련이 부족한가 보다." 압정은 가부좌를 틀고는 복식호흡을 하기 시작했어. "그런다고 될 줄 알아?" 라디오는 고개를 흔들었지. "잘 봐." 압정이 지팡이에 손을 대려는 순간 지팡이가 저절로 쓰러졌어. "봤지?" 압정이 엉덩이춤을 추었어. "바람이야." 거울이 말했지.

심심하면 안 돼!

그 후로도, 거울은 계속 튀어나온 못을 깔고 앉아 있었어. 라디오는 아마도 205동의 모든 집을 구경했을 거야. 나와 압정이 서로 머리끄덩이를 잡고 싸우는 시늉을 할 때였어. 달리 할 줄 아는 놀이가 없었거든. 거울이 엉덩이를 좌우로 흔들더니 천천히 자리에서 일어났어. "왜? 드디어 엉덩이가 아파?" 압정이 빈정거렸어. "치질이라도 생긴 거 아닐까?" 나도 한마디 했고. "나 좀 이상한 것 같아." 거울이 오른쪽 다리를 우리 앞에 내밀었어. "이럴 수가!" 라디오가 두 손으로 자신의 입을 막았어. 거울의 오른발이 보이지 않더라고. 사라졌어. 그래, 사라졌다니까. 나는 얼른 내 발을 내려다보았지. 물론 압정과 라디오도 그렇게 했어. "난 괜찮네." 거울에게 미안했지만, 나머지 셋은 안도의 한숨을 쉬었지. "이러다 전부 사라지는 게 아닐까? 그리고 오줌도 마려운 것 같아." 거울의 목소리가 떨렸어. 라디오가 이런 의견을 내놓았어. 우리들보다 먼저 죽은 사람들을 찾아가야 한다고. 그들에게 물어보면 뭔가 답이 나오지 않겠느냐고. "넌 죽으니까 똑똑해지는 것 같다." 압정이 라디오의 머리를 쓰다듬었어. "그거 욕이지?" 우리들은 응, 하고 대답했지. 생각보다 멀쩡하게 생긴 귀신들이 많아서 우린 놀랐어. 의외로 귀신처럼 생긴 사람들이 많다는 사실에 또 한 번 놀랐고. 횡단보도 앞에서 만난 귀신은 욕을 한바탕 하고 사라졌어. 아직도 우린 왜 욕을 먹었는지 모르겠어. 장님 거지 옆에서 장난을 치는 어린아이 귀신을 만났지. 동전을 셀 때마다 숫자가 줄어들자 장님은 누구 있어요, 라고 허공에 대고 소리쳤어. 우리는 아이에게 거울의 발목을 보여주었어. "왜 이런 거래요?" 아이도 모르는 눈치였지. "그럼, 물건은 어떻게 옮기는 거니?" 압정이 물었어. "반말을 해서 알려주기 싫어요." 아이는 말했어. 극장 입구에서 팔짱을 끼고 나오는 할아버지 할머니를 발견한 사람은 라디오였어. 그들은 사람들의 어깨를 밟아가며 인파를 헤쳐 나오고 있었지. "며칠 동안 아무것도 안 했지?" 거울의 다리를 본 할아버지가 말했어. "점쟁이세요? 그럼 우리 사주 좀 봐주세요." 그렇게 말했다가 나는 친구들의 구박을 엄청 받았어. "아무것도 안 하면 이렇게 돼. 천천히 사라지는 거지. 그렇게 되면 저 위로 가는 거야." 할아버지가 손가락으로 하늘을 가리켰어. 그때 옆에 있던 할머니가 할아버지의 볼에 뽀뽀를 했어. "그래서 우린 연애를 하는 거야. 이 사람이 네번째 남자야." 나는 할아버지의 부인이 귀신이 되어 찾아오는 장면을 잠시 상상해보았지. "무엇인가 해야 해. 극장에 가봐. 도서관에도 가

보고. 심지어 달리기를 하는 귀신들도 있어." 그렇게 말하고, 할아버지와 할머니는 빨간불이 켜진 횡단보도를 날아서 건너갔어. 신호등이 파란불로 바뀌자, 거울이 할아버지가 사라진 쪽으로 달리기 시작했지. "쟤 왜 저래?" "왜 파란불이 될 때까지 기다리는 거야?" "지가 아직 사람인 줄 아는 거 아냐?" 한참 후에 거울은 다시 돌아왔어. 역시 신호등이 파란불로 바뀌기를 기다린 다음. "어떻게 하면 날 수 있는지 물어봤어." 거울이 말했어. 거울 덕분에 우리는 아무리 달려도 숨을 헐떡이지 않는다는 사실을 알게 되었지. "안 알려주네. 암튼, 이제부터 우린 뭘 하지. 가만있으면 난 죽는다고." 압정이 거울의 이마를 만졌어. "이봐. 열이 있는 거 아냐. 넌 이미 죽었다고." 내가 박수를 쳤어. 물론 박수 소리는 안 났지만. "암튼, 뭔가 해야 해." 우리는 회의를 하기로 했어. 그냥 길거리에서 머리를 맞대고 할 수도 있었지만, 그래도, 명색이 회의 아니겠어. 우리는 빈 사무실을 찾아다녔지. 그리고 둥근 탁자에 둘러앉아 하나씩 의견을 내기 시작했어.

회의 결과

비 오는 날 사고 다발 지역에 가서 교통사고 구경하기. (라디오가 장마철이면 스무 건 이상 교통사고가 나는 곳을 알고 있다고 했어. "작년에 거기서 열다섯 명이나 죽었어. 뉴스에서 봤다니까." 그러자 압정이 말했어. "지금은 가을이야. 언제 장마를 기다려.") 영화배우 K와 가수 L의 스캔들이 사실인지 확인해 보기. (거울이 낸 의견이야. 그 아인 K의 광팬이거든.) 자동차 공장에 가서 자동차 조립 과정을 살펴보기. ("우~ 진짜 재미없겠다." 어찌나 요란하게 고개를 흔들던지 말한 내가 민망해지더라.) 경찰서에 가서 무섭게 생긴 경찰을 한 명 고르기. 그리고 그 경찰을 일주일 동안 따라다니기. ("화장실까지 따라가?" 거울은 죽었어도 여전히 멍청한 질문만 했어.) 고수 귀신을 찾아내 공중부양 배우기. (사람들과 같이 길을 걷는 건 힘든 일이야. 사람들이 내 발을 향해 침을 뱉을 때마다 나는 아직도 깜짝 놀라곤 해.) 학교로 돌아가 아이들과 같이 공부하기. (압정은 이럴 때보면 좀 재수가 없어. 그런 걸 의견이라고 내놓다니. 우리들 반응을 보던 압정이 얼른 수습을 했어. "웃자고 해본 소리야.") 외국에서 온 귀신들 만나보기. (그들과도 대화를 할 수 있는지 궁금했거든. 죽어서까지 서로 말이 안 통한다면 얼마나 비극이겠어.) 사람들이 줄을 서서 먹는 식당을 찾아 비결을 알아내기. (거울의 부모님은 식당을 했어. 정말 맛이 없었지. 게다가 학교를 보내야 하는 자식이 세 명이나 되었어. 라디오는 거울에게 이렇게 위로를 했어. "아마도 버스 회사에서 보상금을 받았을걸. 그 돈으로 니 동생들 공부는 시킬 수 있을 거야.") 놀이동산에 가서 롤러코스터를 하루 종일 타기. (이젠

속이 울렁거리지 않을 테니까. 게다가 이제부터 우린 뭐든 공짜 아니겠어.)

가짜 귀신이 더 무서워

 K를 찾는 일은 쉬웠어. K는 매주 수요일마다, 어느 라디오 프로그램에 고정 출연을 하고 있거든. 우리들은 지하철을 두 번 갈아탄 뒤에 방송국으로 갔지. K는 사귀는 남자 친구가 술만 마시면 자신을 때린다는 여자의 전화를 받고 있었어. K는 여자에게 이렇게 대답해주었어. "헤어지세요." 그러자 여자가 떨리는 목소리로 말했지. "하지만, 아직도, 사랑해요." 우리들은 K가 다음에 무슨 말을 할지 알고 있어. 그렇다면 평생 맞고 사시든가요, 라고 대답할 거야. 우리들은 K의 전화상담 코너를 좋아했어. K는 늘 이렇게 말하지. 헤어지세요. 경찰에 신고하세요. 당신, 바보인가요? 얼른 그녀의 집으로 달려가세요. 그리고 사랑한다고 말하세요. 마음대로 사세요. 언젠가 자살을 하고 싶다는 아이에게 그럼 죽어버리세요, 라고 대답했다가 방송에서 잘릴 뻔도 했어. 방송이 끝나자 K는 방송국 앞 포장마차에서 잔치국수를 사 먹었어. 우리는 K의 커다란 밴을 타고 일주일이나 같이 지냈지. 돌아가면서 K의 무릎에 앉아봤는데, 그러고 나서, 우리들은 많이 부끄러웠어.

영원히 십대로 남아 있어야 한다는 사실이 끔찍하게 느껴졌지. 암튼, 그래서, 알아낸 사실! 놀라지 않길 바라. K와 L은 사귀지 않아. 그런데도 K와 L은 일부러 스캔들을 냈어. 정말이야. K가 L에게 전화 통화하는 걸 다 들었거든. 사실 L은 지금 임신 중이야. 누가 아이 아빠인지는 모르겠어. K가 아무리 물어봐도 L은 그 부분에 대해서만큼은 입을 다물고 있어. 아마도 조만간 K가 아이 아빠일 것이라는 소문이 돌겠지. 무엇인가 더 많은 사연이 있을 것 같다며 거울이 조사를 해보겠다고 했어. "그럼 나중에 놀이동산에서 만나자." 거울을 남겨둔 채, 우리들은, 경찰서로 갔어. 강력 1반 반장님은 띄어쓰기가 엉망이야. 조서를 쓰는데 양쪽 검지로 타자를 치지. 강력 1반 형사들은 기괴한 살인 사건들을 조사하고 있어. 나는 반장이 사건 파일을 꺼내자, 재빨리 그 뒤로 가서, 시체들의 사진을 보았어. 시체들은 하나같이 오른손 검지를 입에 물고 있더라. 라디오가 화장실에서 형사들이 하는 이야기를 엿듣고 와서는 중요한 사실을 알아냈다며 우리에게 자랑을 했어. "내가 그냥 알려줄 것 같아? 여름방학 때 나 빼고 바닷가에 놀러 간 거 사과해." 그때 저 멀리서 엄청난 덩치의 사내가 날아오더니 라디오를 덮쳤어. "말해. 뭘 알아낸 거지?" 라디오는 사내의 얼굴을 보고는 이내 겁에 질렸어. "발자국 길이가 자그마치 40센티래요. 틀림없이 범인은 외계인이에요." 사내는 두 손을 벌려 40센티미터를 가늠해보았어. "범인은

피에로 복장을 했을 수도 있지 않을까?" 사내는 죽기 전에 경찰이었다고 해. 사내는 죽기 전에 해결한 사건보다 죽고 난 후 해결한 사건이 더 많았어. "니들은 여기서 나가. 이 경찰서는 내 구역이거든." 라디오가 사내의 가슴에 난 핏자국을 가리키면서 물었어. "갈게요. 그런데, 칼에 찔려 죽었어요? 총에 맞아 죽었어요?" 사내가 오른손 검지를 입술에 대면서 말했어. "이건 고추장이야. 회를 먹다가 심장마비로 죽었거든." 나와 라디오와 압정이 동시에 대답했어. "우린 죠스바요." 우리들은 놀이동산에 가기 전에 자동차 공장에 잠깐 들렀어. 그렇게 많은 귀신을 본 건 거기가 처음이야. "이런 재미없는 공장에 왜 귀신들이 모이는 거냐?" 압정은 도저히 이해를 할 수 없다는 표정이었어. 한 아저씨가 이렇게 말했어. "우린 평생 일만 하다 죽은 사람들이야. 여기 말고는 갈 곳이 없지." 우리들은 온통 사십대 아저씨들뿐인 공장을 얼른 나왔어. 놀이동산에 도착하자, 거울이 롤러코스터 입구에서 우리를 기다리고 있었어. "언제 왔어?" "저걸 서른 번도 더 탔어. 다신 안 탈래." "자, 어서, 말해봐." 우리들은 거울의 어깨를 주물러주는 척했지. "K와 L은 이복남매 사이야. K의 아버지가 L을 세 살 때 버렸지. K는 아버지의 명예를 지켜주고 싶어 해. 하지만 아버지를 대신해서 동생을 돌보고 싶어 하지. 이상, 이런 내용이야." 어찌나 빠른 속도로 말하는지 그 의미를 해석하는 데 한참이나 걸렸어. "우리 이모가 기잔데, 그 사실을 알려줄 수만 있다면 얼마나 좋을까?" 내가 말했어. "치사한 년." 친구들이 나를 째려봤어. 우리들은 귀신의 집에 들어갔어. 소복을 입은 처녀귀신이 천장에서 떨어지자 거울과 압정이 소리를 질렀어. 손을 잡고 있던 연인들이 귀신 인형의 머리카락을 잡고 흔들면서 깔깔거렸어. 우리는 좀 쪽팔렸어. 가짜 귀신한테 놀란 진짜 귀신이라니. 누가 알아차릴까 봐 우리는 조심스럽게 주변을 둘러보기도 했어.

공중부양의 달인

공중부양 달인을 만난 건 한 해가 저물 무렵이었어. 그사이 연쇄살인범이 잡혔어. 이삼십대 여자들이 열여덟 명이나 죽은 뒤였지. 범인은 작은 이벤트 회사를 경영하는 사장이었어. 가게 개업식 날, 피에로로 분장을 하고 아이들에게 풍선을 불어주는 일을 했지. 전직 경찰의 짐작대로였어. "죽지 않았다면 아마도 경찰청장까지 했겠다." 살인범 이야기가 사그라질 즈음에 자동차 연쇄 폭발 사고가 일어났어. 원인은 밝혀지지 않았어. 그리고 어느 고등학생이 학교 내에 탁아소를 설치해달라며 시청 앞에서 시위를 벌였지. "나는 내 아이를 화장실 쓰레기통에 버리고 싶지 않다." 이렇게 적힌 피켓을 들고서. 십대 미혼모들이 시위에 동참을 했어. 물론, 우리들도 시위를 했지. 어떤 여자는 아이를 낳아 한강에 버린 적이 있다고 고백을 하기도 했어. "그때 제 나이가 열여섯 살이었어요." 전문가라고 불리는 사람들이 매일 방송에 나와 토론을 했어. 주황색 눈이 내려 전 세계 방송국에서 앞다퉈 보도를 했어. 몇몇 종교 단체에서는 이때를 틈타 종말이 다가왔다고 선전을 하기도 했지. 그렇게 한 해가 저물어갔어. 거울은 서울의 야경을 보면서 한 해를 정리하고 싶다고 했어. "정리해봤자야. 죽었다는 사실만 새록새록 기억나겠지." 귀찮아하는 라디오를 끌고 우리는 남산타워에 갔어. 그리고 거기서 발견한 거지. 우리에게 하늘을 나는 법을 알려줄 스승님을. 할머니가 남산타워 꼭대기에서 가부좌를 틀고 앉아 있더라. "어떻게 하면 그렇게 되나요?" 우리는 소리쳤어. "비밀이야." 할머니는 우리가 내려오라고 간절히 부탁을 해도 내려오지 않았어. "굉장히 터프한 경찰 귀신이 있는데 소개시켜드릴게요." "수양딸이 되어드릴 수 있어요." "혹시, 화풀이 대상이 필요하다면, 그렇게 하세요." "외로우세요? 저희들도 그래요." 세 번 정도 폭설이 내린 다음에 할머니는 두 바퀴 반을 회전하면서 땅으로 내려왔어. "대신 조건이 있어. 나중에 부탁 하나만 들어주길." 우리들은 거수경례를 하면서 대답했지. "네."

우리를 날게 하는 말들

"각자 자기가 좋아하는 단어 하나씩 생각하기." 이것이 우리의 과제였어. 압정은 '인간 탑 쌓기'라고 했어. "부모님이 이혼 선언을 한 날이었어. 나는 텔레비전을 보고 있었지. 수백 명의 사람들이 모여 탑을 쌓고 있더라. 엄마가 미안하다, 라고 말했어. 탑의 맨 꼭대기에 서 있는 내 모습을 상상해보았지. 그걸 생각하고 있으니까 모든 게 너그러워지더라. 나는 엄마의 어깨에 두 손을 올려놓고는 이렇게 대답했어. 괜찮아요. 뭘 그런 걸 가지고 그러세요." 인간 탑 쌓기를 하는 나라가 어디였는지 생각이 날 듯 말 듯했어. 지구촌 뉴스라든지 해외 토픽 같은 프로그램에서 본 적이 있었거든. "아, 네이버가 그립다." 그러자 할머니가 물었어. "네이버가 뭐냐?" "그것도 모르세요?" "그래, 모른다. 국민학교도 못 댕겨서 그런다. 그렇다고 무시하면 죽어." 우리들은 할머니를 선생님이라고 부르기로 했어. 할머니는 몇 개 남지 않은 이를 드러내며 웃었지. "선생님이라니, 좋다." 라디오는 '라디오'라고 말했어. "에이~ 상상력이 너무 부족해." "넌 라디오밖에 모르냐?" 거울이 선생님에게 라디오의 보물 1호인 고장 난 라디오에 대해 설명을 해주었어. 물론 라디오가 자기 마음대로 주파수를 맞춘다는 이야기도. "난 믿어. 세상에 못 믿을 이야기가 어디 있겠어?" 라디오는 우리에게 왜 고장 난 라디오를 대대로 간직하고 있었는지 말하고 싶어 했지. "그 라디오가 할아버지를 죽였어." 라디오의 할아버지는 지독한 난봉꾼이었나 봐. 할아버지가 술집에 나타나면 술을 먹던 사람들이 화장실 가는 척하면서 자리를 피할 정도였다네. "그래, 술만 마시면 할머니를 엄청 팼나 봐. 할머니에게는 라디오 듣는 일이 유일한 위안이었어." 장마가 시작되던 어느 여름이었다고 해. 라디오의 할아버지는 진흙으로 범벅이 된 신발을 신은 채 안방 문을 걷어찼어. 자고 있는 마누라의 옆구리를 걷어차려는 순간, 갑자기 라디오가 켜지더니, 「신라의 달밤」이라는 노래가 나오기 시작했어. 할머니가 라디오를 집어 검은 그림자를 향해 던졌다고 해. "그래서 어떻게 되었어?" 라디오의 어깨에 앉아 이야기를 듣고 있던 선생님이 물었어. "라디오가 할아버지의 이마를 맞혔어요. 할아버지는 쓰러지면서 문지방에 머리를 부딪혔는데, 그 자리에서 죽었대요." 라디오는 더 이상 이야기를 하기 싫어 하는 눈치였어. 그래서 얼른 내가 말을 이었지. "난, 망토야." 어릴 적에 나는 빨간색 망토가 있었어. 그걸 입고 담에서 뛰어내려 다리가 부러진 적이 있었거든. 깁스를 하고 누워 있어야 했기 때문에 아버지는 내게 침대를 사주었어. 고모와 마술사 고모부가 찾아와서 마술쇼를 해주기도 했고. "나는 발자국이란 말이 좋더라." 그래서 그런지 거울은 걷는 걸 좋아해. 점심시간이면 학교 운동장을 몇 바퀴씩 돌곤 했지. "다른 이유는 없어. 난 그냥 발자국을 보면서 이 사람은 누구일까, 하고 상상하는 일이 참 좋아." 거울의 말이 끝나자 선생님은 우리보고 눈을 감고는 자신이 고른 단어를 생각하라고 했어. "자 눈 떠봐." 눈을 뜨자 선생님이 보이지 않았어. "아래를 보도록." 선생님이 말했지. "모두들 그 상태로 5분도 넘게 있었어." 거울과 라디오가 서로 껴안았어. 그사이 압정이 바닥으로 떨어졌지. 나는 허공에서 제자리뛰기를 해보았어. 그랬더니 허리에 힘이 빠지면서 땅바닥으로 굴렀어. "그렇게 쉬운 줄 알아?" 선생님이 고개를 절레절레 흔들었어.

내친김에 물건 옮기기까지

하하하! 간단해도 너무 간단했어. 그건 귀신이 되면 그냥 자동으로 생기는 능력이라나. "그럼 그렇지. 죽은 것도 억울한데 그런 능력 정도는 줘야죠. 안 그래요?" 라디오가 하늘을 향해 소리쳤지. "지랄한다, 지랄해." 선생님이 우리 뒤통수를 때렸어. "자기가 정말로 죽었다고 생각하는 귀신만 물건을 움직일 수 있어. 그건 생각보다 힘든 일이야." 우리는 선생님을 따라 약수터로 갔어. 과제는 빨간색 플라스틱 바가지 들어올리기. "네가 먼저 해봐." 우리들은 압정을 떼밀었어. 압정의 손은 바가지를 그냥 통과했어. 나도 성공하지 못했지. 당연히 성공할 것 같은 라디오도 마찬가지였고. 우리를 놀라게 한 건 거울이었어. 거울은 바가지에 물까지 채웠어. 나와 압정과 라디오는 허공에서 제자리뛰기를 백 번 하면서 이렇게 외쳤어. 나는 죽었다. 나는 죽었다. 그런 다음에 나와 라디오는 바가지를 들었어. "물도 채워봐." 거울이 말했지. 물을 채웠는데도 바가지의 무게가 느껴지지 않았어. "신기하지?" "한 손가락으로도 할 수 있겠다." 선생님은 압정에게 성공할 때까지 산에서 내려오지 말라고 했어. "이 산에는 동물 귀신도 많겠다." "성공하거든 네가 좋아하는 스크류바 훔쳐다 줄게." 우리는 먼저 하산했지.

사람을 죽이다

선생님은 우리들보고 사람을 죽여달라고 했어. "사람이요? 귀신 아니고요?" 우리들은 다시 물었지. "죽은 놈을 어떻게 또 죽여." 선생님이 말했어. 선생님은 우리에게 약속을 지키라고 했어. "사연을 듣고 죽일래? 아니면 그냥 죽일래?" 우리들은 머리를 맞대고 잠시 회의를 했어. '그냥 죽인다'에 세 표. '들어보고 죽인다'에 한 표. 우리가 간 곳은 '원조 김씨 호떡집'이라는 가게였어. 가게는 정말 지저분했어. 한쪽에 박스가 열 개도 넘게 쌓여 있었는데 귀퉁이가 터져서 곧 내용물이 쏟아질 듯했지. 쌓아놓은 밀가루 자루 위로 바퀴벌레가 지나가는 것도 보였어. 싱크대에는 거미줄이 쳐져 있더라. "설거지도 안 하나 봐." 탁자에는 10년도 더 지난 여성 잡지가 놓여 있었어. 나는 잡지를 살짝 들춰보았어. 그때 가게 안쪽에서 누구 왔어? 하는 소리가 들렸어. 우리는 소리가 나는 쪽을 보았어. 유행이 지난 커튼이 젖히더니 허리가 구부러진 할머니가 천천히 걸어 나왔어. 할머니는 기름때에 전 앞치마를 하고 있었어. 그 가게 안에서 가장 지저분한 걸 꼽으라면 난 앞치마라고 말하겠어. "뭔 소리가 났는데?" 할머니가 중얼거렸어. "가만히 둬도 곧 죽을 것 같은데." 라디오가 말했어. 할머니가 가게 문을 열고 밖을 내다보더니 다시 중얼거렸어. "뭔 소리가 나는데." 우리들은 순간 긴장했어. 할머니는 이내 졸기 시작했지. "나도 저렇게 졸아보고 싶다." 거울이 말했어. 할머니의 하루 일과는 이랬어. 새벽 5시쯤 일어나서 물에 밥을 말아 식사를 해. 반찬은 단무지밖에 없어. 그러고는 빗자루로 가게 바닥을 쓰는데 워낙 오래된 빗자루라 아무것도 쓸리지 않아. 청소를 마치고 난 뒤에 할머니는 호떡을 만들어. 늘 개수도 똑같지. 50개. 그걸 만들고 난 다음, 할머니는 오로지 졸기만 해. 때론 골목을 지나가던 아이들이 식은 호떡을 몰래 들고 가기도 해. 저녁이 되면 할머니는 만들어놓았던 호떡 중에서 두 개를 먹고 나머지는 쓰레기통에 버려. "여전히 맛있네." 호떡을 먹으면서 할머니는 중얼거리지. 아! 다섯 개 정도는 골목으로 던져. 길고양이들을 위한 거야. 가게 불은 끄지 않아. 유행이 지난 커튼 너머에는 방이 하나 있어. 저녁 9시가 넘으면 할머니는 방으로 건너가 자리에 누워. 코를 골지. 우리들은 의견이 갈라졌어. "그래도 약속이야." "어떤 귀신이 우릴 죽였다고 생각해봐. 난 차마 못 하겠어." "일주일 동안 한 번도 할머니가 세수하는 걸 못 봤어. 물론 이를 닦는 것도 못 봤지. 차라리 귀신으로서 편안하게 살 수 있도록 도와드리자." 그래서 우리들은 이렇게 합의를 보았지. 호떡집에 단 한 명이라도 손님이 오는 걸 보고 난 후에 결정하자고. "손님이 오긴 올까?" 며칠이 지난 뒤 정말 손님이 찾아왔어. 중절모를 쓴 할아버지였지. "5천 원어치 싸줘요." 할머니는 냉장고에서 반죽을 꺼내 새로 호떡을 만들기 시작했어. 할아버지가 만들어놓은 호떡을 그냥 달라고 하자 할머니가 그건 가짜 호떡이야, 라고 말했어. 호떡을 봉지에 담으면서 할머니는 혼잣말처럼 중얼거렸어. "이제 그만 와." 할아버지가 5천 원을 내밀면서 말했어. "이젠 안 올게요, 누나." 누나라는 말이 참 쓸쓸하게 들렸어. "내가 할게." 거울이 말했어. "아냐, 내가 할게." 내가 말했지. "그래 우리가 하자." 라디오와 압정이 말했어. 내가 냉장고 문을 열었다 닫았어. 거울이 밀가루를 공중에 뿌렸지. 라디오는 칼로 도마에 흠집을 내기 시작했어. 그사이 압정은 할머니의 귀에 무슨 말인가를 속삭였지. 사실 압정은 아직도 물건을 옮기지 못해. 그날 밤, 할머니는 잘 때도 벗지 않던 앞치마를 벗었어. 속옷도 갈아입었지. 옷걸이에서 분홍색 꽃이 그려진 잠옷을 꺼내 입었어. 자리에 누워 할머니는 허공에 대고 이렇게 말했어. "알았어요. 알았어요." 그러고는 이내 코를 골았지. 코 고는 소리가 점점 작아지더니 마침내 아무 소리도 들리지 않더라. 할머니가 우리 앞에 나타난 것은 새벽 무렵이었어. "죄송해요." 거울이 사과를 했어. 압정과 라디오가 얼른 선생님을 데리러 갔지. 할머니는 선생님을 알아보지 못했어. "나야. 맞은편 가게. 원조 김씨." 선생님이 말했어. "너였어? 죽어서도 만나다니." 할머니가 선생님의 멱살을 잡으려고 했지. 두 사람은 30년 동안이나 '원조 김씨' 상표를 놓고 싸웠다고 해. "그럼 결국 그것 때문에 사람을 죽인 거예요?" "이제 선생님이라고 안 부를래요, 할머니." "오해하지 마세요. 우린 꽤 착한 아이들이었어요." 그러자 두 할머니가 싸움을 멈추고 말했어. "내 이야기 좀 들어봐." 우리는 할머니들의 이야기를 들어주고 싶은 마음이 없었어. 그래서 단호하게 싫다고 했지. 할머니들은 지금도 싸우고 있을 거야. 적어도 심심하지는 않겠지.

그다지 나쁘지 않은

우리들은 교회에 갔어. 성당에도 갔지. 그리고 절에 가서 108번 절도 했어. 거울이 바다에 가고 싶다고 했어. 아직 바다에 한 번도 못 가봤다나. 기차를 타기도 하고, 날기도 하고, 경운기에 매달리기도 하면서, 바다로 갔어. 그리고 내친 김에 어느 섬으로 간다는 배를 탔어. "누가 귀신은 물을 무서워한다고 그랬냐?" 나와 라디오는 타이타닉에 나오는 연인 흉내를 내보았어. 거울은 키를 잡고 선장 흉내를 냈지. 압정은 멀미 때문에 얼굴이 하얗게 질린 사람들을 구경하러 다녔어. 그때 누군가 소리쳤지. "고래다." 선실에 있던 거울이 달려왔어. 압정은 텀블링을 하면서 왔지. 고래 떼였어. 나는 새떼들이 하늘을 날고 있는 것이라고 착각을 했어. 고래들이 새들의 그림자 같았거든. "난 가까이 가볼래." 거울이 눈을 감고는 발자국이라는 말을 중얼거렸어. 거울이 하늘을 나는 모습은 우아했어. 나는 어릴 때 입었던 빨간 망토를 거울에게 선물해야겠다는 생각을 했어. 거울은 고래의 등에 매달려 돌아왔어. 거울을 태운 고래가 배에 가까이 다가오자 사람들은 정신없이 사진을 찍어댔어. 고래의 등에는 기다란 막대가 달려 있었지. "작살이야. 이 작살을 등에 달고 100년도 넘게 살았대." 거울이 말했어. "고래하고도 말할 수 있는 거야?" 라디오가 물었지만 거울은 대답해주지 않았지. "난 떠날 거야. 고래를 따라 먼바다로 갈래." 거울이 손을 흔들었어. 그러자 고래는 100년 된 작살을 등에 꽂은 채 서서히 헤엄을 치기 시작했어. 우리는 쫓아가지 않았지. 손도 흔들지 않았고. "하나도 재미없어." 내가 말했어. "난 말이야." 라디오가 조심스럽게 말문을 열었어. "어디 가고 싶은데?" 내가 라디오의 어깨에 손을 얹었어. "우간다에 가고 싶어. 사자들이 이유 없이 죽어간대. 신문에서 봤어. 어쩌면 북극에 갈지도 몰라. 북극곰이 겨울잠을 자지 못한다나 봐." 그래 가라, 라고 나는 속으로 말했어. "넌 역시 고장 난 라디오야." 압정이 라디오의 손을 잡고는 라디오의 머리를 때렸어. "나는 돌멩이 움직이는 연습이나 해야겠어. 공중 4회전 돌기도 연습해야 하고." 압정과 라디오가 나를 빤히 바라보았어. "왜?" "넌?" 나는 뱃머리 난간에 걸터앉았어. "생각해볼게, 뭘 할지." "너무 오래 생각하지 마. 그랬다간 사라지고 말 거야." 나는 압정이 인간탑 쌓기 대회에 나가는 장면을 상상해보았어. 그러자 나도 모르게 이렇게 말이 나왔어. "그것도 나쁘지 않지."

매일매일 초승달

1

 셋째는 불행한 일이 생길 때마다, 그 모든 것을, 언니들의 낡은 팬티 탓으로 돌렸다. 누군가 자신의 책가방에 죽은 개구리를 넣어놓았을 때도. 반장이 우유 급식비를 잃어버리자 담임 선생님이 셋째를 지목했을 때도. 처음으로 자신을 좋아해준 남자를 만났는데 그 남자가 교통사고로 반신불수가 되었을 때도 모든 것이 언니들이 남겨놓은 낡은 팬티 때문이라고 셋째는 생각했다. 25년 후, 남대문시장에서 큰언니와 재회했을 때 셋째는 이렇게 말했다. "빤스도 안 빨고 나갔어." 쌍둥이였던 언니들은 셋째가 아홉 살이 되던 해에 가출을 했다. 두 언니가 버스 터미널을 서성대던 그 순간, 셋째는 철봉을 하다가 떨어져 턱을 다쳤다. 피가 멈추질 않았다. 셋째는 원피스가 더러워질까 봐 얼른 공책을 찢어 상처가 난 곳에 붙였다. 그러고는 집으로 달렸다. 언니들이 많이 아팠지? 하면서 빨간약을 발라줄 것을 기대하면서. 하지만 언니들은 집에 없었다. 대신 삶은 소면이 소쿠리 가득 담겨 있었다. 셋째는 김치를 썰어 비빔국수를 만들었다. 참기름과 깨소금을 듬뿍 넣었다. 큰언니가 알면 혼날 텐데. 셋째는 국수를 먹으면서 생각했다. 첫째는 무엇이든지 낭비하는 걸 좋아하지 않았다. 사흘 내내 불어터진 국수를 먹으면서 셋째는 언니가 얼른 돌아와 자신을 혼내주길 바랐다. 그래서 국수를 비빌 때마다 참기름을 들이부었다. 똥을 눌 때마다 향긋한 냄새가 났다. 국수를 다 먹은 후 셋째는 젓가락으로 소쿠리 사이에 말라붙은 소면을 떼어내면서 울었다. 그리고 다시는 울지 않겠다고 결심을 했다. 남대문시장 한복판에서 머리에 인 갈치조림백반을 큰언니에게 던지며 셋째는 아홉 살에 했던 그 결심을 떠올렸다. "이 흉터 좀 봐." 셋째는 25년 만에 만난 언니에게 턱 밑에 난 흉터를 보여주었다. 언니들을 기다리는 동안 상처에 붙인 종이는 피와 함께 굳어버렸다. 담임 선생님이 셋째를 발견했을 때 상처는 종이를 붙인 채 아물어가는 중이었다. 양호 선생님이 셋째의 턱에 소독약을 한 통이나 들이부었고, 셋째는 설거지도 하지 않고 집을 나간 두 언니들을 욕하면서 이를 악물었다. 독한 것. 양호 선생님은 핀셋으로 종잇조각을 떼어내면서 말했다. 선생님의 말처럼 독하게 살려고 노력했지만 뜻대로 되지 않았고, 언니를 다시 만나기 전까지 네 번이나 사기를 당했다. 모든 일에 무관심했던 아버지는 두 딸이 사라지자 종일 잠만 자기 시작했다. 그래서 막내딸이 영원히 아홉 살이 아니라는 사실을 잊고 있었다. 셋째는 언니들이 버리고 간 누런 팬티를 삶았다. 팬티의 고무줄을 갈아 끼울 때면 언니들이 왜 집을 나갔는지 어렴풋이 알 것도 같았다. 셋째는 구멍 난 팬티를 입을 때마다 평생 아무도 자신을 사랑해주지 않을 것이라는 예감에 사로잡히곤 했다. 그리고 그것을 증명이라도 하려는 듯 셋째는 아무도 사랑을 하지 않았다. 아무도 사랑하지 않기 때문에 미래도 믿지 않았고 미래를 믿지 않게 되면서 겁이 없는 아이가 되었다. 훗날, 세 자매 소매치기단을 결성했을 때 언니들은 셋째의 대범함에 놀랐다. 언니들의 기억 속에 남아 있는 셋째는 개미만 보아도 울던 아홉 살짜리 소녀였다. 언니들은 셋째가 왜 그렇게 변했는지 알 수 없었다. 그 모든 것이 자신들이 남기고 간 낡은 속옷 때문이었다는 것을.

2

셋째는 스탠드 하나만을 들고 언니네 집으로 이사를 했다. 스탠드는 곰팡이가 슬어서 자주 도배를 해야만 했던 반지하

방에 어울리지 않는 유일한 물건이었다. "이런 우연이 다 있니." 동생을 다시 만난 후로 첫째는 똑같은 말을 하고 또 했다. 첫째와 셋째는 지난 1년 동안 남대문시장에서 열 번도 더 마주쳤다는 사실을 모르고 있었다. 어느 비 오는 날, 첫째의 우산에서 떨어진 빗방울이 셋째의 어깨를 적셨다는 사실도. 셋째는 스탠드를 거실 소파 옆에 두면서 말했다. "난 한 번도 소파가 있는 거실에서 살아본 적이 없어." 갈치조림을 배달하기 전까지 셋째는 여덟 군데의 식당에서 일을 했지만 반지하방을 벗어나기는 쉽지 않았다. 그 말을 들은 첫째가 눈물을 흘리면서 말했다. "이제부터 네가 하고 싶은 대로 해." 셋째는 스탠드의 불을 켰다가 껐다. 그러고는 자신이 진짜 하고 싶은 게 무엇이었는지를 생각해보았다. 그러자 학기 초마다 장래 희망을 적어 내라고 했던 담임 선생님들의 얼굴이 떠올랐다 사라졌다. 이마에 꿀밤을 먹이며 장래 희망이 이게 뭐야? 하던 어느 선생님의 목소리도 생각났다. 셋째는 고등학교를 졸업할 때까지 장래 희망란에 '미정(未定)'이라고 적었다. 그건 자매들의 아버지가 자주 쓰던 말이었다. 열세 살에 고향을 떠난 이후로 20년 동안 아버지는 하루에 다섯 시간 이상을 자본 적이 없었다. 모래 자루를 나르던 꼬마가 벽돌 공장의 사장이 되기까지 얼마나 많은 것들을 견뎌야 했는지, 아버지는 셋째를 낳은 후 자리에서 일어나지 못하는 자매들의 어머니에게 이야기하곤 했다. 모두 떠나고 막내딸만 남게 되자 아버지는 쪽잠을 잤던 그 옛날을 보상이라도 받으려는 듯이 잠만 잤다. 그리고 잠에서 깨어나면 마당에 쪼그리고 앉아 해바라기를 하면서 막내에게 이렇게 말했다. 아버지의 꿈은 이런 게 아니었다. 셋째는 평상에 엎드려 숙제를 하면서 대꾸했다. 뭔데요? 알아서 뭐하냐? 다 지난 일인데. 아버지는 하수구를 향해 담배꽁초를 던졌다. 다 부질없어. 너도 미리 정하지 마라. 미정이야, 미정. 셋째는 숙제를 하던 노트 한 귀퉁이에 미정이라는 단어를 적어두었다. 그리고 큰언니가 쓰던 국어사전을 뒤적여 미정이 무슨 뜻인지를 찾아보았다. 셋째는 짝이 오늘은 뭐 할 거니? 하고 물으면 미정이야, 하고 답하는 아이가 되었다. "하고 싶은 일이라……" 셋째는 중얼거렸다. 그러다 갑자기 전화기를 들고는 어딘가로 전화를 걸었다. "한 달 휴가를 내고 싶어요." 셋째는 식당 사장에게 말했다. 사장이 어디 아프냐고 묻자 셋째는 잠을 자고 싶다고 대꾸했다. "일할 사람은 많아." 전화기 저편에서 사장이 말했다. "그럼 그만둘래요." 셋째는 전화를 끊고는 소파에 비스듬하게 누웠다. "한 달 내내 잠만 자는 거. 그걸 정말 해보고 싶었어." 셋째는 큰언니에게 참기름이 듬뿍 들어간 비빔국수를 먹고 싶다고 말했다. 그 말이 끝나자마자 첫째는 슈퍼마켓으로 달려가 소면을 사왔다. 언니가 요리를 하는 모습을 보던 셋째가 말했다. "오늘 밤은 우리 셋이 한방에서 자자. 어릴 때 그랬던 것처럼." 셋째는 언니들이 미워질 때마다 이렇게 위로를 하곤 했다. 그래도 그 덕에 혼자 방을 쓸 수 있잖아. 그때는 그 후로 25년 동안 혼자 방을 쓰게 될 줄은 상상도 하지 못했다. "같이 자는 건 나중에 하자. 둘째가 돌아오거든." "어디 갔는데?" "배낭여행." 국수는 맛이 없었다. 김치는 지나치게 짰고 면은 너무 삶아 불어터졌다. "미안. 실은 요리를 안 해서. 거의 시켜 먹거든." 셋째는 비빔국수를 먹으면서 이런 생각을 했다. 이 집이 전세일까 아닐까. 비빔국수를 남김없이 먹은 후 셋째는 소파에 누워 정말로 한 달 내내 잠만 잤다. 둘째가 초인종을 누를 때까지.

둘째는 셋째를 부둥켜안고 소리 내어 울었다. 둘째는 헤어진 가족을 찾아주는 프로그램을 즐겨 보았는데, 가족을 찾은 대부분의 사람들은 서로 부둥켜안고 대성통곡을 하곤 했다. 막내를 만나면 나도 저렇게 해야지! 둘째는 늘 그런 생각을 했다. 셋째를 안고 우는 동안 둘째는 카메라가 자신들의 모습을 찍고 있는 것 같은 착각에 빠졌다. 둘째는 아주 어릴 때부터 누군가가 자신의 뒷모습을 쳐다보고 있는 듯한 기분에 사로잡히곤 했다. 둘째는 누군가의 시선을 의식하며 사는 게 어떤 것인지 잘 알 듯했고, 그래서 생활기록부의 장래 희망란에 배우라고 기록했다. 자매들은 몰랐지만 어쩌면 그들에게는 배우가 될 끼가 숨어 있었을 것이다. 한 번도 얼굴을 보지 못한 외할머니가 유랑 극단의 무명 배우였으니까. 배우는 되지 못했지만, 둘째는 지갑을 훔칠 때마다 지금 연기를 하는 중이라고 자기암시를 하곤 했다. 그 바닥에서 둘째는 '뒤통수의 눈'이라는 별명을 가지게 되었다. 셋째는 언니의 울음이 과장되게 느껴졌다. 셋째의 기억에 남아 있는 언니는 목젖이 보일 정도로 까르르 웃던 소녀였다. 자매들이 살던 집의 마당에는 사방치기의 선이 그려져 있었다. 쌍둥이가 태어났을 때 아버지는 집을 수리하면서 마당의 시멘트가 굳기 전에 사방치기를 할 수 있도록 그려두었다. 셋째는 아버지가 미워질 때마다 마당에서 혼자 사방치기를 하고 놀았다. 셋째가 기억하는 둘째의 마지막 모습도 그런 날 중 하나였다. 혼자서 사방치기를 하고 있을 때 둘째는 봉숭아를 손톱에 올려놓고는 조심스럽게 비닐로 묶고 있었다. 남으면 나도 해줘. 셋째는 말했다. 둘째가 대답하지 않았다. 그러다가 갑자기 얘. 너 금 밟았어. 하고 큰 소리로 외쳤다. 셋째의 기억이 맞다면…… 언니들이 떠나기 바로 전날이었다. "언니가 나한테 한 마지막 말이 뭔지 알아? 금 밟았어. 그거야." 셋째는 간신히 둘째를 떼어내면서 말했다. 그리고 첫째를 향해 이렇게 말했다. "큰언니 마지막 말은 더 슬퍼. 머리는 혼자 묶어라, 가 뭐야." 가출을 하기로 결심한 첫째는 학교에 늦었다는 동생의 머리를 묶어주지 않았다. 마지막으로 동생이 좋아하는 디스코머리를 따주고 싶었지만, 어머니가 없는 집의 맏딸답게 첫째는 냉정한 편이었다. 세 자매는 막내의 소원대로 이불을 펴고 나란히 누웠다. 언니들을 만나면 아주 할 말이 많을 것 같았는데 셋째는 아무 말도 생각나지 않았다. 그래서 이렇게 물었다. "이 집 전세야?" "아니." 첫째가 대답했다. "그럼 월세?" "아냐." 둘째가 대답했다. 셋째는 아무리 낡은 집이라도 방이 세 개나 있는 아파트를 사는 일이 그리 쉽지만은 않다는 것쯤은 알고 있었다. "그럼. 이제부터 정말로 하고 싶은 거 해도 돼?" "무엇이든 다 들어줄게." 둘째가 말했다. 그러자 첫째가 셋째 쪽으로 몸을 돌렸다. "음. 다 들어줄 수는 없고 일단 열 가지만 말해봐. 참. 비빔국수하고 같이 자는 것 포함이니까 여덟 번 남았다." 셋째는 천장에 난 얼룩을 바라보면서 여덟 가지 소원을 생각해보았다. 첫째가 나지막이 코를 골았다. 둘째는 이불을 가랑이 사이에 말고 자는 버릇이 있었다. 아홉 살 이후로 누군가와 같이 잠을 잔 적이 없는 셋째는 그날 밤 한잠도 자지 못했다. 그래서 아침이 되자마자 언니들에게 이렇게 말했다. "나도 내 방이 필요해." 둘째가 일곱, 하고 큰 소리로 외쳤다.

방에는 창가를 향해 의자가 하나 놓여 있었다. 세 방 중에서 가장 작은 방이지만 겨울이면 가장 따뜻한 방이라고 첫째가 말했다. "넌 추위를 잘 타잖아." 셋째는 한겨울에도 내복을 입지 않을 정도로 추위를 타지 않았지만 그걸 아직 기억해? 하고 대답해주었다. 하지만 이상하게도 이 거짓말이 진짜가 되리라. 그해 겨울 셋째는 지독한 감기에 걸리게 된다. 그리고 그 감기가 다 나은 후에도 등에서 한기가 느껴지는 기분이 사라지지 않았고 겨울이면 지독한 추위에 시달리게 된다. 둘째가 의자에 앉아 창밖을 바라보더니 잠시 혼자 있고 싶다고 말했다. "이 방은 나만의 방이었어." 둘째는 그 방을 '우는 방'이라고 불렀는데, 한 달에 한 번씩 그 방에 들어가 울곤 했다. 사실 첫째도 둘째 모르게 그 방을 사용한 적이 있었다. "언니, 교통사고로 반신불수가 된 남자친구를 둔 적이 있어?" 셋째가 물었다. 둘째가 고개를 가로저었다. "5년 동안 모은 돈을 사기당해봤어?" 둘째가 역시 고개를 저었다. "손님이 던진 숟가락에 맞아봤어?" 첫째와 둘째가 동시에 고개를 저었다. "이제부터 여긴 내 방이야." 둘째는 물에 풀어진 휴지를 보면 슬프냐고, 버스 정류장에 혼자 앉아 있는 사람을 보면 가슴이 아프냐고, 물었다. 둘째의 첫사랑은 자기가 남을 웃길 수 있다고 착각을 하는 남자였다. 코미디언의 흉내를 자주 냈는데 하나도 똑같지 않았다. 하지만 둘째는 열심히 웃어주었다. 자기처럼 억지로 웃어주는 여자가 그 남자에게 또 있다는 사실을 모르는 채. 남자가 헤어지자고 했을 때 둘째는 카페에 있는 사람들이 모두 쳐다볼 정도로 큰 소리로 말했다. "솔직히 말할까? 넌 하나도 안 웃겨." 집으로 돌아오는 길에 둘째는 자신의 바짓가랑이를 잡고 구걸을 하는 거지를 만났다. 생일날 남자가 사주었던 바지였다. 둘째는 거지의 허

벽지를 발로 걷어찼다. 그리고 침을 뱉었다. 자신이 왜 그런 행동을 했는지 종종 둘째는 스스로에게 묻곤 했다. 하지만 어떤 답을 내릴 수가 없었다. 다만, 거지를 향해 침을 뱉는 순간 자신이 처음으로 남자에게 반말을 했다는 사실이 선명하게 떠올랐다. '우는 방'이 필요해진 건 그 사건 이후였다. 둘째의 이야기를 들은 셋째는 열심히 돈을 벌어 방이 네 개가 있는 집을 사주겠다고 말했다. "그러니 여긴 나가줘요. 내 방이니까." 셋째가 두 언니들의 등을 떠밀었다. 문지방에 서서 둘째가 말했다. "그 남자는 유명한 코미디언이 되었어. 이름을 말해줄까?" 셋째는 그다지 궁금한 게 별로 없는 아이였다. 비밀 이야기에 통 관심이 없었기에 여고 시절에 친구를 사귀지 못했다. "별로 알고 싶지 않아. 언니, 금 밟았거든. 나가줘." 셋째의 네번째 소원은 거실에 커다란 수족관을 설치하는 거였다. 첫째와 둘째는 무엇이든 키우는 것이라면 질색을 했다. 하지만 이름도 외우기 어려운, 헤엄칠 때마다 꼬리를 우아하게 흔드는, 물고기들을 샀다. "금붕어 밥은 네가 줘야 한다." 첫째는 셋째에게 다짐을 받았다. 셋째가 다음 소원을 말한 것은 그로부터 두 달이나 지난 후였다. 그사이 물고기 몇 마리가 죽었고, 결국 물고기를 돌보는 사람은 셋째에서 둘째로 바뀌었다. 첫째는 무릎을 베고 누운 셋째의 귀지를 파고 있었다. 오른쪽 귀는 큰언니가. 왼쪽 귀는 둘째 언니가. 그게 셋째의 다섯번째 소원이었다. 귀지를 파며 첫째가 말했다.

"네가 태어났을 때 말이야. 우리는 마당에서 땅따먹기를 하고 있었지." 귀이개가 깊숙이 들어갔는지 셋째가 얼굴을 찡그렸다. "언니들이 나 미워한 거 알아." 첫째와 둘째가 막내 동생을 미워한 것은 사실이었다. "그런데 말이야. 언니들은 왜 일을 안 해?" 오른쪽 귀를 다 판 셋째가 이번에는 둘째의 무릎을 베고 누웠다. 첫째가 둘째에게 귀이개를 넘겨주면서 오른쪽 눈을 찡긋거렸다. 둘째가 셋째의 귓불을 잡고 귓구멍을 들여다보았다. 깊숙한 곳에 귀지가 보였다. 둘째가 커다란 귀지를 꺼내 셋째의 손바닥에 올려놓았다. "와, 엄청 크네." 셋째가 말했다. 둘째는 입을 동그랗게 모아 귓구멍으로 바람을 불어넣었다. "뭐야?" 셋째가 몸을 움찔거렸다. "언니, 아무래도 말할까 봐." 둘째가 말했다. 그러자 첫째가 헛기침을 한 번 하더니 입을 열었다.

3

셋째는 큰언니가 말을 마칠 때까지 계속 둘째 언니의 무릎을 베고 누워 있었다. "놀랐지?" "응." 솔직히 셋째는 언니들이 소매치기라는 사실보다는 그 일을 해서 집을 샀다는 사실이 더 놀라웠다. "그럼. 지난번 배낭여행을 갔다는 말은?" 셋째가 둘째에게 물었다. "재수 없게 잡혀가지고. 잠깐 갔다 왔어." 셋째는 왜 두부를 안 먹었는지 궁금하다고 했다. 그러자 첫째가 그날 저녁 반찬에 두부조림이 있었다고 말해주었다. 셋째는 자리에서 일어나 거실 불을 껐다. 건너편 아파트의 거실이 훤히 보였다. 러닝만 입은 남자들이 화투를 치고 있었다. 셋째는 스탠드를 켰다. 그리고 언니들에게 이런 이야기를 들려주었다. "나는 지금까지 도둑질을 네 번 해봤어. 처음으로 훔친 건 옆집의 프라이팬이었지." 반장이 우유 급식비를 잃어버리자 담임 선생님이 셋째를 앞으로 불러냈다. 전 아니에요. 셋째가 말했다. 그 말을 들은 선생님은 뭐가 아니라는 거니? 내가 너한테 무엇을 물어볼지 어떻게 알았지? 하고 말했다. 선생님은 셋째를 수업이 끝날 때까지 복도에 세워두었다. 그날 저녁 셋째는 옆집에 몰래 들어가 기름에 찌든 프라이팬을 들고 나왔다. "그걸로 선생님을 죽이려고 했어." 하지만 셋째는 그렇게 하지 못했다. 대신, 선생님의 자취방을 향해 프라이팬을 던졌다. 창문이 깨지는 소리가 들렸다. "나름 완전 범죄를 위해 범행 도구를 훔치다니. 대단해." 첫째가 감탄을 했다. "그 선생님을 찾아서 복수해줄까?" 둘째가 말했다. 두번째로 훔친 건 구두였다. "내 생일이었어. 나를 위해 근사한 저녁을 사주고 싶었지." 셋째는 불고기 집에 가서 2인분을 시켰다. "그런데 왜 고깃집은 1인분을 팔지 않는 거야." 돈이 아까워 남김없이 먹으려 했지만 배가 불러서 도저히 다 먹을 수가 없었다. 솔직히 맛도 없었다. 신발을 신으려고 할 때, 셋째는 자신의 낡은 단화 옆에 가지런히 세워진 하이힐을 보았다. "그냥 내 발에 잘 맞는지 궁금해서 한번 신어봤어." 신발은 딱 맞았다. 신데렐라의 이야기가 저절로 떠오를 정도로. 셋째는 그 구두를 신고 카운터로 걸어가 계산을 했다. 그리고 그대로 집으로 돌아왔다. "집에 와서 보니 싸구려 신발이더라고. 발에 물집이 잡혀서 금방 버렸어." 세번째로 훔친 건 화단의 꽃나무였다. 그걸 훔치기 위해 화분과 삽까지 사야 했지만, 꽃나무는 옮겨 심은 지 얼마 지나지 않아 죽어버렸다. 그래서 셋째는 죽은 꽃나무를 원래 있던 곳으로 다시 옮겨 심었다. "그리고 마지막으로 훔친 게 이 스탠드야." 드라마를 보면 어느 집이나 침대 맡에 스탠드가 있었다. 셋째는 스탠드를 켜놓고 책을 읽으면 자신의 미래가 조금은 괜찮아질 것 같은 생각이 들었다. "훔치려는 게 아니라 스탠드를 사러 간 거였어. 아무리 불러도 점원이 나오지 않았을 뿐이고." 셋째는 계세요, 하고 불렀다. 그리고 다섯 번을 부를 동안 점원이 나오지 않으면 입구에 세워놓은 스탠드를 들고 가겠다고 생각했다. 계세요. 계세요. 계세요. 마지막 한 번을 앞두고 셋째는 신발을 다시 고쳐 신었다. 이봐요. 계세요. 이번에는 조금 길게 불러보았다. 그리고 눈에 보이는 가장 커다란 스탠드를 들고 천천히 밖으로 나왔다. 뛰어선 안 돼. 셋째는 스스로에게 주문을 걸었다. 한 블록을 걸어간 후 셋째는 택시를 잡아탔다. 셋째는 스탠드를 집에 가져다 놓은 후 서점으로 가서 책 한 권을 샀다. 밤마다 읽어보려고 노력했지만 한 장도 넘기기 전에 잠이 들고 말았다. 이사를 올 때 셋째는 그 책을 방 한가운데 던져놓고 나왔다. 언니들은 그렇게 큰 물건을 훔칠 수 있다는 사실이 놀라웠다. "놀랍다. 우린 지갑보다 더 큰 건 훔쳐본 적이 없는데." 둘째가 말했다. "어쩌면⋯⋯ 우리 셋이 같이하면 마당이 있는 집으로 이사를 갈 수도 있을지도 몰라." 셋째는 언니들의 손을 잡고 말했다.

"안 돼." 첫째와 둘째가 동시에 손을 내저었다. 그들이 아버지로부터 배운 게 있다면 이런 거였다. 인생은 자신이 원할 때 멈춰지지 않는다. 그 사실을 몰랐기 때문에 아버지는 계속 잠만 자는 것이라고, 그들은 생각했다. 언젠가 첫째는 하루 종일 같은 브랜드의 지갑을 훔친 적이 있었다. 우연치고는 놀라웠지만, 더 놀라운 사실은, 그 지갑이 모두 짝퉁이었다는 것이다. 첫째가 번 돈의 반 이상을 저금하기 시작한 것은 그날 이후였다. "우리가 이걸 계속하는 건 언제 멈춰야 할지 몰라서야." 첫째가 말했다. "게다가 넌 어릴 때부터 운동신경이 없어서 안 돼. 달리기도 꼴찌 했으면서." 셋째가 초등학교 1학년 때 언니들이 김밥을 싸서 셋째의 운동회를 구경 간 적이 있었다. "그 후로 일등 한 적도 있어." 언니들은 셋째의 말을 믿지 않았지만 중학교 2학년 때 셋째는 백 미터 달리기를 일등으로 들어온 적이 있었다. 달리기를 하기 전, 스탠드에 앉아 있는 남학생이 셋째를 향해 이렇게 말했기 때문이다. 어이, 코 흘리개. 셋째는 이를 악물고 뛰었다. 일등으로 결승선을 통과한 후 자신을 놀리던 남학생에게 뛰어가 그의 뺨을 내리쳤다. "나한테도 장점은 있어. 누구보다 눈치가 빠르거든." 셋째가 말했다. 언니들이 동생을 미워한 덕에 셋째는 자신을 좋아하는 사람과 싫어하는 사람을 금방 구분할 줄 알게 되었다. 셋째는 낯선 장소에 가면 저절로 눈동자가 돌아갔다. 게다가 여덟 군데의 식당 사장들도 셋째가 눈치 빠른 사람이 되는 데 한몫했다. "정 안 된다면, 좋아. 그럼. 이게 여섯번째 소원이야." 그렇게 해서 세 자매는 한 팀이 되었다. 셋째는 언니들이 쌍둥이라는 점을 적극 활용해야 한다고 말했다. 첫째의 의견은 달랐다. "잡혀도 혼자 잡혀야 해. 그게 우리가 따로 움직여야 하는 이유야." 보증을 서지 마라. 가족끼리는 더더욱. 아버지는 자식들을 앉혀놓고 말을 했다. 첫째는 다른 건 몰라도 아버지의 그 말만은 지키며 살려고 노력했다. "우리가 같이 일을 한다면 서로 보증을 서주는 거랑 뭐가 다르니?" 셋째는 큰언니의 말이 무슨 뜻인지 이해하지 못했다. "그럼 할 수 없지. 일곱번째 소원을 쓸 수밖에." 첫째는 주로 남대문시장에서 활동을 했다. 매주 월요일에는 쉬었다. 20만 원 이상 돈을 버는 날은 상가를 돌아다니며 예쁜 컵을 하나씩 사기도 했다. 첫째가 모은 컵은 백 개가 넘었고, 그 컵을 보관하기 위해 장식장을 새로 짜야만 했다. 둘째의 활동 무대는 목욕탕과 결혼식장이었다. "평일에는 목욕탕을 가고 주말에는 식장엘 가지." 둘째는 셋째에게 서울시에 있는 예식장의 목록을 보여주었다. 식당 이름 옆에는 날짜가 적혀 있었다. "한 번 간 곳은 적어도 여섯 달 후에 가야 해. CCTV에 찍히거든." 둘째는 뷔페를 좋아했다. 특히 LA 갈비를. "그걸 먹으면 꼭 LA라는 곳에 간 듯한 기분이야." 셋째는 꼭 성공해서 매일 LA 갈비를 먹을 수 있게 해주겠다고 말했다. 셋째는 바람잡이가 되었다. 첫째는 제1공격수. 둘째는 제2공격수 겸 수비수. "수비수는 뭘 하는 건데?" "그러니까 만약 큰언니가 들켰을 때 작은언니가 나타나서 혼란을 주는 거야." 셋째는 언니들에게 일을 할 때는 똑같은 옷을 입자고 말했다. 누가 누구인지 모르도록. 둘째는 언니와 옷 입는 취향이 전혀 달랐기 때문에 그 말에 수긍할 수 없다고 했다. "그런데 우리가 왜 니 말을 들어야 하니. 우린 경력 20년의 베테랑이야." 첫째의 말에 셋째가 대답했다. "난 언니들보다 공부를 더 했잖아. 언니들은 중졸. 나는 고졸이야."

세 자매의 첫 실적은 3만 원이었다. 동대문시장에서였다. 입을 옷이 별로 없었던 셋째는 여기저기서 쇼핑을 하고 가격을 흥정했다. 저절로 바람잡이가 되었다. 처음으로 번 돈으로 셋째는 청바지를 샀다. 첫째는 그날 일곱 건을 했지만, 집에 돌아올 때는, 한 푼도 남아 있지 않았다. "난 10년을 언니들이 버리고 간 옷만 입었어." 셋째의 한마디에 언니들은 가지고 있는 돈을 모조리 내놓았다. 첫째가 그랬던 것처럼 매주 월요일은 쉬었다. 그리고 비가 오는 날도 쉬었다. 셋째의 전략이 가끔은 도움이 되었다. 누군가 도둑이야! 하고 외치면 둘째는 재빨리 그 사람이 외치는 곳으로 달렸다. 첫째 대신 둘째를 잡은 사람들은 아무런 증거를 찾지 못했다. 셋째는 의심을 피하기 위해 주변에 있는 아무 물건이나 집어 들고 계산을 했다. 한 달이 지나자 첫째는 동생들을 불러놓고 이렇게 말했다. "번 돈의 반은 무조건 저금이야." 알고 보니 집값의 3분의 2가 은행 대출금이었다. "돈도 없으면서 집은 왜 샀어?" 용돈이 가장 적은 셋째가 투덜거렸다. "우리 같은 사람들은 언제 잡힐지 모르니까 집이 있어야 해. 혹시 잡혀 들어가 있을 때 집주인이 부도라도 내고 도망가봐라. 전세금도 날리는 거야." 실제로 첫째와 둘째는 그런 경험이 있었다. 각각 3개월, 6개월을 살고 나오니 살던 집이 없어졌다. 보증금 50만 원도 함께. 소매치기가 나오는 드라마를 보다가 둘째가 난데없이 이런 제안을 했다. "우리가 막내 중매를 서자." 둘째는 지갑을 훔치다 보면 얼굴이 번듯한 사람이 가끔 있다고 했다. "명함이 있는 경우도 있어. 직장도 좋으면 금상첨화고." 그렇게 해서 첫째와 둘째는 소매치기를 한 지갑을 버리지 않고 집으로 가져왔다. 저녁이면 지갑에 들어 있는 신분증과 명함 등을 펼쳐놓고 품평회를 하곤 했다. "이 사람은 눈꼬리가 처져서 싫어." "하관이 빠른 사람은 별로야." "너무 느끼하게 생기지 않았어?" "나보다 세 살이나 어리잖아." 결국, 그들은 서른여덟 살의 회사원을 골랐다. 셋째는 명함에 있는 번호로 전화를 걸었다. 셋째는 여자 화장실에서 지갑을 주웠다고 거짓말을 했다. 셋째는 9년 만에 남자와 단둘이 밥을 먹었다. 남자는 호치키스를 만드는 공장의 공장장이라고 했다. "호치키스요?" 셋째가 되물었다. 그러자 남자가 냅킨 두 장을 꺼내 엄지와 검지로 종이를 집는 시늉을 했다. "이렇게요. 종이를 묶는 거요." 헤어지면서 남자는 지갑을 찾아줘서 고맙다고 말했다. "이 사진 때문에 얼마나 속상했는지 몰라요." 남자는 지갑에서 낡은 사진 한 장을 꺼냈다. "유일하게 남아있는 엄마 사진이거든요." 그 사진을 가만히 들여다보다가 셋째는 불쑥 이렇게 말하고 말았다. "제 어머니는 너무 나약해서 타인을 해치는 여자였대요." 엄마는 어떤 사람이었어요? 하고 물으면 아버지는 늘 그렇게 대답했는데, 셋째는 그 말이 무슨 뜻인지 지금도 알지 못했다. 집으로 돌아오는 길에 셋째는 작은언니가 해주었던 첫사랑의 이야기가 떠올랐다. 그래서 가지고 있는 돈을 모두 털어서 길거리에 있는 거지에게 주었다. "어땠어?" "또 만나자 그랬어?" 셋째가 대답하지 않자 언니들은 셋째의 뒤를 졸졸 쫓아다녔다. 심지어 화장실까지. 변기에 앉아서, 화장실 문 앞에 쪼그려 앉은 언니들에게 셋째는 말했다. "유부남이었어." 둘째는 그 나이에 결혼 안 한 사람을 찾는 게 더 힘들지 않을까, 라고 중얼거렸다. 하지만, 그 후로도 오랫동안 자매들은 저녁마다 지갑을 펼쳐놓고 갖가지 이야기들을 만들었다. 경찰에 잡혔을 때, 장롱에 쌓인 수백 개의 지갑은 빼도 박도 못하는 증거가 되었다.

4

세 자매의 아버지와 어머니가 만난 곳은 어느 버스에서였다. 그즈음 아버지는 벽돌 공장의 공장장을 맡고 있었다. 건설 경기가 좋았던 시절이라 벽돌이 창고에 쌓일 시간도 없이 팔려 나갔다. 아버지는 바지 두 벌과 셔츠 세 벌로 1년을 버텼다. 날이 추워지면 아버지는 사장의 아들이 입었던 낡은 모직 코트를 걸쳤다. 어머니를 만난 날은 셔츠를 입기엔 춥고 코트를 입기엔 더운 계절이었다. 아버지는 밀린 돈을 떼먹고 도망간 건설업자를 찾아 Y읍으로 가던 중이었다. 버스에서는 석유 냄새가 심하게 났다. 옆자리에 앉은 여자의 얼굴이 점점 하얗게 질려갔다. 비닐봉지 갖다 드릴까요? 아버지가 말했다. 여자가 고개를 저었다. 여자는 치마에 손바닥을 자주 비볐다. 그때, 한 남자가 갑자기 자리에서 일어났다. 칼을 쥐고 있었다. 모두 꼼짝 마. 남자가 소리쳤다. 남자는 맨 앞으로 다가가더니 중학생으로 보이는 아이를 일으켜 세웠다. 차 돌려. 청와대 앞으로. 그러자 기사가 말했다. 이봐요. 청와대를 갈 거면 서울 가는 차를 타야지. 기사의 말에 몇몇 사람들이 웃었다. 남자가 아이의 목에 칼을 댔다. 그러자 웃음이 그쳤다. 그래도 가. 청와대로. 승객 중 누군가가 아이를 상대로 그러는 건 너무 치사한 일 아니냐고 말했다. 아가, 세상은 이보다 더 치사하단다. 교복을 입은 아이가 대답했다. 이해해요. 하지만 사람을 죽이면 아저씨 인생은 종치는 거예요. 그때 갑자기 옆자리에 앉은 여자가 차멀미를 하기 시작했다. 아버지가 자리에서 일어났다. 남자가 뭐야? 하고 소리쳤다. 멀미를 해서요. 아버지는 차에 매달린 비닐봉지를 두 장 뜯어 다시 자리로 돌아왔다. 운전기사가 유턴을 하는 사이, 승객들의 몸이 한쪽으로 쏠린 사이, 인질이었던 아이가 남자의 옆구리를 팔꿈치로 가격했다. 남자의 몸이 휘청했다. 그 순간, 운전기사는 눈앞에 보이는 전봇대를 들이박았다. 운전기사는 경찰에게 이렇게 말했다. 청와대를 가자고 해서 간첩인 줄 알았어요. 나라를 위태롭게 하느니 제 버스를 부수는 게 더 낫죠. 전봇대를 들이박은 버스는 한 바퀴를 돌더니 논두렁 아래로 굴러떨어졌다. 아버지는 희미하게 의식을 잃어갔다. 이마에서 피가 흘렀다. 그때 옆에 앉은 여자가 아버지의 손을 잡았다. 어디선가 참기름 냄새가 진동을 했다. 어머니는 외할머니 댁에 가는 중이었는데, 짐에는 참기름이 열 병도 넘게 들어 있었다. 그 냄새 때문인지 아버지는 어머니에게 터무니없는 약속을 하고 말았다. 여기서 살아 나가게 되면 우리 결혼 합시다. 그렇게 말을 하고 아버지는 창밖을 보았다. 깨진 유리창 너머로 초승달이 보였다. 아버지는 생각했다. 앞으로 내 인생은 이렇게 고소한 냄새만 날 거야. 아버지가 초승달을 바라볼 때 어머니는 깨진 창밖으로 튕겨 나간 남자를 보았다. 남자의 다리가 기묘하게 구부러져 있었다. 손에는 여전히 칼을 쥐고 있었다. 죽었겠지. 어머니는 중얼거렸다. 셋째는 우울할 때면 초승달을 보곤 했다. 언니들이 다시 오기를 기다리며, 셋째는, 아주 옛날에 아버지가 해주었던 이야기를 떠올리곤 했다. 셋째는 이야기를 반복하면 언젠가는 전혀 다른 이야기가 탄생된다는 것을 알게 되었다. 인질범의 눈 밑에는 칼자국이 생겼고, 인질이었던 아이는 그 사건을 계기로 경찰이 되었다. 차가 뒤집힐 때 아버지는 어머니를 껴안았고 그 바람에 어머니의 목숨을 살렸다. 물론, 정신을 차린 어머니는 아버지의 뺨을 때렸지만. 셋째는 검은 도화지를 동그랗게 오려 거실 창에 붙였다. 그렇게 하고 누워서 창밖을 보면 보름달도 초승달처럼 볼 수가 있었다. 누운 채로 몸을 움직여 동그란 도화지가 보름달을 적당히 가리도록 각도를 맞추면서 셋째는 생각했다. 언니들이 돌아와 이게 뭐야? 하고 묻는다면 절대 대답해주지 않을 것이라고. 엄마와 아빠가 어떻게 만났는지 언니들한테는 이야기하지 않을 거야, 하고 셋째는 다짐했다. 언니들을 기다리면서, 혹은 언니들이 막내를 기다리면서, 세월이 지나갔다.

실질적으로 셋째가 꿈꾸던 세 자매 소매치기단은 얼마 활동을 하지 못했다. 셋 중에 한 명은 감옥에 있었기 때문에. 남대문시장에서 큰언니를 만난 지 20년이 지났다. 첫째는 전과 14범. 둘째는 전과 18범. 그리고 셋째는 전과 5범이 되었다. "거봐. 역시 집이 있어야 해." 열네번째로 감옥에서 나온 첫째는 자매들이 다시 뭉칠 수 있었던 것은 집이 있기 때문이라고 주장했다. 큰언니가 없는 사이 둘째와 셋째는 아파트 재건축 반대위원회를 결성했다. "언니가 없는 사이 이 집이 헐리면 안 되잖아." 동생들은 자랑스럽게 말했다. 모처럼 자매들이 모두 모인 것을 기념하기 위해 자매들은 명동으로 쇼핑을 나갔다. 크리스마스이브였다. "오늘은 경건한 날이니까 작업은 하지 말자." 첫째가 말했다. 하지만 이들은 그사이 물가가 얼마나 많이 올랐는지 몰랐다. 사고 싶은 물건은 많았고 가지고 간 돈은 적었다. "딱 한 건만 하자." 둘째가 말하자 셋째가 내가 돈 냄새를 맡아볼게, 하고 대답했다. 셋째가 지나가는 여자에게 길을 물었다. 어수룩하게 보이기 위해 사투리를 섞었다. 첫째가 면도칼로 여자의 핸드폰 아래를 땄다. 그때, 저편에서 영미야, 하고 누군가가 손을 흔들었다. 응, 하고 두 여자가 동시에 대답했다. 한 명은 여자였고 다른 한 명은 첫째였다. 첫째의 이름도 영미였다. 동시에 대답한 두 여자는 눈이 마주쳤다. 잠시 후, 사태를 파악한 여자가 소리를 질렀다. 도둑이야! 첫째는 달리기 시작했다. 둘째가 반대편으로 달렸다. 셋째는 그들과는 상관없는 사람인 것처럼 여자의 옆에 서서 도둑이야, 라고 소리쳤다. 그때였다. 첫째의 무릎이 꺾였다. 첫째는 앞서 걷고 있는 누군가의 어깨를 짚으려고 손을 뻗었지만 손이 미치지 못했다. 허공을 짚은 첫째는 보도블록에 그대로 넘어졌다. 응급차 안에서 셋째는 언니에게 아버지와 어머니가 어떻게 만나게 되었는지를 이야기해주었다. "언니, 인연이란 건 그렇게 멋진 거야." 셋째는 말했다. 의사는 관절염이라고 했다. "이제 달리기는 다 했네." 첫째는 쓸쓸하게 웃었다. 집으로 돌아온 첫째는 동생들에게 말했다. "오늘 밤 우리 거실에서 다 함께 자자." 셋째가 가운데 누웠다. 첫째가 몸을 돌려 셋째의 옆얼굴을 보면서 말했다. "이제 은퇴할래. 요즘은 60도 되기 전에 다들 정년퇴직하던데 우린 그보다 더 오래 일했어." 그러자 둘째가 몸을 돌려 셋째의 옆얼굴을 보면서 대꾸했다. "언니, 감옥에서 쉰 시간을 빼면 그보다 더 적게 일했어." 셋째가 자리에서 벌떡 일어났다. "솔직히 나 가운데서 자는 거 싫어. 그리고 우리 근사한 은퇴식을 하자."

셋째는 다용도실에서 박스를 꺼내 왔다. 거기에는 그동안 지갑을 훔친 사람들의 신분증이 들어 있었다. "이제 이거 모으지 말랬지?" 첫째가 말했다. 셋째는 신분증을 마룻바닥에 펼쳤다. "알아. 그런데 나랑 나이가 똑같은 사람들은 못 버리겠더라고. 이들은 어떤 삶을 사는지 궁금하기도 하고." 셋째는 그 신분증을 돌려주고 싶다고 말했다. "우리 은퇴한 기념으로 말이야." 첫째는 무릎을 두드리며 자신이 관절염인 걸 다시 상기시켰고, 둘째는 두 귀를 막고 음정 박자가 하나도 맞지 않는 노래를 흥얼거렸다. "좋아. 이게 여덟번째 소원이야." 첫째는 셋째의 말이 무슨 뜻인지 기억하지 못했다. "예전에 다 쓰지 않았어? 열 번 다 쓴 걸로 기억하는데." 둘째가 우겨보았지만 소용없었다. 신분증은 모두 서른일곱 개였다. 서울이 열여섯 개. 경기도가 열 개. 충청도가 둘. 강원도가 다섯. 전라도가 셋. 제주도가 하나였다. 셋째는 6박 7일 일정으로 렌터카를 예약했다. "내비게이션으로 찾으면 쉬울 거야." 조수석에는 둘째가 앉았다. 트렁크에는 휴대용 가스레인지와 부탄가스를 챙겨두었다. 코펠과 라면도. "여행 가는 기분으로. 출발!" 서울을 돌면서 자매들은 예전의 주소들이 거의 사라진 것을 알게 되었다. 기껏 찾아가보니 아파트로 변한 곳이 태반이었다. 제대로 주소를 찾은 곳은 일곱 곳에 불과했다. 그중 대문의 문패와 주민등록증의 이름이 일치한 곳이 다섯 개나 되었다. 셋째는 잘 가라, 하고 인사를 한 뒤 우편함에 주민등록증을 넣었다. "그런데 이 주소에 안 살면 어떻게 되는 거지. 이사를 갔다면?" "그건 신분증의 운명이지, 뭐."

주소지를 찾지 못한 신분증들을 들고 세 자매는 남산을 올랐다. 파전과 인삼막걸리를 사 먹은 후, 내려오는 길에 어딘가에 신분증을 묻어주었다. 그리고 경기도와 충청도를 거쳐 강원도로 갔다. 풍경이 좋은 곳에 차를 세우고 라면을 끓여 먹기도 했다. "실은 우린 한 번도 바다를 본 적이 없단다." 첫째와 둘째가 말했다. 셋째는 언니들을 위해 7번 국도를 달렸다. 전라도에서는 신분증의 주인과 직접 만나기도 했다. 우편함을 신분증을 넣으려는 순간 옥상에서 담배를 피우던 남자가 말했다. "뭐 하는 거예요?" 셋째는 혹시 김영진 씨냐고 물었다. 남자가 그렇다고 대답했다. "혹시 15년 전에 지갑을 잃어버리지 않으셨어요?" 그 말을 들은 남자가 잠깐만 기다려요, 하고는 아래로 내려왔다. 셋째는 남자에게 자신들이 하는 일에 대해 설명을 했다. "그러니까 이게 은퇴식이라는 거죠?" 남자가 되물었다. "네, 죄송합니다." 셋째가 사과를 했다. 남자는 지갑을 잃어버린 덕에 아내를 만났다고 말해주었다. "터미널에서 표를 끊으려는데 지갑이 없어졌다는 걸 알았어요. 할 수 없이 터미널에서 표를 팔던 아가씨에게 사정 이야기를 했죠." "그래서 그분과 결혼하셨군요. 우리가 중매쟁이네요." 둘째가 웃었다. 다시 차를 타고 떠나려는 자매들에게 남자가 말했다. "사실 우린 행복하지 않았어요. 성격이 전혀 맞지 않았죠." 세 자매는 마지막으로 제주도로 향했다. 목포 터미널에서 배를 탔는데, 그제야 세 자매는 한 번도 비행기를 타본 적이 없다는 걸 알았다. "다음에는 꼭 비행기를 타자." 셋째가 말했다. 파도는 거칠었다. 셋은 침대에 나란히 누워 천장만을 바라보았다. "여기서 죽으면 다 니 탓이다." 첫째가 말했다. "나는 말이다." 한참 후에 첫째가 다시 입을 열었다. 동생들은 아무 대답도 하지 않았다. "솔직히 죄책감이 들 때마다 안경을 벗고 세상을 본단다." 안경을 벗고 길을 걸으면 사람들의 눈, 코, 입이 뭉개져 보였다. 그러면 마음 깊숙한 곳에서 괜찮아, 하는 말이 들려왔다. "나는 말이야." 둘째가 입을 열었다. 그러자 첫째가 뭐야, 안 자는 거야, 하고 중얼거렸다. "죄책감이 한 번도 든 적이 없어. 그런데 가끔 엄마한테 종아리를 맞는 꿈을 꾸긴 해." 셋째가 자리에서 일어났다. "왜?" "오줌 마려워." 화장실에 간 셋째는 오랫동안 돌아오지 않았다. "빠져 죽기라도 했나?" 첫째와 둘째는 셋째를 찾으러 갑판으로 나갔다. 셋째는 두 팔을 뻗은 채 갑판에 그려진 선을 따라 걷고 있었다. "넌 왜 내 신발을 신고 그러냐?" 첫째가 물었다. "나는 이렇게 큰 신발을 신고 걷는 게 좋아. 발에서 덜그럭덜그럭 소리가 나는 것 같아." 셋째는 언니들이 남기고 간 신발을 신고 자랐다는 이야기를 하지 않았다. 그 신발을 신으면서 언젠가 자신의 발이 신발 크기만큼 자라면 집을 나가야겠다고 결심한 이야기도 하지 않았다. 하지만 두 언니들은 셋째의 말이 무슨 뜻인지 알아들었다. "아직 소원 두 개가 남았어. 여기서 아홉번째 소원을 쓸래." 바닷바람이 차가웠다. 아무리 밥을 먹어도 발은 자라지 않았다.
"미안하다고 말해줘." 셋째는 말했다. 첫째는 아, 춥다, 하고
대답했다. 둘째는 밤에는 바다도 검게 변하는구나, 하고 중얼
거렸다.

올해 고등학교에 입학한 조카의 휴대폰에는 129명의 전화 번호가 저장되어 있었다. "삼촌은 왜 이렇게 아는 사람이 없어." 나는 조카에게 새해가 되면 1년 동안 한 번도 통화를 하지 않은 사람의 번호를 지운다고 말해주었다. 내 휴대폰에는 34명이 저장되어 있었다. "할머니가 돌아가실 때까지 삼촌 걱정만 한 거 알아?" "막내라 그래. 넌 장남이라 모를 거야." 내가 말하자 조카가 혀를 내밀며 고개를 흔들었다. "그거 내가 알려준 거야. 너 다섯 살 때." 나는 조카에게 그것 말고도 좋은 것을 많이 가르쳐주었다고 말했다. 이를테면 나보다 힘센 친구가 재수 없이 굴 때 웃으면서 속으로 욕하는 방법 같은 거. 조카의 휴대폰에는 재미있는 이름이 많았다. 자기 아빠 이름은 도돌이표. (나와 열일곱 살 차이가 나는 큰형은 진짜 잔소리가 심했다. 나는 얼른 휴대폰을 꺼내 형의 이름을 도돌이표로 바꾸었다.) 엄마 이름은 칼슘보조제. (키가 작은 형수는 조카에게 하루에 우유를 세 잔씩 먹였다.) 조카의 가장 친한 친구의 이름은 폴라로이드였다. 조카는 왜 그런 이름을 붙였는지 비밀이라고 했다. "비밀이라!" 그다지 궁금하지 않았지만 나는 궁금한 척했다. 용돈을 자주 주지 못했지만 나는 삼촌이 해야 하는 일이 무엇인지쯤은 알고 있다. 비밀을 많이 공유할 것! "담임은 뭐야?" 조카가 휴대폰을 주고는 찾아보라고 했다. "힌트! 눈이 녹지 않아." 담임의 이름은 K2였다. 조회 시간마다 주먹을 불끈 쥐고 "정상에 오를 때까지 최선을 다하자"라고 외친다나. 그 말을 듣자, 나는 비가 오는 날이나 눈이 오는 날에도, 운동장 조회를 서게 했던 교장 선생님이 생각났다. 교장은 엉덩이를 좌우로 비트는 우스꽝스러운 체조를 전교생에게 가르쳤다. 우리는 조회 시작 전에 반드시 그 체조를 해야 했다. 초등학교 6학년 때였다. 그해에 조카가 태어났다. 어린 나는 병원 신생아실에 누워 있는 조카를 보면서 이런 결심을 했다. "이 삼촌은 이제부터 정말 재미있는 사람이 될 거란다." 신문기자가 조회 시간마다 체조를 하는 우리들의 모습을 취재하러 학교로 찾아왔을 때 내가 웃은 이유는 그래서였다. 사진기자가 엉덩이를 씰룩거리며 환하게 웃는 내 모습을 찍어 갔다. 교장은 신문 기사를 복사해서 각 교실의 게시판에 붙여놓도록 했다. (언젠가 나는 소개팅을 하다가 상대방에게 "전 신문에 나온 적도 있어요"라고 뜬금없이 말한 적이 있었다.) 신문에 실린 사진을 본 뒤 교장은 내게 단상에 서서 체조를 하도록 했다. 단상에 서니 전교생이 내려다보였다. 체조의 첫번째는 숨쉬기였는데 숨을 들이마시자 다시 뱉어지지 않았다. 얼굴이 붉어지는 게 느껴졌다. 가슴이 부풀어 오르는 것 같았는데 그대로 가만있으면 풍선이 되어 하늘로 날아오를 수도 있을 것 같았다. 그 순간 교장이 커다란 손바닥으로 내 등을 쳤다. "죄송해요. 체조가 즐거워서가 아니라 조카가 태어나서 웃은 거예요." 나는 교장에게 말했다. 그 말이 마이크를 타고 운동장 전체로 퍼졌다. 내 말에 전교생이 웃었다. 나는 눈을 감고 1,800명의 웃음소리를 생각해보려고 했다. 조카의 휴대폰에 나는 이런 이름으로 저장되어 있었다. Fe. "이게 뭔 뜻이냐?" 내가 묻자 조카가 고개를 흔들었다. "삼촌, 학교 다닐 적에 공부 못했지?" 솔직히 공부를 못했기 때문에 나는 그렇다고 대답했다. Fe는 철의 화학기호라고 조카가 설명을 해주었다. "삼촌이 철들기를 바라는 조카의 마음이야." 복수하는 마음으로 나도 휴대폰을 꺼내 조카의 이름을 Fe로 바꾸었다. "나도 마찬가지야." 내가 말했다. 그때 조카의 휴대폰이 울렸다. "폴라로이드?" 조카가 고개를 끄떡였다. 조카가 통화를 하는 사이 나는 잠을 잤다. 그리고 이런 꿈을 꾸었다. 누군가 돋보기로 나를 내려다보았다. 나는 아주 작아졌다. 개미처럼. 누군가 후우 하고 입바람을 불자 내가 날아갔다. 날아가면서 나는 생각했다. 다시는 눈을 뜨지 못할 거라고. 친구들의 휴대폰에는 내가 어떤 이름으로 저장되어 있을까. 처음 수영을 배우던 그때가 생각났다. 엄지발가락을 물에 담그던 그 순간.

 친구들에게 전화를 걸어 소식을 알린 사람은 조카였다. 영재는 단축번호 12번. 민기는 13번. 성민은 14번이었다. 그중에서 전화를 받은 사람은 성민뿐이었다. 성민은 지난 일주일 동안 한 통의 전화를 받지 못해서, 휴대폰에 내 전화번호가 찍히는 순간, 반가워 소리를 질렀다. 영재의 전화는 고객의 요청에 의해 잠시 정지 중이라는 안내 멘트가 나왔다. 성민은 택시를 타고 영재에게로 갔다. 10분이면 갈 수 있는 거리인데 택시를 타다니. 나는 좀 고마웠다. 영재는 라면을 먹는 중이었다. "먹을래?" 영재가 성민을 보자 말했다. "아니." "오늘은 두 개 끓였어. 먹어도 돼." 영재는 늘 라면을 한 개 반 끓여 먹었는데, 라면을 한 개 반 끓일 때 솜씨는 그 누구도 따라갈 수 없었다. "배고팠나 보네. 할 말 있으니 얼른 먹어." 영재가 라면을 먹는 동안 성민은 영재의 옷장을 뒤졌다. "왜, 너 여자 생겼냐? 옷 필요해?" 영재의 옷장에서 가장 나은 옷은 무릎이 찢어진 청바지와 아디다스 티셔츠였다. (그나마 아디다스 티셔츠는 내가 영재에게 빌려준 다음 돌려받지 못한 거였다.) "근데 전화는 왜 정지시킨 거야?" "응, 엄마한테 해외여행 간다 그러고 용돈을 받았거든." 영재가 라면 국물을 마시면서 대답했다. 영재가 마지막 국물까지 마시는 것을 확인한 다음, 성민은 영재에게 나의 죽음을 알렸다. "그 의사 새끼가 6개월은 산다 그랬잖아." (그래서 나는 지금 그 의사에게 어떤 복수를 해줄까 궁리 중이다.) 영재가 들고 있던 냄비를 집어 던졌다. "그리고 그걸 왜 이제 이야기해." 성민은 바닥에 던진 냄비를 가리키며 말했다. "저렇게 던질 거였잖아." 영재와 성민은 민기의 집으로 갔다. 이번에도 택시를 탔다. 2,800원이 나왔는데 성민은 5천 원을 내고 거스름돈도 받지 않았다. 민기는 또 화장실에 들어가 있었다. "3일째다." 민기 어머니의 표정을 보니 이제는 놀라지도 않는 모양이었다. 아예 침낭을 가지고 들어갔다고 어머니는 말했다. 영재가 화장실 문을 두드렸다. "민기야. 나 화장실 가고 싶다." 한참 후에 민기가 대답했다. "왔어? 화장실은 안방에도 하나 더 있어." "나도 왔어." 성민이도 화장실 문을 두드렸다. 둘은 민기에게 혹시 변기에 앉아 있냐고 물었다. (똥 누는 동안 충격적인 이야기를 듣게 되면 뇌졸중으로 쓰러질지 모른다고 영재가 말했다.) 민기는 아니라고 했다. 성민이와 영재가 마주 보고 고개를 끄덕였다. 그리고 동시에 말했다. "얼른 나와. 장례식장에 가야 해." 민기가 조심스럽게 물었다. "벌써?" "응." 잠시 후 화장실에서 물소리가 들렸다. "너 우니?" "아니." 민기가 대답했다. "그냥 세수하는 거야. 걱정 마." 장례식장에 가기 전에 녀석들은 백화점에 들렀다. 병원에 입원하면서 우리는 이런 농담을 주고받았다. "6개월이 지난 다음에 네가 살아 있으면 백만 원씩 줄게." 그때 나는 내기에서 이길 것 같다며 웃었다. 녀석들은 내게 적금 통장을 보여주었다. 한 달에 50만 원씩 6개월 동안 붓는 적금 통장이었다. 녀석들은 그 적금을 아직 한 번밖에 붓지 못했다. "그전에 내가 죽으면 멋진 양복을 입고 와. 선글라스도 끼고." 나는 친구들에게 부탁을 했다. 그래서 내 친구들은 검은색 양복을 세 벌 샀다. 키가 큰 영재는 양복을 입으니 모델처럼 보였다. 신발이 등산화라 문제였지만. "넌 이 나이 되도록 구두 한 켤레가 없냐!" 작년에 새로 산 구두를 신고 나온 민기가 말했다. "넌 살이나 빼라." 성민이가 민기의 배를 손으로 툭 쳤다. 똑같은 와이셔츠를 사고 난 다음에 녀석들은 선글라스를 살 것인지 말 것인지 회의를 했다. (사, 사람 말이야. 나는 중얼거렸다.) "난 선글라스는 도수가 안 맞아서 못 써." "어른들이 싸가지 없다 그럴 거야." "솔직히 난 돈이 없어." 치사하게, 녀석들은, 선글라스는 생략하기로 했다.

사흘 동안 녀석들은 다섯 번이나 육개장을 먹었다. 부의금 함에 적금 통장을 넣는 걸 보았기에 나는 참았다. 영재는 술에 취한 작은아버지의 곁에 앉아서 다섯 시간 동안 술주정을 받아주었다. "형님이 얼른 와야 하는데." 그렇게 말하고는 작은아버지는 영재에게 휴대폰을 빌려 어딘가로 전화를 걸었다. "형님이요?" 작은아버지는 전화기에 대고 소리를 질렀다. "뭐라고 하는지 안 들려요." 할 수 없이 영재는 작은아버지가 들고 있는 전화를 대신 받았다. "여보세요." 영재가 이 한마디를 한 다음 갑자기 자리에서 일어났다. 새벽이었고, 빈소에는 사람들이 몇 명 남아 있지 않았다. "저기요. 혹시 영어 할 줄 아시는 분?" 아무도 손을 들지 않았다. 성민과 민기가 얼른 고개를 숙었다. "쏘리." 이렇게 말하고 영재는 전화를 끊었다. 작은아버지는 영재에게 수첩에 적힌 전화번호를 보여주면서 맞게 눌렸냐고 재차 물었다. 캐나다에 살고 있는 내 아버지 번호라고 했다. (죽은 게 아니었어요? 나는 작은아버지에게 물었다. 작은아버지가 귀를 후볐다.) 화장터에서 민기는 홍삼 드링크를 세 박스 사서 조문객들에게 나누어 주었다. (늘 미련한 놈이라는 말을 듣고 사는 민기에게 이런 면이 있으리라고는 상상도 못 했다.) 발인을 마치고 돌아오는 버스에서 녀석들은 깜빡 졸았다. 옆에 앉은 영재가 성민을 깨웠다. 그리고 귓속말로 말했다. "너 코 골았어." 성민은 영재에게 방금 꾼 꿈에 대해 이야기를 해주었다. "우리들은 모두 고등학생이었어. 넷이 철봉에 매달려 있었지. 체육 선생님이 호루라기를 불었어." 그러자 영재가 고개를 갸웃하며 중얼거렸다. "호루라기는 어째서 호루라기라고 불렸을까?" 영재는 더 이상 성민의 이야기를 듣지 않고 계속 호루라기, 호루라기, 하며 중얼거렸다. "우리들은 휘슬 소리가 나자 턱걸이를 시작했어. 아무도 철봉까지 턱을 올리지 못했지. 철봉에 매달린 우리들은 허공을 향해 다리를 휘둘렀어. 여덟 개의 다리가 문어 같다는 생각을 했어." 성민의 이야기를 듣다 보니 나는 갑자기 문어 다리가 몇 개인지 궁금해졌다. "너 우냐?" 영재가 두 손으로 성민의 볼을 만졌다. "아냐. 턱걸이를 못하는 열일곱 살짜리 남자애들 때문에 그래." 성민이 말했다. 누군가 코 고는 소리가 들렸다. 나는 민기인지 궁금했지만 뒤돌아보지는 않았다.

발인을 마치고 집으로 돌아가는 길에 녀석들은 소나기를 만났다. "저기 정자가 있다." 영재의 말에 셋은 그곳을 향해 뛰기 시작했다. "뭐야, 정자가 아니라 갈비 집이잖아." 녀석들은 막 갈비를 먹고 나오는 사람들 틈에 끼어서 자판기 커피를 뽑았다. 커피는 공짜였다. "녀석이 이 사실을 알았다면 우릴 칭찬해주었을 텐데." 그래서 나는 친구들에게 박수를 쳐주었다. 내가 세상에서 가장 좋아하는 일은 공짜로 무엇인가를 얻는 거니까. 커피를 마시다 말고 민기가 말했다. "가서 보일러라도 돌려야 하지 않을까?" 내 방은 비만 오면 금방 눅눅해졌는데, 어찌나 심했는지, 장마가 지나고 나면 도배를 새로 해야 했다. "아직도 집 열쇠를 화분 밑에 두었을까?" 영재가 중얼거렸다. 녀석들은 넥타이를 풀어 양복 주머니에 넣고는 자리에서 일어났다. 그리고 종이컵을 동그랗게 말아 휴지통을 향해 던졌다. 셋 다 노골. "언제나 그렇지, 뭐." 민기가 말했다. 열쇠는 화분 밑에 없었다. 영재는 신발장을 열고 낡은 운동화 안에서 열쇠를 찾아냈다. 영재가 보일러 필터 청소를 했고, 성민은 밀린 설거지를 했고, 민기는 소파에 길게 누웠다. 도대체 민기 부모님은 어쩌자고 민첩할 민(敏) 자를 붙여서 이름을 지어주었는지 모를 일이다. 하긴 영재의 부모님도 마찬가지다. 영재의 아이큐가 우리 넷 중에서 가장 낮았으니까. "허리가 아프다." 소파에 누워 있던 민기가 말했다. 소파는 가운데가 푹 꺼져 있었다. 10년 동안 그 소파에 누워 낮잠을 잤으니 당연한 일이겠지만. "그때 본 영화가 뭐였지?" 성민이 말했다. 우리 모두 재수를 하던 때였다. (그 재수 생활이 이렇게 길게 이어질 줄이야.) 우리는 모두 같은 학원에 등록했다. "그때부터 망한 거야." 영재는 우리들은 고등학교를 졸업하면서 그냥 헤어졌어야 했다고 말했다. "그보다 더 큰 문제는 여자 보는 취향이 같았다는 거지." 민기가 말했다. 아마도 봄이라 그랬을 거다. 수학 시간이었다. 한 시간 수업을 하고 나면 겨드랑이가 땀으로 젖을 정도로 열심히 수업을 하던 선생이었는데, 그날은 두 문제나 틀리게 풀었다. 물론 우리는 문제를 잘못 푸는 줄도 모르고 있었지만. 그 사실을 고백한 것은 수학 선생 자신이었다. "제가 오늘 두 문제나 틀렸

네요." 선생은 곧 울 것 같았다. 그때 누군가가 괜찮아요, 하고 말했다. 우리는 소리가 나는 쪽을 보았다. 거기, 머리에 분홍색 핀을 꽂은 여자애가 앉아 있었다. 우리 네 명이 동시에 짝사랑하게 될 여자애. "여자 때문에 남자들끼리 싸우는 모습은 보이지 말자." 민기가 말했다. 그래서 우리는 정정당당하게 시합을 하기로 했다. 첫번째 경기는 달리기. 운동장 열 바퀴를 돌기로 했다. 나는 새 운동화를 샀는데 괜히 샀다는 게 곧 밝혀졌다. 두번째는 턱걸이. 어느 초등학생이 턱걸이를 하는 우리를 보고는 아저씨들 뭐 하세요? 하고 물었다. 세번째는 줄넘기 오래하기. 네번째는 뒤로 달리기. 그 경기는 네 명이 동시에 넘어져 무승부로 처리했다. 씨름도 했다. 그건 힘이 센 민기가 승. 그렇게 해서 결국 시합에 이긴 사람은 영재였다. 우리는 돈을 모아서 영재에게 꽃다발을 사주었다. "그때 우린 좀 멋졌던 것 같아." 성민이 소파 팔걸이에 다리를 올린 채 바닥에 누웠다. "발 냄새 나." 민기가 코를 벌름거렸다. "등이 따뜻해." 성민이 말했다. 프러포즈를 하러 갔던 영재는 여자에게 꽃다발을 건네주지 않았다. 우리가 시합을 하는 동안 여자는 쌍꺼풀 수술을 했고 수술이 실패했다. 눈을 깜빡일 때마다 실밥 자국이 보인다고 영재가 말했다. 우리는 영재를 위로하기 위해 술을 샀다. "난 아귀찜 처음 먹어봐." 영재는 안주를 엄청 먹어댔다. 술에 취한 영재가 갑자기 자리에서 일어나더니 옆 테이블로 걸어갔다. 그러고는 술을 마시던 낯선 남자에게 꽃다발을 건네주었다. "뭐야?" 꽃다발을 건네받은 남자가 화를 버럭 내고는 꽃다발을 바닥으로 내던졌다. 둘이 멱살을 잡고 싸움을 시작했다. 우리는 싸움을 말리고 싶었지만, 너무 취해서, 제대로 일어서지도 못했다. 영재의 주먹이 남자의 얼굴을 향하는 순간 술에 취한 성민은 이렇게 중얼댔다. "2차는 어디로 갈 거야?" 남자의 이가 하나 나갔다. "친척 중에 치과의사가 한 명이라도 있었다면……" 그 사건 이후 영재는 치대를 목표로 공부를 하기도 했다. 아주 잠깐. 우리는 다음 달에 학원에 등록하지 못했다. 그 돈을 모아 합의금을 만들었지만 턱없이 모자랐다. 돈을 마련하기 위해 우리는 전단지를 나눠 주는 아르바이트를 하다가, 전단지에 적힌 월수입 5백만 원이란 말에 혹해서 다단계 회사에 들어갔는데, 열두 명의 동창들까지 덩달아 빚더미에 앉게 했다. 그때 우리는 많은 친구들을 잃었다. 우리 넷이 계속 친구가 될 수밖에 없던 까닭은 그래서였다. 다른 친구들이 없었으니까. 영재는 스쿠터를 훔쳐서 팔았다. 영재보다 더 소심했던 민기는 자전거를 훔쳤다. 나는 큰형의 자동차를 훔쳐서 팔았는데, 때마침 큰형은 음주 단속에 걸려 면허 정지가 된 상태였다. 어찌어찌해서 합의금을 해결하고 나자 다시 수능을 볼 시기가 다가왔다. "그런데 누가 먼저 소파를 훔치자고 했지?" 영재는 소파에 누워 있는 민기의 배 위에 엉덩이를 살짝 걸쳤다. 수능을 보던 날이었다. 수험증을 제출하면 영화가 공짜라는 말에 우리는 영화를 보러 갔다. 하지만 직원은 우리를 들여보내주지 않았다. "시험을 보고 오셔야죠." 치사한 생각이 들어서 우리는 돈을 내고 영화를 봤다. 네 명의 남자가 나오는 영화였다. 히치하이킹을 해가며 여행을 다니는 장면을 보다 잠깐 졸았는데 눈을 떠보니 네 명이 여전히 여행을 하고 있었다. 영화를 다 보고 우리는 극장 로비에 앉아서 잠깐 감상평을 이야기했다. "그런데 왜 여행을 다니는 거야?" 내가 묻자 친구들이 넌 수능 안 보길 정말 잘했다, 라고 대꾸했다. 여행을 다닌 게 아니라 자살하기 좋은 장소를 찾아다닌 거였다고 민기가 설명을 해주었다. "난 내가 자랑스러워. 한 번도 죽고 싶다는 생각은 안 했거든." "나도." "나도." "난…… 아닌데." 솔직히 나는 죽고 싶다는 생각을 했다. 자동차를 몰래 팔았다는 것을 알고 난 뒤에도 큰형은 내게 화를 내지 않았다. 대신 그 후로 내게 말을 걸지 않았다. 이 소파 멋지네, 라고 누군가 말했다. 아마 영재 아니면 민기였을 거다. 초록색이었는데 팔걸이에 담뱃불 구멍이 난 흔적이 있었다. "확실히. 난 아냐." 영재가 자기는 소파를 훔칠 때 한 손으로 얼굴을 가렸다고 말했다. "나도." "나도 아닌데." (그러고 보니 내가 그랬던 것 같은 생각이 든다. 담뱃불 구멍에 손가락을 넣었다 뺐다 하다가 그 소파를 훔치고 싶다는 생각이 들었다.) 나는 관객을 졸게 만들었으니 영화 값을 되돌려 받아야 한다고 말했다. "그러니 대신 이 소파를 들고 가자." 내 말에 친구들이 박수를 쳤다. 나와 성민이 앞에서 들고 영재와 민기가 뒤에서 들었다. "속으로 이런 생각을 하자. 우리는 소파 수리공이다." 내 뒤에서 영재 아니면 민기가 말했다. 그래서 나는 우리들이 대한민국에서 가장 솜씨가 좋은 소파 수리공이라는 생각을 했다. "고치려면 좀 오래 걸리겠는걸." 성민이 큰 소리로 말했다. 성민의 말을 듣고 극장 입구에 서 있던 관객들이 길을 내주었다. 이불 말고는 아무것도 없던 내 자취방이 근사해 보인 것은 그날 이후였다.

녀석들은 서로 소파를 갖겠다고 싸웠다. "가위바위보로 결정할까?" 성민의 말에 나는 실망스러운 표정을 지었다. 그렇게 쉬운 방법으로 결정하는 것은 전혀 우리답지 않은 일이었다. "어제 뭐 했는지 이야기해보자. 가장 재미있는 일을 한 사람이 갖게." 영재가 말하자 민기가 영재의 뒤통수를 때렸다. 그 순간 나도 같이 때렸다. "이 바보야. 어제 장례식장에 있었잖아." 친구들을 보고 있자니 누가 먼저 군대를 갈 것인지 내기를 하던 시절이 생각났다. 우리가 한 내기 중에서 가장 아름다운 내기였다. 우리는 꽃집에 가서 똑같은 나무가 심긴 화분을 샀다. 가게 주인은 봄이 되면 연분홍색 꽃이 핀다고 했다. "이 나무를 죽이는 놈이 먼저 군대 가는 거다." 다음해 봄에 네 개의 화분에서 모두 꽃이 피었는데, 영재의 것만 꽃 색깔이 달랐다. 노란색 꽃이 핀 걸 보고 민기는 영재가 물을 주는 대신 오줌을 누었기 때문일 거라고 추측을 했다. 꽃나무를 길러서 그런 건지 그해에 우리는 정말 착한 아이들이 되었다. 심장병 어린이를 도웁시다,라는 프로그램에 30만 원을 기부하기도 했다. 익명으로. 아직도 민기네 베란다에는 그 꽃나무가 자라고 있다. 또 누구의 귓밥이 가장 큰지, 내기를 하기도 했다. 성민이 이겼는데 새끼손톱만 한 귓밥이 나왔다. 우리는 부상으로 손톱깎이 세트를 선물했다. 소파에 누워 있던 민기가 갑자기 자리에서 일어났다. "왜?" "좋은 아이디어 있어?" 그러자 민기가 대답했다. "오줌 마려워." 화장실에서 오줌을 누다 말고 민기가 갑자기 소리를 질렀다. "가장 바보 같은 놈이 갖기로 하자." 녀석들은 자기가 바보처럼 느껴질 때가 언제였는지 이야기를 하기로 했다. 우선 영재의 이야기. "중학교 2학년 때였을 거야. 추석날 보름달을 보려고 옥상에 올라갔다가 갑자기 이런 생각이 들었어. 우리 동네에는 가로등이 몇 개나 있을까? 그래서 그 가로등을 모두 세어봤지. 사흘이 걸렸어." 다음은 민기가 말했다. "고등학교 때 공부 안 한 거." 민기의 말에 모두들 야유를 보냈다. "그런 말은 오십 대가 되면 하자." 영재가 말했다. "그럼 난 조금 있다 할게." 민기는 눈을 감고 무엇인가 생각하는 척했다. 성민은 이렇게 말했다. "중학교 때 도보 여행을 갔던 거. 반찬 투정을 절대 하지 않는 거. 외박을 하지 않는 거. 이 세 가지 빼고 난 늘 바보 같아." 성민의 말이 끝나자 민기가 아, 하고 말문을 열었다. "구글어스를 보는 일. 아직 가보지 못한 나라의 골목길을 보고 있으면 내 자신이 한없이 초라하게 느껴져." (나도 말했다. 목욕탕에 가서 낯선 사람에게 등 좀 밀어달라고 한 번도 말해보지 못했다고. 그럴 때 내가 참 바보처럼 느껴진다고.) 영재는 민기의 이야기가 가장 바보 같았다고 했고, 민기는 영재의 이야기가 가장 바보 같다고 했다. 성민은 자신의 이야기가 가장 리얼리티가 있다고 했다. 하지만 우리는 자기가 자기에게 투표를 할 수 없다는 규칙이 있었다. 그래서 성민은 영재와 민기에게 다른 이야기를 하나씩 해보라고 했다. 영재는 성민을 가리키며 너 같은 친구를 둔 게 내가 바보라는 증거다, 라고 외쳤다. 그때 민기가 책상 위에 있던 액자를 가리키며 말했다. "뭐가 좋은지 웃고 있다." 액자에는 우리 넷이 찍은 사진이 있었다. 재작년에 넷이 같이 차렸다가 망한 조개구이집 앞에서 찍은 사진이었다. 아무도 찾아오지 않는 식당에서 우리들은 조개를 구워 먹었다. 손님이 많아 보이기 위해서 둘씩 나눠 앉아서는 서로 모르는 사람처럼 굴기도 했다. 성민이 사진을 한참 바라보다가 액자 위로 수건을 던졌다. 그리고 최종 결정을 내렸다. "민기 승. 소파는 니 거야."

소파를 들자 그 밑에서 내가 아끼던 CD가 나왔다. 그동안 나는 그 CD를 성민이 훔쳐갔다고 생각했다. 괜히 성민에게 미안해졌고, 그래서 나는 성민이 CD를 주워 주머니에 넣는 것을 보고도 화를 내지 않았다. 옥상에서 빨래를 걷던 아주머니가 초록색 소파를 들고 가는 세 명의 남자를 신기한 듯 바라보았다. "근데 택시를 타야 하나?" 영재가 말했다. "그래야지." 성민이 대답했다. 그러자 거짓말처럼 빈 택시가 다가왔다. 기본 요금이면 가는 거리인데 택시 기사는 만 원을 달라고 했다. "이까짓 것쯤이야, 그냥 걷자." 국토 순례를 한 적이 있는 성민이 택시 기사를 그냥 보냈다. 그렇게 당당하게 굴고서는 5분도 못 가서 잠깐만 쉬자, 라고 말한 사람은 성민이었다. 가로수 아래에 소파를 놓고는 셋이 앉았다. "아이스크림 먹고 싶다." 민기가 말했지만 아무도 아이스크림을 사러 가진 않았다. 녀석들 앞으로 노란색 가방을 멘 아이들이 풍선을 들고 지나갔다. 아저씨 뭐 하세요? 라는 질문을 서른 번쯤 받았다. 그때마다 영재는 이건 움직이는 자동차야, 잠깐 쉬는 중이지, 하고 말했다. 횡단보도를 건너다 말고 몇몇 아이들이 다시 돌아왔다. 그러고는 소파 앞에 쪼그리고 앉아 움직이질 않았다. "뭐 하는 거니?" 성민이 물었다. "자동차 움직이는 거 보려고요." "핸들은 어디 있어요?" "비가 올 땐 어떻게 운전해요?" 결국 영재는 아이들에게 사실대로 말해야 했다. 한 아이가 울기 시작했다. 그러자 연달아 다른 아이들도 울었다. "우리 어린이들에게 그렇게 거짓말하면 안 되죠!" 민기가 아이들을 따라 울었다. "그러게 말이야." 민기가 울자, 아이들이 울음을 뚝 그치고는 놀라 달아났다. 민기 어머니가 현관 앞에 서 있는 녀석들에게 소금을 뿌렸다. (그 바람에 나는 민기네 집에 못 들어갈 뻔했다.) 민기네 거실에는 물소가죽으로 만든 소파가 놓여 있었다. 그 옆에 내 소파를 놓으니 내 방에서는 그렇게 근사하던 소파가 초라하게 보였다. 소파에 묻은 얼룩이 선명하게 보였고, 담뱃불 구멍도 더 크게 보였다. "화장실에 놓을 거예요." 민기가 말했다. 민기 어머니가 거실 바닥에 있던 훌라후프를 들어 민기에게 던졌다. "절대 안 돼!" 그리고 5분 후. 녀석들은 민기네 거실에 무릎을 꿇고 앉아서 민기 어머니에게 일장연설을 들었다. "니들은 식구들 외식할 때 밥값 한번 내본 적도 없지?" 민기 어머니의 잔소리를 들으면서 성민은 이런 생각을 했다. 우리 식구들은 외식할 때 나를 데려가지도 않아요. "저거 들고 나가라." 민기 어머니가 마지막 말을 하고는 화장실로 들어갔다. 곧이어 문 잠그는 소리가 들렸다. "이번에는 내가 여기서 안 나가고 싶은 심정이야." 민기가 화장실을 향해 큰절을 올렸다. 그리고 녀석들은 다시 소파를 들고 밖으로 나왔다. 아파트 경비 아저씨가 소파를 나르는 녀석들을 보고는 이렇게 말했다. "그거 버릴 거면 재활용 수거 스티커 붙여야 해요."

영재가 가게로 가서 캔 커피 세 개를 사왔다. 그리고 뚜껑을 따서 친구들에게 건네주었다. 녀석들은 슈퍼마켓 앞에 있는 파라솔 옆에 소파를 내려놓고는 커피를 마셨다. "내가 가져가겠다." 영재가 말하자 성민은 영재가 커피를 사 오는 것을 보고는 이미 짐작했다고 했다. 이번에는 영재가 앞에서 소파를 들었다. 뒤에 있는 성민과 민기가 번갈아 가면서 소파를 잡고 있던 손을 놓았다. 그때마다 영재는 말했다. "누가 소파에 앉아 있는 것 같아."(사실 나는 계속 소파에 앉아 있었다. 가끔 뛰기도 했고.) 와이셔츠 깃이 땀에 젖기 시작했다. 민기가 와이셔츠의 단추를 두 개나 풀었다. 성민이 양복 윗도리를 벗어 소파에 올려놓았다. 흰 와이셔츠에 붉은색 얼룩이 보였다. 아마도 육개장 국물일 것이다. 영재의 자취방은 3층에 있었는데, 계단은 좁고 가팔랐다. 코너를 돌다가 소파 다리가 난간에 부딪혔다. "그래도 그렇게 싸구려 소파는 아닌가 봐. 생각보다 튼튼하네." 부딪힌 소파 다리를 살펴보던 민기가 말했다. 영재의 방은 너무 좁았다. 의자를 놓을 곳이 없어서 침대를 의자 대신 사용할 지경이었다. 그곳에서 영재는 몇 년째 9급 공무원 시험 준비를 했다. "어디에 놓자는 거야?" 성민이 말했다. "그건 그렇고 환기 좀 시켜라. 이게 무슨 냄새냐?" 민기가 창문을 가리켰다. "열어봤자야. 바로 벽이거든." 영재는 방바닥에 엎어진 냄비를 주워 싱크대 위에 올려놓았다. 여기에 소파를 놓을 수 있을 거야, 라며 영재는 바닥에 널려 있는 책들을 발로 밀었다. 소파를 놓자 영재의 방은 조금의 틈도 남지 않았다. 침대에서 화장실을 가려면 소파를 넘어야 했고, 밥은 싱크대에 서서 먹어야 했다. "안 되겠다." 민기가 고개를 저었다. 나도 고개를 저었다. "내가 가져야겠다." 성민의 말에 영재는 소파에 누워 일어나지 않는 걸로 답을 대신했다. 민기와 성민은 영재의 성격을 잘 알고 있었다. 그래서 민기와 성민도 영재의 침대에 누워 영재가 먼저 말을 할 때까지 기다리기로 했다. 그러다가 셋은 잠이 들었다. (그 사이 나는 잠시 여행을 갔다 왔다. 조카는 폴라로이드를 만나서 내 흉을 보고 있었다. 나는 조카의 머리를 한번 쓰다듬어주고는 돌아왔다.) 잠에서 깬 영재는 아침이 되어도 해가 들어오지 않는 자신의 방을 둘러보았다. 그리고 소파의 쿠션이 생각보다 좋지 않다는 것도 알게 되었다. "내가 양보한다. 이거 네가 가져." 영재는 자고 있는 성민을 발로 찼다.

가파른 계단은 올라갈 때보다 내려갈 때가 더 힘들었다. 올라갈 때 부딪혔던 난간에 다시 한 번 소파를 부딪혔다. 소파 다리에 깊게 흠집이 났는데 아무도 신경 쓰지 않았다. 삼각김밥과 바나나 우유를 먹으며 길을 가던 초등학생을 만났다. "그 소파 버리는 거예요?" 초등학생이 물었다. "아니. 우린 소파 수리공이야." 그러자 초등학생이 씹지도 않은 김밥을 꿀꺽 삼키고는 반갑다고 말했다. 아이는 삼대째 소파를 만들고 있는 집의 장남이었다. 녀석들은 아이를 소파에 태워 학교까지 데려다 주었다. 교실까지 데려다 주겠다고 했더니, 자기네 반에 다리를 저는 친구가 있는데 그 친구 보기 부끄럽다며 아이는 정중히 거절했다. "학교까지 온 김에 내기 한판." 녀석들은 소파를 플라타너스 나무 아래에 내려놓았다. 성민이 농구 골대 아래에 버려진 바람 빠진 농구공을 집어 들었다. "한 사람 앞에 열 번씩 던지는 거다." 민기는 한 골도 못 넣었다. 영재가 세 골. 성민이 두 골. 셋이 농구를 하는 동안 잠자리가 날아와 소파에 앉았다. "가을도 거의 지났는데 웬 잠자리지." 민기가 소파를 향해 살금살금 다가와 손을 뻗었다. 잠자리는 움직이지 않았다. "혹시 녀석이 온 건가?" "나비로 환생한다는 이야기는 들었지만 잠자리로 변했다는 이야기는 처음 들어봐." 영재와 성민이 운동장 바닥에 앉아 턱을 괸 채 잠자리를 바라보았다. (이 바보들아. 나는 혀를 내밀고 고개를 흔들었다.) 그때 바람이 불었고, 잠자리가 날아갔다. 셋은 하늘을 향해 손을 흔들었다. "잘 가." 녀석들은 소파를 들고 다시 길을 걸었다. 폐지를 싣고 가던 할아버지가 가는 데까지 태워주겠다고 해서 리어카에 소파를 올려놓았다. 셋이 뒤에서 리어카를 밀었다. 사거리에서 헤어지면서 민기는 지갑에서 지난 복권을 꺼냈다. "종이라곤 이것밖에 없어요." 민기는 복권 석 장을 할아버지의 리어카에 올려놓았다. "아이고, 무거워진 것 같은데." 할아버지가 웃었다. 녀석들은 세차장 앞에 소파를 놓고는 세차하는 걸 구경했다. (나는 물이 싫어졌다. 그래서 멀찍이 떨어져 구경을 했다.) 또 녀석들은 중고 가구점에 들러 소파의 시세도 알아보았다. 간판 청소를 하는 아주머니에게 잠깐 소파를 빌려주기도 했다. 소파에 물이 묻었고, 그걸 말리기 위해 녀석들은 일부러 골목길을 돌았다. 그때였다. 어디선가 도와주세요, 하는 소리가 들렸다. 셋은 소파를 들고 소리가 나는 곳을 향해 달렸다. 할머니가 쓰러져 있었다. 옆에서 어린 손녀가 할머니의 손을 잡고 있었다. 할머니의 다른 손에는 비닐봉지가 들려 있었다. 비닐봉지에서 사과 하나가 나와 도로로 굴러갔다. 사과 위로 트럭이 지나갔지만 사과는 멀쩡했다. 사과는 흰색 승용차를 피했고, 오토바이를 피했고, 택시를 피했다. 나는 사과가 중앙선까지 굴러가는 것을 보았다. 사과는 노란선 안에 멈추었다. 그사이 민기가 할머니를 들어 소파에 뉘었다. 영재가 양복 윗도리를 벗어 동그랗게 만 다음 할머니 머리에 괴어주었다. 성민은 119에 전화를 걸었다. 나는 계속 사과를 구경했다. 중앙선에 멈춘 사과는 움직일 생각을 하지 않았다. 빨간 사과였다. 119 구급대가 오기 전에 할머니는 정신을 차렸다. "아가 괜찮단다." 할머니는 울고 있는 손녀에게 말했다. 구급대원들이 병원에 가서 검사를 해야 한다고 했지만 할머니는 한사코 집에 가야 한다고 우겼다. 그때 민기가 할머니의 귀에 대고 무어라 말을 했다. 그러자 할머니가 말없이 구급차로 옮겨 탔다. 사과 봉지를 여전히 손에 꼭 쥔 채로. "뭐라고 했어?" 영재와 성민이가 물었다. "비밀이야." 민기가 말했다. 궁금한 걸 참지 못하는 영재와 성민이는 이제부터는 자기 둘이서 소파를 들겠다고 민기에게 제안을 했다. "그럼 도착하거든 말해줄게." 성민이는 5층 건물의 옥상에 살았다. 다행히 4층까지는 엘리베이터를 타고 올라갈 수 있었다. 성민이의 문 앞에는 이런 쪽지가 붙어 있었다. "성민아 방세 두 달 밀렸다." (스물다섯 살이 되던 날 성민은 부모님에게 이렇게 말했다. "앞으로 방세를 내고 살게요. 대신 잔소리하지 마세요.") 성민이는 아버지가 붙여놓은 쪽지를 떼면서 말했다. "민기야. 잔소리 듣는 게 더 낫단다." 성민은 손으로 소파의 길이를 쟀다. 열세 뼘이었다. "아까 말이야. 할머니에게 이렇게 말했어. 손녀가 구급차를 타보고 싶대요." 성민은 방으로 들어가 소파를 어디에 놓아야 좋을지를 생각해보았다. 그때 밖에서 영재와 민기의 웃음소리가 들렸다. 성민은 창을 열고 옥상에 서 있는 친구들의 뒷모습을 보았다. 그 옆에 아무렇게나 놓여 있는 초록색 소파도. 성민은 이렇게 중얼거렸다. 저기에 두는 것도 괜찮겠어.

소파를 옥상에 두겠다고 하자 영재가 잠깐만, 하고는 어디론가 사라졌다. 민기가 옥상 한쪽 귀퉁이에 쌓여 있는 화분들과 널빤지를 가지고 탁자를 만들었다. 물에 젖었다가 바람에 말랐다가를 반복한 널빤지는 뒤틀려 있었다. "거기에 뭘 올려놓을 수나 있겠어?" 성민이 말하자 민기가 소파에 앉아서 널빤지 위로 발을 올려놓았다. "이렇게 발을 올려놓을 수 있지." 성민도 민기 옆에 앉아서 널빤지 위로 발을 올려놓았다. "우리 집에 있는 화분 여기 가져다 놓아야겠다." 민기가 말했다. 잠시 후, 영재가 파라솔 두 개를 양쪽 겨드랑이에 낀 채 돌아왔다. "그게 뭐야?" "어디서 났어?" 영재가 파라솔을 펼쳐 우산처럼 쓰고는 옥상을 한 바퀴 돌았다. "아직 실력이 녹슬지 않았나 봐. 훔쳤어." 파라솔을 어떻게 고정시켜야 할지에 대해 녀석들은 의견이 분분했다. 민기는 소파 등받이에 파라솔 다리를 붙여버리자고 했고, 성민은 빨랫줄에 파라솔을 묶어놓자고 했다. 그래도 모처럼 영재가 이름값을 발휘했다. 가장 큰 화분 두 개를 가지고 와서는 거기에 파라솔을 묻었다. 그리고 파라솔을 심은 화분을 소파 양쪽에 두었다. 셋은 다시 소파에 앉았다. 파라솔과 파라솔 사이로 하늘이 보였다. "호치키스." 민기가 중얼거렸다. "뭐야?" 영재와 성민이 물었다. "나는 이상하게 호치키스라고 말하고 나면 기분이 좋아져. 왜 그럴까?" 민기가 다시 호치키스, 하고 나지막이 말했다. 그러자 영재가 누구나 자기만의 주문이 있는 법이야, 하며 민기의 어깨를 두드렸다. "껌으로 막힌 열쇠 구멍. 그게 내 주문이야." 성민이 말했다. (나는 눈을 감고 통조림이 끊임없이 쏟아져 나오는 어느 공장의 풍경을 그려보았다. 아버지가 생각날 때마다, 나는 수십만 개의 통조림을 만드는 공장의 기계를 상상해보곤 했다. 그러면 금방 배가 고파졌다.) "먹을 거 없냐?" 민기가 물었다. 성민은 4층에 있는 부모님 집으로 내려갔다. "맛있는 거 좀 가져와." 성민의 뒤통수에 대고 영재가 말했다. 민기가 영재의 다리에 머리를 베고는 소파에 길게 누웠다. "이 눕는 버릇. 언제 고칠 거야?" 영재가 다리를 떨었다. 민기의 머리도 덩달아 흔들렸다. "멀미 나." 성민이 양손에 쇼핑백을 들고 다시 돌아왔다. 그리고 뒤틀린 널빤지 위에 음식들을 올려놓았다. 녀석들은 잡채와 동태전과 고추전과 고사리무침을 먹었다. "우리 다시 식당 차려볼까?" 젓가락을 두고 손으로 동태전을 집어 먹던 민기가 말했다. 영재가 당면 한 가닥을 들어서 민기의 얼굴로 던졌다. "같이 망하기 싫어." 당면이 민기의 얼굴에 붙어버렸다. 성민이 낄낄대며 웃었다. 영재가 성민의 얼굴로도 당면을 던졌다. 성민은 당면을 피했다. (당면은 성민의 옆에 서 있던 내 몸을 통과한 뒤에 옥상 바닥으로 떨어졌다.) 성민도 당면 한 가닥을 집어 영재에게 던졌다. 민기가 두 친구의 얼굴로 동태전을 던졌다. 영재와 성민이 동시에 민기에게 고사리무침을 던졌다. 음식들이 소파 위로 떨어졌다. 성민이 던진 시금치가 민기의 인중에 붙었다. "수염 같다." 민기가 시금치를 떼어 입에 넣었다. "수염 맛이 시금치 맛하고 똑같아." 민기의 말에 녀석들이 웃기 시작했다. 녀석들은 두 손을 배꼽에 대고 허리를 굽혔다 폈다 하면서 마치 처음 웃어보는 사람처럼 웃었다. 웃는 동안 녀석들은 아주 먼 곳으로 여행을 갔다. 민기는 15년 후의 자신의 모습을 보았다. 살이 빠져 있었다. 수염을 길렀는데 생각보다 잘 어울렸다. 그 모습이 보기 좋아 민기의 웃음소리가 더 커졌다. 한적한 국도 변에서 민기는 자동차 타이어를 교체했다.

생각보다 힘든 일이었다. 바람 빠진 타이어를 바닥에 내려놓고 민기는 그 위에 앉아 담배를 피웠다. 평화로운 날들이야, 하고 담배를 피우면서 민기는 생각했다. 영재는 하루에 알약을 열다섯 개씩 먹어야 하는 아저씨가 되어 있었다. 시험 공부를 하도 많이 했더니 상식 백과사전을 거의 통째로 외울 지경이 되었고, 텔레비전 퀴즈 프로그램에 나가 퀴즈 왕이 되었다. 상금이 4천 5백만 원이었다. 성민은 눈을 감고 웃다가 나를 만났다. "잘 있었니?" "응 잘 있었어." 우리는 인사를 했다. 나는 성민에게 소파를 잘 간직해줘서 고맙다고 말했다. 성민을 하나도 닮지 않은 딸이 소파에 오줌을 싸기도 했고, 화가 난 부인이 소파 다리를 발로 걷어차기도 했고, 술에 취한 성민이 소파에서 밤을 지새우기도 했다. "그런데 우린 어떻게 만난 거야?" 성민이 내게 물었다. 나는 사실대로 말해주었다. "너도 죽었거든." 자신이 마흔을 넘기지 못하고 죽는다는 사실 때문에 성민의 눈에서 눈물이 흘렀다. 하지만 성민은 여전히 웃고 있었다. (나도 녀석들을 따라 웃어보았다. 그리고 지구 반대편으로 잠깐 여행을 갔다 왔다. 세상에. 거기에서 학교 교장실에 들어가 소파를 훔치는 네 명의 아이들을 만났다.) 웃음을 그친 녀석들은 조금 전에 왜 자신들이 웃었는지 그 이유를 알지 못했다. 하지만 웃고 난 후에 녀석들은 이런 자신감이 들기 시작했다. "이제는 공중부양도 할 수 있을 것 같아."

"언젠가는 실컷 잘 텐데요." 그는 카메라를 피해 오른손으로 얼굴을 가렸다. 똑같은 말을 열 번쯤 반복하자 그는 정말로 영영 자게 될 그날이 곧 다가올 것처럼 느껴졌다. 오십대 남자가 대회 도중 심장마비를 일으킨 바람에 시말서를 쓴 적이 있던 담당자는 그의 참가 신청서를 받아 들고는 한참을 망설였다. 오십대 남자는 47시간 만에 심장마비를 일으켰다. 콩나물국밥집 주인이 밥값을 내지 않은 주인공에게 경상도 사투리로 욕을 하는 장면이 시작되었을 때, G열 14번 자리에 앉은 남자는 자신의 가슴을 움켜쥐었다. 주인공이 국밥집 문짝을 발로 걷어차던 순간 남자의 심장은 멈추었다. 담당자는 그에게 죄송하지만 나이가 너무 많습니다, 라고 말을 했다. 빚쟁이들을 피해 전국의 여관을 전전하던 마흔일곱 무렵부터 그는 불면증을 앓아왔다. 잠을 자지 않는 일이라면 누구보다 자신 있었다. "그깟 나이가 무슨 상관이람. 언젠가는 실컷 잘 텐데." 그는 볼펜 끝을 잘근잘근 씹고 있는 담당자를 보며 혼잣말처럼 중얼거렸다. 담당자는 그의 말을 듣고는 다시 한 번 신청서를 보았다. 소파에 앉아서 꾸벅꾸벅 졸던 할머니가 떠올랐다. 할머니는 자다 깨어나면 리모컨으로 텔레비전 볼륨을 높이면서 이렇게 중얼거리곤 했다. 아이고, 아까워라. 나중에 실컷 잘 텐데. 남편의 지갑에서 천 원씩 훔쳐서 손자에게 주던 할머니. 이가 두 개 밖에 없어서 총각김치를 못 먹던, 그러나 고쟁이 주머니에 손자의 유치를 모두 보관하고 있던 할머니. 그런 할머니를 생각하는 동안 담당자의 눈 밑 주름이 잠시 펴졌다. "혹시, 어디 아픈 데는 없으세요?" 담당자가 그에게 물었다. 그는 매일 잠을 자기 전에 팔굽혀펴기를 서른 개씩 한다고 말해주었다. "게다가 혈압도 정상이야." 담당자는 몇 번 고개를 갸웃거리다가 마침내 그의 신청서에 도장을 찍었다. 하루 세끼를 대놓고 먹는 백반집 주인은 대회에 나간다는 말을 듣고는 계란 프라이를 하나 더 부쳐주었다. "사람은 잠을 자야 해요. 그런 대회는 뭐하러 나가요?" 백반집 주인도, 목욕탕 때밀이도, 약수터 배드민턴 동호회 사람들도, 위궤양 약을 지어주던 내과 의사도, 모두 그렇게 물었다. 그때마다 그는, 언젠가는 실컷 잘 텐데 뭐가 걱정이에요, 라고 대답했다. 그는 겨울이 오지 않는 나라에 사는 손자에게 전화를 걸어 곧 심장마비로 죽을지도 모른다고 말했다. "장사가 안 돼서 죽겠어. 그니까, 농담하지 마세요." 손자는 그의 자동차를 몰래 팔아 외국으로 떠났다. 공항에서 컬렉트콜로 전화를 건 손자는 5년 안에 더 큰 자동차를 사주겠다고 약속을 했다. 그는 굳이 다른 나라까지 가서 햄버거 장사를 하겠다는 손자를 이해할 수 없었지만, 아들을 잃은 것처럼 손자를 잃을 수 없었기에, 너만 행복하면 된다고 말을 해주었다. "언제 한번 놀러 와. 여자 친구 생겼어요." 전화기 저편에서 경적 소리가 들렸다. "3년 남았다. 중고는 싫다." 전화를 끊고서야 손자에게 대회에 나간다는 이야기를 하지 않았다는 것을 알았지만, 그는 다시 전화를 걸지 않았다. 전화기를 내려놓으면서 네가 잘 때 나는 깨어 있겠구나, 라고 중얼거렸다. 극장 입구에서 기자들이 기분이 어떠세요?라고 물었을 때 그는 손자가 사는 곳이 지금 낮인지 밤인지를 헤아려보았다. 그는 카메라를 피해 오른손으로 얼굴을 가리면서 말했다. "고작 사흘쯤이야. 언젠가는 실컷 잘 텐데요." 저녁 뉴스에 그 모습이 방송되었다. '영화 오래 보기 대회 최고령 참가자 김영희 씨(73세)'라는 자막과 함께.

그는 F열 13번 자리에 앉았다. 14번 자리에 앉은 여자가 가방에서 안경을 꺼냈다. "안경을 세 개 가지고 왔어요. 졸릴 때마다 안경을 바꿔 보려고요." "72시간 13분이에요." 그는 말했다. 여자가 그러게요, 대단하죠, 라고 대답했다. 앞자리에 앉은 사람이 대회를 위해 담배를 끊었다고 하자, 그 옆에 앉은 사람이 지난 일주일 동안 하루에 스무 시간씩 잠을 잤다고 받아쳤다. 10초 이상 눈을 감을 경우 탈락하게 된다고 사회자가 말했다. 그는 눈을 감고 천천히 아홉을 세었다. 그는 태어나서 딱 한 번 극장에 가보았다. 동시 상영을 하는 극장이었는데, 그곳에서 그는 소주를 뚜껑에 따라 홀짝거리며 마셨다. 영화 속 여자는 자주 귀를 후볐다. 무슨 일 때문에 혼자 극장에 가게 되었는지는 전혀 기억이 나지 않지만 귀를 후비는 여자를 보면서 혼자 울었던 기억만은 생생하게 떠올랐다. 열다섯 살에 가출을 해서 자수성가를 한 남자치고 그는 자주 울었다. 그의 어머니는 새 옷을 입혀주면서 어린 아들에게 말했다. "큰집에 가거든 기죽지 마. 웃고 싶으면 웃고, 울고 싶으면 울어." 남편에게 아들을 빼앗긴 여자의 마지막 말치고는 이상했지만, 그는 어머니의 그 말을 지키며 살려고 평생 노력했다. 조명이 꺼졌다. 영화가 시작되자 그는 눈을 떴다. 머리를 하나로 묶은 여자가 베란다에서 빨래를 널고 있었다. 목이 늘어난 티셔츠와 팬티 두 장, 그리고 '김순녀 여사 회갑 기념'이라고 프린트된 수건이 화면 가득 클로즈업 되었다. 트럭 두 대가 지나갔고, 창문이 흔들렸다. 빨래도 흔들렸다. 여자가 베란다에 세워놓은 긴 막대기를 들더니 옆집 창문을 두드렸다. "지난주에 산 청바지 좀 빌려줘." 여자가 소리쳤다. 그러자 얼굴이 똑같이 생긴 여자가 하품을 하면서 베란다로 나왔다. 옆집 여자가 막대기 끝에 청바지를 걸었다. "아직 한 번도 안 빤 옷이야." 여자가 말했다. 그는 쌍둥이 자매가 왜 옆집에 나란히 사는지를 이해할 수가 없었다. 원룸 두 개를 빌릴 돈이면 더 큰 집을 빌려 같이 살 텐데. 그가 영화 오래 보기 대회에 나간다고 했을 때, 배드민턴 동호회 회원인 쌍화탕 할머니는 이런 충고를 해주었다. "잘 이해가 안 되거든 저런 바보들, 하고 욕을 해요." 배드민턴을 칠 때마다 보온병에 쌍화탕을 타와 '김 마담'이라고도 불리는 김 할머니는 그에게 쌍화탕을 한 잔 주었다. 김 마담이라고 불릴 때마다 그녀는 어디선가 약속다방의 지린내 나는 화장실 냄새가 자꾸 나는 듯했다. 락스를 한 통씩 부어도 지린내는 사라지지 않았다. 곗돈을 가지고 도망을 간 계주나, 사랑한다고 말하고는 저녁마다 손찌검을 하는 남편이나, 가게 유리창을 깨고 도망을 간 종업원이 생각날 때마다 그녀는 화장실 청소를 했다. 그리고 깨끗해진 변기에 쪼그리고 앉아 오줌을 누면서 바보 같은 새끼들이라고 욕을 했다. 그는 쌍화탕 할머니의 말처럼 저런 바보 같은 놈들이라고 중얼거려보았다. 쌍둥이 동생은 백화점 가판대에서 허리띠를 팔았다. 쌍둥이 언니는 할인 마트에서 유통기한이 지난 상품들을 수거하는 일을 했다. 수거한 상품들을 창고로 가져가 재포장을 했다. 동생은 혼자 점심을 먹었다. 언니는 다리를 저는 직장 동료와 유통기한이 지난 김밥을 먹었다. 그는 쌍둥이 동생이 백화점에서 넥타이를 훔치는 것을, 쌍둥이 언니가 유통기한의 날짜를 조작하는 것을, 무심하게 바라보았다. 자매는 직장 상사를 짝사랑했고, 낡은 신발을 신었고, 초조해질 때마다 손톱을 물어뜯었다. "농담이야." 다리를 저는 직장 동료는 쉼 없이 수다를 떨었다. 그러고는 말끝마다 농담이야, 라고 덧붙였다. 그때마다 쌍둥이 언니는 웃었다. 그는 누군가 자신에게도 그렇게, 농담이야, 하고 말을 해주었으면 좋겠다고 생각을 했다. 농담이야. 40여 년 전에 편지 한 통을 들고 찾아온 아이에게 그도 그런 말을 한 적이 있었다. "농담하지 마라. 나는 니 아빠가 아니란다." 아이는 그에게 사진 한 장을 건네주었다. "기억나세요? 이분이 우리 엄마예요." 그는 사진 속의 여자를 빤히 들여다보았다. 하숙집 딸이었다. 그녀가 은행장의 아들과 결혼을 한 날, 그는 하숙집 마당에 주저앉아 엉엉 울었다. 그녀가 아들을 낳았다는 소식을 들은 후에도 오랫동안 그는 그녀의 사진을 버리지 못했다. 그는 아들이 건네준 여자의 사진을 반으로 찢었다. 남편의 자식이 아닌 것이 들통 나자 아들을 버린 여자. 아들 대신 빌딩이 세 채나 있는 남편을 선택한 여자. 어떻게 하면 자신을 속인 부인을 용서할 수 있을까? 금고에 몰래 손을 댄 직원을 갈비뼈가 부러질 정도로 발로 걷어찬 적이 있는 그는 은행장의 아들이 도통 이해되지 않았다. 쌍둥이 자매들은 집에 돌아오면 오랫동안 샤워를 했다. "언니, 나 다음 달에 홍콩으로 출장 갈 것 같아." "점심에 초밥을 먹었는데 괜찮더라. 언제 같이 가자." "눈 밑에 주름이 생겼어. 화장품을 바꿀까." "이번 주말에 영화 보러 가자는데…… 갈까?" 자매들은 베란다에 서서 커피를 마시며 거짓말을 했다. 그리고 각자의 방으로 돌아가 똑같은 드라마를 보고 똑같은 자세로 잠이 들었다. 베개에 얼굴을 파묻고 엎드려 자는 자매들을 보면서 그는 화면을 반으로 접고 싶다는 생각을 했다. 벽을 가운데 두고 반으로 접는다면 모든 풍경이 똑같이 겹쳐질 것 같았다. 그는 어렴풋하게 그들이 같이 살지 않는 이유를 알 것도 같았다. 자신의 삶을 똑바로 바라보는 것처럼 고통스러운 일은 없을 테니까. 뒤돌아보면, 그토록 벗어나고 싶은 자신의 삶이, 등 뒤에 있을 테니까. 마치 거울을 보는 것처럼. 그는 동생의 방에도, 언니의 방에도, 거울이 없었다는 게 뒤늦게 생각났다. 세수를 하고 거울을 보는 장면도 나온 적이 없었다. 생각해보니 베란다 이쪽의 언니가 베란다 저쪽의 동생에게 너 얼굴에 뭐 묻었어, 하고 말을 하던 장면이 있었던 것도 같았다. 그는 할 수만 있으면 필름을 거꾸로 돌려 그 장면을 확인하고 싶었다.

 그는 수세식 변기를 팔아 집을 여섯 채나 장만했다. 여기저기서 아파트가 지어지던 시절이었다. 어머니가 암으로 쓰러졌다고, 수술비가 모자란다고, 배다른 형이 그를 찾아왔다. 고향 집은 이미 남의 손에 넘어간 지 오래라고 했다. 그는 검지가 잘린 형의 오른손을 바라보다가 밥 먹어야지? 하고 물었다. 그러고는 형의 대답도 듣지 않고 여직원을 향해 소리쳤다. "설렁탕 두 그릇. 보통 말고 특으로!" 배다른 형은 설렁탕을 반이나 남겼다. 그는 문을 나서는 형의 뒤통수에 대고 말을 했다. "나중에 내 변기 하나 선물할게." 그 후로 그는 형을 다시는 만나지 못했다. 낡은 소파에 앉아서 신문을 읽고, 프로야구를 보고, 십자말풀이를 하는 주인공의 뒷모습을 보고 있자니 배다른 형이 마지막으로 했던 말이 자꾸 떠올랐다. "설렁탕 특으로 처먹고 변기에 앉아 똥 싸니 좋냐?" 주인공이 사는 집은 오래된 이층집이었다. 방이 다섯 개나 있는 집이었지만 주인공은 거실 소파에서 잠을 잤다. 눈이 침침해서 자막이 보이지 않았기 때문에, 그는 주인공이 왜 전화기를 벽에 집어 던질 정도로 화가 났는지를 짐작할 수가 없었다. 아무렴 어때. 그가 집 여섯 채를 장만하는 데는 11년이 걸렸다. 하지만 그 집을 모두 날리는 데는 6개월도 채 걸리지 않았다. 도망을 다니는 동안 그는 여관방에서 하루에 다섯 번씩 목욕을 했다. 아무리 목욕을 해도 몸에서 누린내가 나는 듯했다. 배다른 형이 다녀간 뒤로 그는 변비에 걸렸다. 그때부터 사업은 내리막길을 걷기 시작했다. 화장실을 못 가는 날이 잦아졌고, 막아야 할 어음이 돌아오는 날도 잦아졌다. 이해할 수 없는 장면들이 계속되었다. 이층집이 반으로 잘렸다. 주인공은 마당에 텐트를 펴고 잠을 잤다. 거실 한쪽 벽에는 수십 개의 액자들이 걸려 있었는데, 사진 속의 주인공은 환하게 웃고 있다. 저 사진을 찍던 무렵에는 흰머리가 나기도 전에 지팡이 신세를 지게 되리라고는 상상도 못 했겠지. 그는 자신이 주인공보다 훨씬 젊어 보인다는 사실에 기분이 좋아졌다. 주인공이 걸을 때마다 나는 지팡이 소리도 경쾌하게 들렸다. 그 소리를 더 자세히 듣기 위해 눈을 감고 싶은 생각마저 들었다. 손자가 떠난 후, 그는 유일하게 남은 재산인 35평짜리 아파트를 팔았다. 그리고 전철역 근처의 낡은 빌라로 이사를 갔다. 전철이 지나갈 때마다 창이 심하게 흔들렸다. 그럴 때면 텔레비전 볼륨을 높여야 했다. 전철이 덜컹거리며 지나가는 소리를 들으면 성공하기 전에는 돌아오지 않을 거야, 하고 주먹을 불끈 쥐던 열일곱 살 무렵의 자신이 눈앞에 보이는 듯했다. 멜빵바지를 입은 인부들이 이층집을 찾아왔다. 인부들은 1층과 2층 사이를 반으로 갈랐다. 톱밥이 사방으로 튀었다. 2층의 굴뚝이 한쪽으로 기울자 주인공이 인부들에게 소리를 질렀다. 저렇게 잘라서 어쩌라는 거지? 그는 대형 크레인이 2층을 들어 올리는 장면을 신기하게 바라보았다. 분홍색 침대 위에 누워 있던 토끼 인형이 바닥으로 떨어졌다. 벽에 걸린 여자아이의 사진도 바닥으로 떨어졌다. 하지만 다행히 액자는 깨지지 않았다. 크레인이 천천히 움직였다. 그는 바람이 불 때마다, 크레인에 매달린 집이 흔들릴 때마다, 숨을 멈추었다. 옆자리에 앉은 여자는 영화가 지루한지 하품을 했다. 그러고는 안경을 바꾸었다. 마침내 2층이 무사히 아래로 내려왔다. 주인공이 담배를 피우는 인부에게 뭐라고 말을 했다. 그는 지난 백 년 동안 이 집에서 모두 열여섯 명의 아이들이 태어났죠, 하고 중얼거려보았다. 주인공이 꼭 그렇게 말을 했을 것만 같았다. 큰어머니의 가락지를 몰래 팔아 가출을 한 열일곱 살의 그는 가진 돈이 다 떨어질 때까지 찐빵만 사 먹었다. 그가 할 줄 아는 것이라고는 휘파람으로 고향의 봄을 연주하는 것밖에는 없었다. 일할 곳을 찾지 못한 그는 하루 종일 골목길을 걸었다. 그러다 다리가 아프면 어느 집의 담벼락에 기대앉아 30년 후의 자신의 모습을 상상하며 해바라기를 했다. 영화는 두 대의 트레일러가 비상등을 켜고 밤길을 달리는 장면으로 넘어갔다. 1층이 앞에서 달리고 2층이 뒤에서 달렸다. 주인공은 여전히 1층 소파에 누워 잠을 자고 있었다. 그가 가출을 해서 처음으로 한 일은 담장을 쌓는 일이었다. 골목길을 걷던 그는 담장 공사를 하는 집을 발견했다. 인부는 한 명밖에 없었다. 수염을 깎지 않은 남자는 벽돌을 쌓고 시멘트 바르는 일을 혼자서 했다. "보조 한 명 구하세요." 그가 말했다. "필요 없다." 남자가 말했다. 남자가 벽돌에 시멘트를 바르자마자 그가 새 벽돌을 그 위에 올려놓았다. "봐요. 훨씬 편하잖아요." "집에 가라." 남자의 말에 아랑곳하지 않고 그는 계속 벽돌을 쌓았다. 주인집에서 새참이라고 국수를 말아 왔다. "한 그릇 더 부탁해요." 남자가 주인집 여자에게 말했다. 담을 완성하면 그는 꼭 담장 위를 한 번씩 걸어보았다. "절대 무너지지 않을 거예요." 그는 집주인들에게 말하곤 했다. 그때만 해도 그는 차곡차곡 쌓기만 하면, 곧 높고 견고한 담을 완성할 수 있을 것이라고 생각했다. 아직 십대였던 시절이었다. 두 대의 트럭은 하룻밤을 달려 어느 폐교에 도착했다. 1층과 2층이 다시 하나로 합쳐지는 장면이 빠른 화면으로 지나갔다. 주인공이 집 주변을 한 바퀴 돌았다. 카메라는 주인공의 발자국과 지팡이 자국을 오랫동안 보여주었다. 주인공은 현관 앞에서 신발을 털었다. 주인공이 천천히 소파로 걸어가는 것을 보다가 그는 자기도 모르게 저런 바보, 하고 중얼거렸다. 저 소파에 앉아서 다시 십자말풀이를 하겠지. 죽을 때까지 아무도 찾아오지 않겠지. 그는 생각했다.

쉬는 시간은 15분씩이었다. 그는 복도에 서서 맨손체조를 했다. 그의 신청서를 접수했던 담당자가 다가와 너무 무리하지는 마세요, 하고 말했다. "혼자 사는 노인네 말고 다른 것 좀 틀어봐." "지겨우면 그냥 주무세요." 담당자가 이를 드러내며 활짝 웃었다. 세번째 영화는 삼인조 도둑의 이야기였다. 고등학교 2학년 때, 프로야구 경기장에서 만난 이후로, 그들은 10년 동안 늘 같이 붙어 다녔다. 그들이 친구가 된 것은 한국 시리즈의 역전 홈런 볼을 동시에 잡았기 때문이었다. 셋은 서로 자신의 공이라고 우겼다. 그러자 한 친구가 가위바위보로 결정을 하자고 했고, 또 다른 친구가 야구 연습장에 가서 안타를 가장 많이 친 사람이 공을 갖자고 했다. 그러자 두 사람의 이야기를 듣던 친구가 이렇게 말했다. "이 공을 팔아 그 돈을 나눠 갖자." 홈런 볼을 판 돈으로 그들은 똑같은 자전거를 석 대 장만했다. "우리 5년 후엔 자동차를 사자." 내리막길을 달리면서 그들은 말했다. 하지만 10년이 지나도록 그들은 여전히 똑같은 자전거를 타고 있었다. 대학 입시에 실패한 그들은 같은 날 군대에 갔다. 그들이 군대에 있는 동안 살이 20킬로그램 이상 찌는 바람에 여자 친구들이 모두 떠나버렸다. 눈이 단춧구멍만 하게 작아졌을 때 그들은 제대를 했다. 집에 돌아와보니 아버지들이 정년퇴직을 하고 하루 종일 베란다에서 화초를 키우고 있었다. 옷장을 열어보니 무릎이 튀어나온 운동복 말고는 맞는 옷이 하나도 없었다. 그들이 처음으로 훔친 돈은 5천 원이었다. 비디오 가게의 아르바이트 학생이 화장실에 가면서 5천 원을 바닥에 흘린 것이었다. "떡볶이 2인분." 그들은 훔친 돈으로 포장마차에서 떡볶이를 사 먹었다. 떡볶이를 다 먹은 뒤에야 그들은 5천 원으로는 떡볶이 3인분도 사 먹을 수 없다는 사실을 알아차렸다. "이렇게 살 수는 없어." 한 친구가 말했다. 영화를 보던 사람들은 그들이 도둑질에 실패할 때마다 웃었다. 부엌 창문을 따고 몰래 숨어들어간 집에서 리모컨을 밟아 집주인을 깨웠고, 애써 훔쳐온 금고에는 낡은 편지지만이 가득 들어 있었다. 큰맘 먹고 거리에 세워진 외제 자동차를 훔쳤는데 하필이면 수동 기어였다. 그들은 겨우 한 정거장을 운전하다가 포기를 했다. "기름 값이 많이 들 거야." 차를 포기하면서 그들은 말했다. 그의 집에도 손자가 훔쳐온 물건이 있었다. 시험 공부를 한다고 친구네 집에 갔던 손자는 그날 새벽에 여섯 개의 리모컨을 훔쳐 집으로 왔다. "그 자식이 지 노트를 안 보여주잖아, 쩨쩨하게." 손자는 훔쳐온 리모컨의 전원 버튼을 누르며 텔레비전을 켜는 시늉을 했다. "할아버지. 에어컨은 리모컨 없어도 켤 수 있나? 곧 여름인데." 손자의 말이 끝나기도 전에 텔레비전이 켜졌다. "어. 회사가 다른데." 손자는 훔쳐온 리모컨을 이리저리 살펴보았다. 다시 전원 버튼을 누르자 텔레비전이 꺼졌다. 그 리모컨은 텔레비전의 전원을 켜고 끌 수는 있었지만 채널을 바꾸지는 못했다. "어디서부터 잘못되었을까?" 삼인조 도둑은 비가 오는 날이면 비를 맞고 운동장을 달렸다. 그러면서 묻고 또 물었다. 어디서부터 잘못되었는지. 잠이 오지 않는 날이면 그는 손자가 훔친 리모컨으로 텔레비전을 켰다 껐다 반복했다. 그러면 자신이 고장 난 리모컨과 다를 바가 없다는 사실에 슬퍼지곤 했다. 자신의 삶도 더 이상 채널을 바꿀 수가 없을 테니까. 아무것도 훔치지 못한 채 1년이 지나갔다. 1년 동안, 도둑질을 하다 들켜 하도 도망을 다니다 보니, 살이 저절로 빠졌다. 군대 가기 전에 입었던 청바지를 다시 입을 수 있게 되었다. 그는 영화 속 주인공들에게 벽돌을 쌓던 아이가 어떻게 해서 변기 공장의 사장이 될 수 있었는지 이야기를 들려주고 싶었다. 이십대가 되기도 전에 손가락이 세 번이나 부러졌었다고. 그는 사람들과 자주 악수를 했다. 그게 성공 비결이라고 그는 생각했다. 세 번이나 부러지는 바람에 기역 자로 꺾어진 새끼손가락을 사람들에게 보여주면서 그는 말했다. "절 믿으세요. 하도 약속을 많이 해서 손가락이 이렇게 되었잖아요." 그의 아들은 아버지의 이야기를 들을 때마다 속으로 이런 생각을 했다. 나하고는 한 번도 새끼손가락을 걸어본 적이 없으면서. 열한 살일 때 그를 찾아온 아들은 그와 10년을 살았다. 아들을 사랑하기에 10년은 너무 짧았다. 결혼을 약속한 여자는 그에게 아들이 있다는 이야기를 듣자마자 연락을 끊었다. 그는 술에 취하면 아들에게 너랑 나랑 닮았냐? 하고 묻곤 했다. 그는 아들의 쌍꺼풀을 볼 때마다 하숙집 딸도 쌍꺼풀이 있었는지를 생각해보려고 애를 썼다. 하지만 그녀의 얼굴은 떠오르지 않고, 그녀의 사진을 끼워두었던 지갑을 도랑에 버렸던 일만 생생하게 떠올랐다. 생일날, 그가 스스로에게 선물한 지갑이었다. 계산을 하면서 그는 반으로 접히지도 않을 정도로 지폐로 가득 채워진 지갑을 상상하면서 혼자 웃었다. 삼인조 도둑은 길을 걷다가 나무 꼭대기에 걸린 쇼핑백을 발견했다. 그들은 쇼핑백을 향해 돌을 던졌다. 쇼핑백이 떨어질 듯 흔들렸지만 떨어지지는 않았다. 마치 초등학교 운동회 날 박을 터뜨리기 위해 공을 던지던 아이들처럼 그들은 돌을 던졌다. 쇼핑백은 떨어지지 않고 영화는 끝났다. 아들이 죽지만 않았다면 지금쯤 흰머리가 나기 시작했을 것이다. 어쩌면 주름살이 생기면서 아버지의 얼굴을 닮아갈지도 모를 일이었다. 아들이 집을 나간다고 말을 했을 때 그는 아들에게 집 한 채를 선물했다. 그가 가진 집 중에서 가장 작은 집이었다. "나중에 내 제사는 지내야 한다." 그는 말했다. 그때를 생각할 때마다 그는 자신이 부끄러워 견딜 수가 없어졌다.

"생각나니? 넌 내게 벙어리장갑을 떠준 적도 있어. 넌 그런 아이야." 복권 한 장 때문에 세 명의 친구를 죽인 주인공에게 어머니는 말했다. 그는 대학 병원에서 청소 일을 하는 어머니에게 장갑을 선물하기 위해 뜨개질을 하는 남자아이에 대해 상상을 해보았다. 만화영화를 보다가 깜빡 코를 빠뜨리기도 하는 아이. 그런 아이가 30년 후에 어떻게 해서 살인자가 되었을까. 만약 그가 결혼에 성공해서 부인과 같이 영화를 보러 왔다면 그녀는 이렇게 말을 했을 것이다. "아침에 손톱을 깎을지 저녁에 손톱을 깎을지 차이야." 그는 그녀를 스물아홉 살에 만났다. 동갑이었던 그녀는 금고를 제작하는 작은 공장의 외동딸이었다. 어릴 때부터 금고를 가지고 놀았다는 그녀는 웬만한 금고는 5분 안에 딸 수 있다고 했다. 그녀가 금고에 귀를 대고 번호를 맞히는 장면을 상상하노라면 그는 그녀가 아무리 나쁜 짓을 해도 다 용서할 수 있을 것만 같았다. 그녀가 그의 정강이를 걷어차면서 당신 아들은 키울 수 없다고 소리쳤을 때 그는 이렇게 중얼거렸다. 난 당신이 금고 털이범이 되었어도 사랑했을 거야. 그녀의 아버지는 언제나 저녁에 손톱을 깎았다. 부모님이 큰형만 편애를 한다고 생각했던 그녀의 아버지는 부모님의 말이라면 무조건 반대로 행동을 했다. 그래서 어머니에게 빗자루로 등짝을 맞아가면서도 아궁이에 쪼그리고 앉아 손톱을 깎았다. 라디오 공장에 취직을 한 그녀의 아버지는 어느 날 아침 출근길에 손톱에 때가 끼어 있는 것을 발견했다. 같은 라인에서 납땜을 하는 여직원을 짝사랑하던 그녀의 아버지는 다시 집으로 되돌아갔다. 손톱을 깎고 칫솔에 비누를 묻혀 손톱 사이를 닦았다. 그러는 바람에 출근 버스를 놓쳤다. "그 버스가 언덕 아래로 굴렀지. 작업반장을 포함해서 다섯 명이 죽었고 서른 명이 다쳤대." 그녀는 그에게 아버지 이야기를 자주 들려주었다. 아침에 손톱을 깎는 바람에 어떻게 해서 인생이 달라졌는지. 작업반장으로 승진을 했고, 전임 반장의 서랍에서 회사의 비리가 담긴 서류 뭉치를 발견했고, 그것으로 사장과 담판을 지어 거액의 퇴직금을 받아냈고, 납땜을 하는 여직원에게 청혼을 했다는 것을. "그 덕분에 내가 태어났잖아." 살인자는 아무도 죽일 생각이 없었어요, 하고 말했다. 저런 하나 마나 한 말을 하다니. 그는 살인자에게 어떤 연민도 들지 않았다. 살인자가 지키고 싶었던 것은 복권 한 장뿐이었다. 그녀는 떠나면서 그에게 말했다. "명심해. 어느 아침에 손톱이 깎고 싶어질지는 아무도 모르는 거야." 복권은 거짓말처럼 바람에 날아와 주인공의 발밑에 떨어졌다. 장례식장에 다녀오는 길이었다. 주인공은 바람에 날아가려는 종이를 발로 밟았다. 멀리 해가 지고 있었다. 종이를 발로 밟고 서서 옆 사람들의 눈치를 보는 주인공의 모습은 우스꽝스러웠다. 처음 살인을 저질렀을 때도 그렇게 우스꽝스러웠다. 술에 취한 친구가 지갑을 훔쳐가지만 않았어도 아무 일도 일어나지 않았을 것이다. "봤어?" 주인공은 지갑을 훔쳐간 친구에게 물었다. 전화기 저편에서 친구는 호호호 하고 웃었다. "물론 봤지." 하지만 친구가 본 것은 복권이 아니라 슈퍼마켓 집 딸과 찍은 스티커 사진이었다. 아들은 평생 앨범을 가져보지 못했다. 아들이 죽은 후 그는 아들의 방에서 아파트 옥상에서 찍은 사진을 한 장 발견했다. 사진 귀퉁이에 그의 옆모습이 찍혀 있었다. 집을 모두 날린 뒤 그는 아들을 찾아갔다. "이 집 내가 사준 거 아니냐?" 아들은 아파트 외벽을 칠하는 페인트공이 되어 있었다. "페인트칠이라면 나도 좀 한다." 그는 아들에게 남들이 받는 일당만큼만 달라고 말을 했다. 공중에 매달려 짜장면도 먹을 수 있어요? 하고 아들은 그에게 물었다. 그는 옥상에 서서 아들이 줄을 타고 아래로 내려가는 것을 보았다. 정수리가 훤하게 비어 있었다. 우리 집안에는 대머리가 없는데. 그는 아들의 머리를 보면서 생각했다. 한번은 페인트칠을 하다 말고 아들이 소리를 질렀다. "아버지 저기 노을을 봐요." 그는 아파트 건너편을 바라보았다. "전 이 일이 좋아요. 이렇게 공중에 매달려서 지는 해를 볼 수가 있잖아요." 그는 주머니에서 껌 한 통을 꺼내 아들에게 던져주었다. 아들의 볼에 주황색 페인트가 묻어 있는 것이 보였다. 주황색으로 아파트의 이름을 새기는 중이었다. 美 자의 마지막 획을 그리던 아들이 그의 눈에는 지금도 선명하게 보였다. 아들은 스물두 개의 동에 美 자를 그린 뒤에 죽었다. 살인자는 아무것도 이해하지 못했다. 자신이 어떻게 해서 그런 괴물이 되었는지를. 그는 아들이 죽고 나서야 아들이 어떤 아기였는지 궁금해졌다. 손자처럼 당근을 먹지 않았는지. 한번 울면 발뒤꿈치가 까질 때까지 발버둥을 쳤을지. 그가 아들에 대해 아는 것이라곤 술에 취하면 한동안 뜸했었지, 하고 노래를 불렀다는 것밖에는 없었다. 손자가 할아버지, 아버지는 어떤 사람이었어요? 하고 물으면 니 아빠는 아주 노래를 잘하는 사람이었단다, 하고 대답해주었다. "난 노래를 못하는데. 아빠를 안 닮았나 봐." 어린 손자는 울먹이곤 했다.

　소년은 버스 정류장에 앉아서 길게 하품을 했다. 버스가 도착했지만 소년은 버스를 타지 않았다. 그도 영화 속 소년을 따라서 하품을 했다. 그러자 옆에 앉은 여자도 따라서 하품을 했다. 소년은 볼펜으로 손톱에 낙서를 했다. 버스 정류장에 교복을 입은 아이들이 모두 사라질 때까지. 소년은 낯선 버스를 탔다. 그리고 아무 정거장에 내려 골목길을 하염없이 걸었다. 그도 소년의 뒤통수를 보면서 낯선 골목길을 걸었다. 소년이 길가에 쪼그리고 앉아서 개미들이 과자 부스러기를 옮기는 것을 구경하면, 그도 땅강아지를 구경하던 어린 시절로 돌아갔다. 기름을 잔뜩 넣고 지진 김치전을 손으로 뜯어 먹던 순간이 되살아나는 것 같았다. 손가락은 뜨거웠지만 부침개를 내려놓을 수는 없었다. 기름 묻은 손가락을 문풍지에 대고 있으면 손가락 자국이 선명하게 남았다. 소년은 전봇대 아래에 서서 전봇대에 붙은 광고지들을 천천히 읽었다. 그리고 자신의 그림자가 옆집 대문 앞까지 길게 늘어지는 것을 바라보았다. 그는 신발 한 짝을 잃어버리고 깨금발로 계단을 내려오던 어느 날을 떠올렸다. 한 발을 들고 있는 그의 그림자가 계단 아래에까지 길게 늘어졌다. 그걸 보는 순간 그는 세상에 무서울 게 하나도 없었다. 신발 따위야 없어도 그만이었다. 그는 다른 신발 한 짝을 들고 맨발로 길을 걸었다. 유리 조각을 밟았지만 그는 눈물을 흘리지 않았다. 집으로 돌아가 어머니를 버린 아버지에게 피가 난 발바닥을 보여주고 싶었다. 소년은 계속 골목길을 걸었다. 나뭇가지 때문에 반쯤 기울어진 담장 아래에 서서 아주 잠깐 울기도 했다. 진행 요원이 다가와 졸고 있는 옆자리 여자의 어깨를 흔들었다. "탈락입니다." 진행 요원이 말했다. "영화가 너무 재미없어." 자리에서 일어나면서 여자가 구시렁거렸다. 컵 홀더에는 여자가 쓰던 안경이 꽂혀 있었다. 골목길은 좁고 구불구불했다. 소년은 왜 저렇게 골목길을 걷는 걸까? 그는 잘 이해할 수는 없었지만 저런 바보, 하고 욕을 하지는 않았다. 쌍화탕 할머니를 만나면 이해할 수 없을 때마다 바보라고 중얼거리는 것이야말로 바보 같은 짓이라고 말을 하리라, 그는 생각했다. 그는 지금 자신이 왜 영화를 보고 있는지조차도 정확히 설명할 수 없었다. 신문에서 대회를 알리는 기사를 읽을 때만 해도 자신이 대회에 참가하게 되리라고는 꿈에도 생각하지 못했으니까. 해는 소년의 머리 위로 떠올랐고 어디선가 매미 울음소리가 들렸다. 소년은 가방에서 분홍색 손수건을 꺼내 이마를 닦았다. 소년이 왜 길을 걷는지는 알 수 없었지만, 바람이 불어 소년의 머리카락이 흩날리는 것을 보고 있자니 괜히 눈물이 날 것만 같았다. 그는 여자가 놓고 간 안경을 썼다. 소년의 양 볼에 난 주근깨가 보였다. 소년은 벤치에 앉아서 도시락을 먹었다. 그는 터미널 노점에서 장난감 말을 산 적이 있었다. 펌프를 누르면 뒷다리가 움직였다. 중학생 된 그의 아들은 장난감 말을 가지고 노는 아버지를 한심하다는 듯이 바라보았다. 하지만 그는 중요한 거래를 앞둘 때마다 장난감 말로 거실을 한 바퀴씩 돌곤 했다. 꼴등도 일등도 없는 혼자만의 경주였다. 말이 움직일 때마다 내는 달그락달그락 소리를 들으면 실패 따위는 두렵지 않게 느껴졌다. 손자가 떠난 뒤 그는 더 이상 집에서 밥을 해 먹지 않았다. 그가 밥을 대 먹는 백반집의 2층에는 주산 학원이 있었다. 밥을 먹으면서 그는 주산 학원에서 들려오는 110원이요, 89원이요, 하는 소리들을 듣곤 했다. 그러면서 속으로 숫자들을 더해보았다. 암산을 하는 동안만큼은 이십대의 청춘으로 돌아가는 듯했다. 소년이 피아노 학원 입구에 서서 피아노 소리를 듣고 있는 장면에서 큰 소리로 웃은 것은 그래서였다. 앞자리에 앉은 남자가 힐끗 그를 쳐다보았다. 피아노 학원뿐만 아니었다. 길을 걷다 학원을 보게 되면 그는 그 아래에 서서 귀를 기울이곤 했다. 태권도 학원에서 들려오는 기합 소리나 음정 박자가 틀린 피아노 연주를 듣고 있으면 자신이 아주 착한 사람이 된 것만 같았다. 선량한 사람이 되기에는 너무 먼 길을 와버렸지만. 그의 멱살을 잡고 치사한 놈이라고 소리치던 동업자의 입에서는 꽁치 비린내가 났다. 그는 동업자의 손을 잡고 말했다. "이나 닦고 와." 다시 그 시절로 되돌아간다 해도 그는 동업자를 배신했을 것이다. 하지만 이나 닦고 오라는 말은 하지 않았을 것이다. 이제야 그는 그 말이 얼마나 잔인했는지를 깨달았다.

대회에 참가한 지 꼬박 하루가 지났다. 그는 세수를 하고 이를 닦았다. 화장실에 들어가 속옷을 갈아입기도 했다. 여자아이들 넷이 언덕에 올라 오줌을 누는 장면을 보며 기분 좋게 웃기도 했다. 암에 걸린 엄마가 두 딸들과 떠나는 마지막 여행을 볼 때는 자신도 모르게 눈물을 흘렸다. 그는 영화가 하나도 슬프지 않았다. 그런데도 울다니. 그는 그 감정이 무엇인지 몰라 어리둥절했다. 하루에 수십 통의 전화를 받는 심리상담가가 정작 자신의 마음을 돌보지 못하는 것을 보면서 그는 혀를 끌끌 차기도 했다. 그는 자신이 만약 감독이라면 어떤 영화를 만들지 상상을 해보았다. 공포영화를 만들지는 않을 것이다. 그는 산장에 고립된 등산객들이 하나둘씩 죽는 공포영화를 볼 때 너무나 시시해서 껌을 한 통이나 씹었다. 관객들이 하나도 무섭지 않은 장면에서 으악 하고 소리를 지르는 것이 더 재미있었다. 그는 살면서 일곱 번의 죽음을 보았다. 톱으로 목이 잘리는 것은 아무것도 아니었다. 18층 높이에서 사람이 떨어지는 것도 보았다. 손톱만큼 작은 열매가 빨갛게 맺혀 있는 사과나무 위로. 사과나무의 가지가 아들의 배를 꿰뚫었다. 자식을 열두 명쯤 낳은 할머니의 구순 잔치를 영화로 만들면 어떨까? 그렇게 생각을 하다가 그는 이내 고개를 저었다. 열두 명이 모두 결혼을 하면 스물넷. 한 집에 두 명씩만 아이를 낳아도 마흔여덟. 그 아이들이 또 결혼을 하고 아이를 낳는다면…… 생각해보니 등장인물이 너무 많았다. 첫 데이트를 할 때 그는 크림수프를 주문했고 그녀는 야

채수프를 주문했다. 후추 통 뚜껑이 열리면서 후추가 쏟아졌다. "제가 후추를 아주 많이 좋아해요." 그 후로 데이트를 할 때마다 그는 모든 음식에 후추를 쳐서 먹었다. 그 돈가스 집은 아직 그 자리에 있을까? 있다면 거기서부터 영화를 시작해야지. 여자 주인공의 이름도, 남자 주인공의 이름도, 모두 영희로 해야지. 그런 생각을 하자 그는 자신이 진짜 영화감독이 된 것처럼 영화 속의 장면들이 머릿속에 마구 떠올랐다. 영화 제목은 '영희와 영희'였다. 영희가 영희에게 말한다. "나는 시시한 놈이에요." 영희가 대답한다. "그럼 나도 시시한 여자가 되지요." 영희와 영희는 기차를 타고 바닷가로 놀러 간다. 너무 유치한가. 그런 생각이 들었지만 그는 이내 나 혼자 보는 영화인데 좀 유치하면 어때, 하고 생각했다. 바닷가에서 멍게를 먹으면서 영희는 웃는다. "나는 우울할 때면 멍게를 생각해요. 생긴 게 너무 웃기지 않아요?" 소주 한잔을 먹으면서 영희는 우리 엄마는 양잿물을 마시고 자살했어요, 하고 고백을 한다. 그러고는 목 놓아 엉엉 운다. 그는 스크린을 멍하니 바라보았다. 장례식장에서 고스톱을 치며 낄낄거리는 청년들의 모습이 소주를 마시며 우는 영희의 모습과 겹쳐졌다. 영희는 전봇대를 붙잡고 토한다. 영희가 그의 등을 두드려준다. 친구의 장례식을 치른 주인공들이 길을 걷다가 길거리에서 소파를 하나 주웠다. 한 명이 앞에서 소파를 들고 다른 한 명이 뒤에서 소파를 들었다. 또 다른 한 명이

맨 앞에서 노래를 부르며 길을 걸었다. 내가 감독이라면 절대 저런 장면을 찍지 않을 거야. 친구의 관을 들고 화장장까지 걷던 친구들이라면, 손에 아직 죽음의 무게가 남아 있는 친구들이라면, 저렇게 소파를 들고 길을 걸을 수는 없을 것이라고 그는 생각했다. 영희와 영희가 길을 걷다 소파를 들고 가는 청년들을 만난다면 뭐라고 물어볼까? 관절염을 앓는 영희에게 청년들은 잠시 소파에 앉도록 해주겠지. 청년들은 번갈아가면서 소파를 들었다. "어디서부터 잘못된 걸까?" 검은 넥타이를 길에 버리면서 청년들은 물었다. "영희 씨, 어디서부터 잘못된 걸까요?" 그도 영화 속 주인공에게 그런 대사를 적어줄 것이다. 사생아라고 놀리는 옆집 아이의 코를 부러뜨렸을 때부터 어긋나기 시작했을까? 아니면 배다른 형의 새 신발을 우물에 버렸을 때부터? 동업자의 아내가 찾아와서 그의 발밑에 침을 뱉을 때부터? 만삭이었던 동업자의 아내는 열흘 후에 아이를 낳았다. 그는 과일 바구니를 보냈다. 변기를 팔아 돈을 모으기 시작하면서 그는 식당에서 음식을 먹을 때마다 반드시 2인분을 시켰다. 음식을 먹다 남기면서 그는 맞은편에 앉아서 같이 밥을 먹어줄 누군가가 곧 나타나리라는 희망을 품었다. 영희와 영희는 데이트를 할 때마다 매번 다른 음식을 먹게 할 것이다. 마지막은 어떻게 끝낼까? 그는 지금까지 보았던 영화들의 마지막 장면들을 떠올려보았다. 이상한 일이었다. 두번째 영화를 보고 나서야 첫번째 영화의 마지막 장면이 이해가 되었다. 그리고 세번째 영화를 보고 나니 첫번째 영화와 두번째 영화가 다르게 이해되었다. 그런 식으로 열 편의 영화들이 겹쳐졌다. 그는 영희와 영희의 마지막 장면을 그려보았다. 영희와 영희는 나무 그늘에 누워서 40년 후의 자신의 모습을 상상하며 웃는다. 김영희는 아들의 사망 보험금으로 말년을 보내게 되리라고는 상상도 못 할 것이다. 저녁마다 세면대 아래에 쪼그려 앉아 팬티와 양말을 빨게 될 것이라고는 짐작도 못 할 것이다. 박영희는 당뇨를 앓다 시력을 잃게 될 것이다. 그래서 길을 걷다 40년 전에 사랑했던 영희와 어깨를 부딪혔는데도 알아차리지 못할 것이다. 위장병을 앓는 영희 씨와 앞을 보지 못하는 영희 씨가 횡단보도에서 스쳐 지나가는 장면을 상상하며 그는 눈을 감았다.

1

 그녀가 10여 년 전에 쓰던 검은색 휴대폰을 찾기 시작한 것은 오후 3시 무렵이었다. 이응이 제대로 눌리지 않게 된 후로 전화번호를 등록할 때면 사람들의 이름을 영어로 적어야 했던 휴대폰. 오랫동안 잊고 있었던 그 낡은 휴대폰이 갑자기 떠오른 이유는 고장 난 선풍기 때문이었다. 선풍기는 누군가 이사를 가면서 버리고 간 것이었다. 한겨울이었는데 선풍기 한 대가 재활용 쓰레기장 앞에 버려져 있었다. 그해 겨울은 늑막염에 걸려 고생을 한 해였다. 세탁기가 말썽을 부려 A/S 기사를 다섯 번이나 불러야 했고, 남동생이 유서를 써놓고 가출을 해서 경찰에 실종 신고를 해야 했고, 바퀴벌레가 싱크대 아래에서 기어 나와 집 전체를 소독해야 했고, 글씨가 보이지 않아 돋보기를 맞추어야 했다. 그래서인지 하얀 눈을 맞으며 버려진 선풍기를 보자 그녀는 갑자기 눈물이 돌았다. 내가 이런 사람이 아닌데. 선풍기를 들고 계단을 올라오면서 그녀는 자신도 모르게 중얼거렸다. 전원을 연결한 뒤, 1단을 누르자, 거실 한가운데로 눈이 날렸다. 그 풍경이 어찌나 아름다웠는지 그녀는 순간 크리스마스트리를 만들어보고 싶은 생각마저 들었다. 한 번도 크리스마스트리를 만들어본 적이 없었지만, 그녀는 나뭇가지에 별을 매다는 어린 자신을 상상해보았다. 아홉 살 무렵이었다. 여동생은 줄이 엉킨 반짝이 전구를 거실에 펼쳐놓았다. "언니, 이거 어떻게 해?" 남동생은 아직 어머니 배 속에 있었다. "쉿! 조용히 해. 엄마 깬단 말이야." 그녀는 동생에게 말했다. 남동생을 임신한 뒤로 어머니는 종일 잠만 잤다. "크리스마스 날에 태어나면 좋을 텐데." 그녀는 여동생과 함께 엉킨 전선을 풀었다. 그때나 지금이나 여동생은 참을성이 없어서 전선을 풀다 금방 포기했다. 선풍기는 6년 동안 탈 없이 돌아갔다. 하지만 그녀는 열대야가 한창인 여름밤이면 선풍기 엔진이 과열되어서 집에 불이 나는 악몽을 종종 꾸었다. 그런 선풍기가 점심을 먹던 중에 멈추었다. 콩국수를 먹던 참이었다. 국수를 후루룩 삼키면서 그녀는 만약 어머니가 살아 있다면 뭐라고 할지 생각해보았다. "거봐. 먹어보니 괜찮지?" 맷돌에 콩을 갈아 직접 콩국수를 만들던 어머니는 큰딸이 콩국수를 입에도 대지 않는 걸 늘 서운해했다.

그녀는 면을 씹으면서 어머니의 음식 솜씨에 대해서 자서전 어딘가에 써넣어야겠다는 생각을 했다. 동생이 태어난 이야기와 아버지가 경운기 사고로 죽은 이야기 사이에 넣는 것이 좋을지, 혼자 살기 시작한 스무 살 무렵의 이야기에 넣는 것이 좋을지, 그녀는 잠시 망설였다. 자취를 시작하고 그녀가 처음으로 한 음식은 눌은밥이었다. 하지만 그녀는 그렇게 쓰지 않았다. 그건 자수성가를 한 사람들의 자서전에나 어울리는 음식이었다. "설날은 아니었지만 나는 떡국을 끓였다. 그날이 내겐 새해의 첫날이었다." 그녀는 자서전에 그렇게 적었다. 그 장에 넣어야겠어. 어머니의 음식 솜씨가 얼마나 뛰어났는지에 대해. 어째서 그 솜씨가 큰딸도 아니고, 작은딸도 아닌, 막내아들에게 이어졌는지에 대해. 그녀는 마지막 남은 콩물을 마셨다. 그릇을 식탁에 내려놓는 순간, 선풍기에서 탁, 하는 소리가 들려왔다. 프로펠러는 천천히 돌다가 이내 멈추었다. 그녀는 정지 버튼을 눌렀다가 다시 1단을 눌렀다. 2단을 눌렀다. 마지막으로 3단 버튼을 눌러본 다음 그녀는 선풍기에게 말했다. "이제 널 버려야겠다." 선풍기는 그녀의 자서전의 마지막 장 어디쯤엔가 등장하게 될 것이다. 그녀는 신발장에서 공구함을 꺼냈다. 십자드라이버 손잡이에 희미하게 핏자국이 보였다. 선풍기를 분해하면서 그녀는 마지막으로 드라이버를 썼던 게 언제였는지를 생각해보았다. 작년 여름? 식탁 의자가 삐걱거려 의자의 나사를 조였다. 나사를 조이고 다시 앉아보았지만 여전히 의자는 흔들렸다. 식탁은 4인용이었는데, 한 번도 그 식탁에 네 명이 앉아본 적이 없었다. 그래서 그녀는 의자 고치는 일을 그만두었다. 허리가 아픈 이후로 그녀는 싱크대에 서서 밥을 먹는 날이 더 많았다. 모터를 덮고 있는 뚜껑을 열자, 전선이 보이지 않을 정도로 먼지가 쌓여 있었다. 모터 뚜껑 안쪽도 먼지로 꽉 막혀 있었다. 그녀는 부엌으로 가 싱크대 서랍을 열었다. 거기에는 서른 장도 넘는 행주가 들어 있었다. 그녀는 식당에 가면 식당 주인 몰래 물수건을 챙겨왔다. 행주로 쓰다 김칫국 따위의 얼룩이 묻으면 창틀이나 현관 바닥을 닦고는 버렸다. 그녀는 일주일에 세 번씩 문화센터에 나가 탁구를 배웠는데, 같은 수강생 중에서 5년째 남편과 별거를 하는 김영자와 같이 점심을 먹었다. 그래서 적어도 일주일에 세 번은 물수건을 훔쳐올 수 있었다. 탁구를 칠 때만 왼손잡이가 되는 김영자는 그녀보다 두 살이 더 많았지만, 그녀는 언니라고 부르지 않았다. 영자 씨! 그렇게 부르면 그녀는 왠지 기분이 좋아졌다. 영자 씨와 막국수에 막걸리를 한잔 마시던 봄날, 그녀는 하마터면 자서전을 쓰고 있다고 고백할 뻔했다. 그녀는 노트에 '봄이면 사과나무 아래 돗자리를 펴고 누워 하늘을 보았다'라고 쓰고는 자신이 왜 그런 문장을 썼는지 몰라 어리둥절했다. 하지만 이상하게도 그 문장을 지우고 싶은 생각이 들지 않았다. 그래서 그녀는 어쩔 수 없이 부모님이 사과 농장을 했다는, 가을이면 사과를 따기 위해 인부를 열 명이나 고용해야 했다는, 거짓말을 쓰기 시작했다. 그녀는 영자 씨의 잔에 막걸리를 따르면서 내가 왜 물수건을 훔쳐가는 줄 알아요? 하고 물었다. 그러곤 영자 씨의 대답도 기다리지 않고 말했다. "우리 집에서 부엌일을 했던 언니가 있었어요. 나와 동생은 깜빡이 언니라고 불렀죠. 건망증이 심해서요." 깜빡이는 늘 행주를 삶았다. 아버지가 소리를 지를 때마다, 남동생이 정강이를 걷어찰 때마다, 어머니가 이걸 음식이라고 했느냐고 핀잔을 줄 때마다, 그녀는 늘 행주를 삶았다. "행주를 삶으면서 우는 걸 종종 봤지. 그래서 난 행주 삶는 게 싫어요." 부모님이 사과 농장을 했다는 문장을 쓰고 난 뒤 그녀는 이런 의문이 들었다. 그렇게 농장을 크게 했다면 가정부가 집에 있어야 하지 않을까? 그래서 깜빡이가 탄생되었다. 깜빡이는 어린 시절 그녀의 별명이었다. 그녀는 행주에 물을 묻혀 모터를 감싸고 있는 전선들을 조심스럽게 닦았다. 젓가락에 행주를 감아 손이 닿지 않는 안쪽까지 꼼꼼하게 닦았다. 손톱 밑이 금방 새까매졌다.

분해했던 부품들을 다시 조립한 뒤 그녀는 선풍기를 베란다에 내놓았다. 창밖으로 우산을 쓰고 길을 걷는 어린아이가 보였다. 비가 오나? 그녀는 모기장을 열고 손을 내밀어보았지만 비는 내리지 않았다. 아이는 검은색 우산을 쓰고 있었다. 노란색이나 하늘색 정도는 사줘야지. 검은색이 뭐야. 그녀는 괜히 아이의 부모에게 화를 내고 싶어졌다. 별일 아닌 일에 자꾸 화가 나면 늙는 징조라는데. 그녀는 심호흡을 크게 한번 했다. 그러고는 콧노래를 중얼거렸다. 몇 년 전, 에어컨 광고의 배경 음악으로 사용되면서 큰 인기를 끌었던 노래였다. 광고에 나와 흰색 원피스를 입고 춤을 추었던 꼬마는 지금 드라마에서 시한부 인생을 살아가는 중학생 역할을 하고 있다. 그녀는 그 아역 배우를 볼 때마다 팔월이라는 이름을 가진 동창이 떠올랐다. 노래를 부를 때마다 코를 벌렁거리는 모습이 닮았다. 그녀는 드라마를 보면서 팔월이가 딸을 낳았다면 꼭 저 배우처럼 생겼을 거야, 하고 생각했다. "스무 살이 되면 나는 집을 나갈 거야. 그리고 이름도 바꿀 거고." 화장실 입구에 서서 침을 뱉어가며 팔월이는 그렇게 말했다. 그때 그녀도 침을 뱉으면서 대답했다. "난 스무 살이 되기 전에 죽을 거야. 심장에 문제가 있거든." 팔월이의 생일은 모두의 예상과 달리 봄이었다. "내가 팔월에 태어나서 이름이 팔월이라고 생각하는 애들하고는 절대 친구 안 해." 아무도 그 애의 이름이 왜 팔월인지 알아맞히지 못했고, 그래서 팔월이는 중학교를 졸업할 때까지 단 한 명의 친구도 사귀지 않았다. 심장에 문제가 있다고 거짓말을 한 뒤로 그녀는 지금까지 한번도 달리기를 한 적이 없었다. 그러면 꼭 심장이 멈출 것만 같았다. 그녀는 아침에 일어나면 오른손을 왼쪽 가슴 위에 올려놓고 심장이 뛰는 것을 확인했다. "심장박동을 느끼고 나면 그날 하루는 내가 생각했던 것 이상으로 겸손하게 살아진다." 그녀는 자서전에 이 부분을 상세하게 썼다. 가슴에 손을 올려놓고 하루를 시작하지 않았던 어느 날, 돈을 빌려달라며 10여 년 만에 연락을 해온 동창에게 어떤 모욕을 주었는지 그녀는 자서전에 적었다. 동창은 커피 잔에 설탕을 다섯 스푼이나 넣으면서 말했다. "얼마나 힘들면 혼자 사는 너한테까지 돈을 빌리러 왔겠니." 그녀는 당뇨로 고생했던 동창의 아버지가 떠올랐지만 설탕 좀 줄이라는 말은 하지 않았다. 동생에게 난 누나가 지겨워, 라는 말을 들은 이후로 그녀는 다른 사람들에게 절대 잔소리를 하지 않았다. 대신 그녀는 자기 자신에게만 잔소리를 했다. '치약은 뒤부터 짜라니까.' '밥에서 콩을 골라내지 말고.' 그렇게 잔소리를 했지만 그녀의 버릇은 전혀 고쳐지지 않았다. 커피를 한 모금 마신 뒤 동창은 너희 엄마가 우리 엄마한테 빌려간 돈이 있어, 하고 말을 했다. "틀림없어. 우리 엄마가 죽기 전에 말했어." 그녀는 심호흡을 한번 한 뒤에 지갑에서 10만 원을 꺼내 동창에게 건네주었다. "기미나 수술해라. 얼굴이 그게 뭐냐." 학교 다닐 적에는 쫓아오는 남학생들이 있을 정도로 예뻤던 동창이었지만, 아들이 옥상에서 떨어진 벽돌에 맞고 쓰러져 열 번이 넘는 대수술을 한 뒤로 한순간 늙어버렸다. 그녀는 자서전에 기미나 수술해라, 라는 말을 하는 게 아니었다고 적었다. 그 모든 게 그날 아침에 심장박동 소리를 듣지 않은 탓이라고. 만약 그랬더라면 동창에게 아들은 아직 병원에 입원해 있는지를 먼저 물었을 것이라고 그녀는 생각했다. 그리고 사골이나 사서 먹여, 라고 따뜻하게 말을 했을 것이라고. 훗날, 누군가 그녀의 자서전을 읽는다면 이 부분에서 고개를 갸웃하게 될 것이다. 왜 기미나 수술해라, 라고 말을 했는지 알 수 없을 테니까. 동창의 말처럼 그녀의 어머니는 돈을 빌렸다. 곗돈을 타면 갚겠다고 약속을 했고, 동창의 어머니는 돈을 빌려주면서 차용증을 달라고 말하지 않았다. 동창의 어머니가 차용증을 달라고 말하지 않은 것은 글을 읽을 줄 모르는 문맹인 것이 들킬까 봐 두려웠기 때문이었다. 동창의 어머니가 교통사고를 당해 이틀 동안 병원에 누워 있다 숨을 거둔 뒤, 동창이 남동생과 함께 집엘 찾아왔다. 어머니가 눈을 감기 전에 말해주었다고. 받을 돈이 있다고. "무슨 말이니? 니 엄마가 다른 사람이랑 착각했나 보다." 그녀의 어머니가 말했다. 그때 동창이 남동생의 손을 힘껏 쥐었다. 누나 아파, 하고 남동생이 울었다. "기미 잔뜩 낀 마귀할멈처럼 늙어버려라!" 동창은 그녀의 어머니를 향해 소리쳤다. 그로부터 30년이 흐른 뒤, 그녀는 그 말을 잊지 않고 동창에게 되돌려준 것이었다. 하지만 자서전에서는 이 부분을 밝힐 수가 없었다. 사과 농장의 안주인이었던 어머니가 어째서 시장통에서 국밥집을 하는 여자에게 돈을 빌렸는지 설명할 길이 없었기 때문이다. 동창에게 돈 10만 원을 던지듯 주었다는 이야기를 자서전에 쓴 날 그녀는 심한 몸살을 앓아야 했다. 어머니가 돌아가시고 난 뒤에 장례식장에 얼마나 많은 빚쟁이들이 찾아왔는지, 4대 독자인 남동생의 주먹질에 얼마나 많은 합의금이 필요했는지, 여동생은 왜 늘 아랫입술을 꽉 깨문 채 화난 사람처럼 식구들을 노려보았는지…… 감기약을 먹고 까무룩 잠에 빠져드는 순간 그녀는 그 모든 것을 이해할 수 있을 것만 같았다. 어머니가 고아가 된 남매에게 돈을 갚지 않은 순간, 세 자식들은 원래 가야 할 길에서 한 발짝씩 어긋나게 걷기 시작하였다는 것을. 그녀는 동창의 아들이 부자가 되는 꿈을 꾸었다. 사고로 한쪽 다리를 절게 되었지만, 그걸 이겨내고 열 개가 넘는 식당을 경영하는 사장이 되었다. 휠체어에 앉아 하루 종일 해바라기만 하는 노인이 된 그녀에게 동창의 아들이 찾아와 10만 원을 갚으면서 말을 했다. "휠체어를 끌어줄 아들도 없으면서." 꿈을 꾸면서 그녀는 눈물을 흘렸다. 베개가 젖었다. 자식이 없는 게 서러워서 운 것이 아니었다. 잠에서 깨어난 후, 그녀는 자서전을 쓰고 있는 노트를 반으로 찢었다. 그 꿈처럼 늙을 수만 있다면. 그녀는 찢어진 노트를 보면서 생각했다. 노트를 테이프로 다시 붙이기까지 일주일 동안, 찢어진 종이는 방바닥에 여기저기 널려 있었다. 그녀는 그 종이들을 밟고 다녔다. 그러자 덜 억울하다는 생각이 들었다. 자서전 속의 그녀는 행복한 어린 시절을 보냈으니까. 그녀는 피아노 학원을 다녔다. 외로울 때면 지금도 혼자 흘러간 옛 노래를 연주하곤 한다고 자서전에 적은 후, 그녀는 중고 피아노 한 대를 사서 거실에 두었다. 벚꽃이 피는 봄이면 동물원으로 가족 여행을 갔고, 1년에 한 번씩 새 운동화를 사서 신었고, 아버지가 학교 정문까지 종종 목말을 태워주었다고. 동창은 태연하게 10만 원을 지갑에 넣으며 말했다. "너나 거울 좀 보고 살아라." 동창이 떠나면서 해준 마지막 말 때문에 그녀는 그날 피부 마사지를 받았다. 그 후로, 그녀는 하루에 열 번도 넘게 거울을 보았다. 그녀는 앞 동에서 누군가 베란다 밖으로 이불을 터는 것을 보며 콧노래를 멈추었다. 그녀는 고개를 돌려 베란다 구석에 세워둔 금이 간 대형 거울을 보았다. 검지로 눈 밑에 난 주름을 만져보았다. 쌓아놓은 박스들 때문에 보이진 않지만 거울 아래에는 '이 가정에게 평온을'이라는 문구가 적혀 있을 것이다. 거울이 안방 장롱 옆에 달려 있던 동안 한 번도 집이 조용한 적이 없었다. 평온이라니. 그녀는 중얼거렸다. 걔한테 전화를 해야겠어. 아들이 건강을 되찾았는지 너무 늦었지만 물어봐야겠어. 그녀는 고장 난 선풍기를 발로 툭 건드렸다.

2

동창의 번호는 그녀의 휴대폰에 저장되어 있지 않았다. 그녀는 동창이 돈을 빌려달라고 찾아온 게 몇 년 전인지를 생각해보았다. 여름이었고, 계절에 맞지 않게 검은색 긴팔 남방을 입었던 게 떠올랐다. 동창이 덥지도 않니? 하고 물었던 것이다. 왜 긴팔을 입었지? 장례식에 다녀오던 길이었다. 그즈음 그녀는 한 달에 한 번씩 등산을 다녔다. 관리사무소에 갔다가 게시판에 아파트 입주민들을 대상으로 산악회 회원을 모집한다는 광고를 보았다. 신발장에 몇 번 신지 않은 등산화가 있다는 사실이 떠올랐고, 그래서 그녀는 전단지에 적힌 전화번호로 전화를 걸었다. 그녀는 자서전에 외로워질 때면 산 정상에 올라 야호 하고 소리쳐본다고 적었다. 자신의 외침이 메아리가 되어 여러 겹으로 퍼지는 것을 듣고 있으면 심장이 두근두근 떨려왔다고. 마치 사랑에 빠진 사람처럼. 모임이 만들어진 지 석 달 만에 산악회 총무가 등산 중 바위 아래로 떨어지는 사고를 당했다. 그래. 그때였지. 그건 11년 전의 일이었다. 10여 년 전에 처음으로 샀던, 배터리에 별 모양의 스티커가 붙어 있는, 휴대폰에 동창의 전화번호가 저장되어 있을 것이다. 그녀는 휴대폰에 스티커를 붙여주던 조카의 얼굴이 이제는 잘 생각나지 않았다. 공항 지하 식당에서 떡볶이를 먹으면서 조카는 말했다. "이모, 놀러 와." 하지만 떡볶이를 한 점도 먹지 않던 동생은 언니, 놀러 와,라는 말을 하지 않았다. 그녀는 잡동사니들을 넣어두는 장식장 서랍을 뒤지기 시작했다. 서랍은 모두 여섯 개였다. 첫번째 서랍을 뒤지다 고장 난 손목시계를 발견했다. 시계는 3시 40분에 멈춰 있었다. "3시

40분." 그렇게 중얼거려보니까 어딘지 모르게 그 시간이 근사하게 느껴졌다. 그녀는 노트에 3시 40분에 영원히 시간이 멈춘 듯했다,라고 적었다. 그 사람을 만난 건 스물세 살 때였다. 자취를 시작한 지 3년. 된장찌개 정도는 간도 보지 않고 끓일 수 있게 된 뒤로 그녀는 누군가 자신의 집에 와서 같이 밥을 먹어주었으면 하고 생각했다. 하지만 아무도 초대할 사람이 없었다. 그녀는 고장 난 시계를 흔들어보았다. 그래도 바늘은 움직일 생각을 하지 않았다. 그의 이름을 뭐라고 하지? 그녀는 그동안 즐겨 보았던 드라마의 주인공 이름을 생각해보았다. 그가 그녀의 자취집에 놀러 온 것은 장마가 한창이던 여름이었다. 반지하 방으로 물이 새어 들어왔다. 아냐, 반지하라는 말은 쓰지 말자. 그녀는 반지하라고 적었다가 이내 가위표를 쳤다. 그녀는 이 이야기를 2부의 첫 장에 넣으리라고 마음먹었다. 그 첫사랑이 얼마나 근사하게 자신을 다른 사람으로 만들어놓았는지. 우연이란 한 인간이 태어나서 경험할 수 있는 가장 멋진 일이라는 것을 첫사랑에게 배웠다고 적으리라. 그녀와 그는 정형외과에서 만났다. 둘 다 똑같이 오른손 새끼손가락에 깁스를 했다. "내일 저녁 같이 밥 먹을래요?" 남자가 말했다. "약속은 하기 힘들겠네요. 손가락이 이래서." 그녀가 말했다. "왼손으로 하면 되죠." 그와 그녀는 왼손으로 새끼손가락을 걸었다. 그 후로, 이제 그만 만나자고 말하기까지 3년 동안, 그는 수없이 손가락을 걸고 약속을 했다. 사과 꽃이 흩날리는 과수원에서 어린 시절을 보내고 나면 손가락을 걸고 약속을 하는 일이 얼마나 부질없는 것인지를 잘 알게 된다고 그녀는 그에게 말하고 싶었다. 그녀는 떠나는 그의 뒷모습을 보았다. 키가 작고 뚱뚱한 그는 군중 속에 파묻혀 보잘것없이 보였다. 그녀는 문득 고개를 돌려 광장의 시계탑을 올려다보았다. 3시 40분이었다. 점심을 먹기에는 너무 늦었고 그렇다고 저녁을 먹기에는 너무 이른 시간이었다.

여섯 개의 서랍을 모두 뒤졌지만 휴대폰은 나오지 않았다. 바닷가에서 주워 온 자갈, 유행이 지난 선글라스, 통닭 가게에서 나눠 준 병따개, 줄자, 살이 떨어져 나간 부채 등등이 보일 뿐이었다. 처음으로 휴대폰을 산 날, 그녀는 사용 설명서를 읽어가며 천천히 전화번호를 입력했다. 빨간색 수첩에 적힌 전화번호가 ㄱ부터 차례로 휴대폰으로 옮겨졌다. 그날 저녁, 그녀는 주머니에 넣어둔 휴대폰을 깜빡 잊고 화장실에 갔다가 변기에 빠뜨리고 말았다. 헤어드라이어로 휴대폰을 말리면서 그녀는 입력한 번호들이 물에 지워진 것은 아닐까, 하는 생각을 잠깐 했다. 그러고는 이내 자신의 어리석은 생각에 쓴웃음을 지었다. 그 후로, 휴대폰은 변기에 두 번이나 더 빠졌다. 맥주가 쏟아진 적이 한 번. 2층 창문에서 떨어진 적이 한 번. 택시에 놓고 내린 적이 세 번. 책장이 넘어지면서 그 밑에 깔린 적이 한 번. 그래서 그녀는 휴대폰에 구사일생이라는 이름을 붙여주었다. 그녀는 쪽지에 휴대폰, 구사일생,이라고 적었다. 그리고 한참 망설이다가 그 옆에 나처럼 생명력이 긴, 이라고 덧붙였다.

 그녀는 서랍장에서 찾아낸 만보계를 허리에 찼다. 무릎이 아파 고생을 할 때 하루에 만 보씩 걷자고 결심을 하며 샀던 것이었다. "하루에 만 보씩 걸으면 10년을 더 살 겁니다." 아침 방송에 나온 어느 의사는 그렇게 말을 했다. 만보계를 사자마자 장마가 왔다. 거실을 아무리 빙빙 돌아도 만 보는커녕 천 보도 채워지지 않았다. 그녀는 만보계를 차고 거실을 두 바퀴 걸어보았다. 그러고는 안방으로 들어가 옷장 문을 열었다. 속옷을 넣어둔 서랍을 열었다가 이내 닫았다. 설마 이런 곳에 둘 리는 없지. 그녀는 고개를 흔들었다. 그녀는 오래전 입었던 바지들을 꺼내 주머니를 뒤졌다. 살을 빼면 다시 입을 수 있지 않을까 생각해서 버리지 못한 바지들이었다. 주머니에서 10원짜리 동전이 두 개 나왔다. 반이 잘린 껌이 늘어져 주머니에 붙어 있었다. 이제는 팔지 않는 껌이었다. 그녀는 껌을 반씩 잘라 씹는 여자들을 싫어했기 때문에, 어째서 반밖에 남지 않은 껌이 주머니에 있는지를 도통 알 수가 없었다. 무릎에 흰색 페인트가 묻은 바지에서 영화표가 한 장 나왔다. 그녀가 마지막으로 봤던 영화였다. 그녀는 노트 사이에 영화표를 끼워두었다. 그녀는 자서전에 그 영화가 자신의 인생에서 얼마나 큰 가르침을 주었는지에 대해 쓰리라고 생각했다.

사실, 그녀는 그 영화를 본 적이 없었다. 7년 전, 그녀의 생일날, 그녀는 동네 분식집에 가서 수제비를 사 먹었다. 생일이라고 특별한 것을 사 먹는 건 너무 촌스러운 짓이라고 그녀는 생각했다. 그 생각은 그녀의 어머니가 세 자식들에게 종종 하던 말이었다. 생일일수록 평범하게 보내야 한다고 그녀의 어머니는 말했다. 그녀의 어머니는 일찍 부모를 여의었는데, 모두 생일 때문이었다. 그녀의 외할머니는 결혼을 하자마자 만성 소화불량에 걸리더니 서른도 안 된 나이에 위암에 걸려 세상을 떴다. 죽으면서 외할머니는 남편에게 말했다. 시댁 식구들의 생일상과 제사상만 차리다가 죽는다고. 정작 자신의 생일날은 아무도 미역국을 끓여주지 않았다고. 그녀의 외할아버지는 서른다섯 살이 되는 날 동네 친구들과 소 한 마리를 잡아먹었다. 급체를 했는지 저녁 내내 먹은 것을 토하더니 그날 이후로 자리에서 일어나지 못했다. 늘 오한에 시달렸고 한여름에도 불을 지펴야 했다. 그래서 그녀는 생일날 쇠고기가 아주 조금 들어간 미역국 말고 다른 음식은 먹어보질 못했다. 영화표는 분식집 여사장이 거슬러준 돈 사이에 끼여 있던 것이었다. 분식집 여사장은 남편 몰래 단골손님과 영화를 보러 갔었다. 영화가 어찌나 재미없던지 하품을 수없이 했고, 단골손님은 그런 모습을 보고는 다시는 분식집에 찾아오지 않았다. 그녀는 그 영화가 자신이 본 영화라고 믿었다. 영화의 마지막 장면도 떠올랐다. 여자 주인공이 등대 아래에 홀로 서 있었다. 해가 졌고, 어디선가 총소리가 들렸고, 그리고 고래 떼가 바다를 검게 물들였다. 그녀는 영화를 보면서 남동생과 같이 왔으면 좋았을 거라는 생각을 했다. 그녀는 영화 이야기를 '울보 남동생'이라는 장에 넣을 것이다. 남동생은 꽃잎이 떨어지는 것만 보아도 울던 아이였다고. 그래서 영화를 보는 내내 울었다고. 분필로 담벼락에 낙서를 하길 좋아했던 남동생은 나중에 커서 화가가 되고 싶다고 그녀에게 말했다. 그녀는 자서전에 남동생이 사과나무마다 이름을 지어주었다고 썼다. 동생이 이름을 붙여준 뒤로 사과나무들은 더 많은 열매를 맺었다고 썼다. 그녀의 어머니는 벌레 먹은 사과를 따로 모았다가 잼을 만들었다. 그러면 남동생은 잼을 학교에 가지고 가 점심을 거르는 아이들에게 두 병씩 나눠 주었다. 남동생은 늘 친구들에 둘러싸여 있었다, 라고 그녀는 적었다. 정말 그랬을 거야. 원래는 착한 아이였으니까. 그녀는 바지들을 접어 다시 옷장에 넣었다. 그리고 화장대 서랍을 열었다 닫았다. 그 안에는 화장 솜 말고 아무것도 들어 있지 않았다. 혹시, 그 외투에 있나? 그녀는 10여 년 전에 즐겨 입었던 겨울 외투를 떠올렸다. 서른 살이 된 기념으로 스스로에게 선물했던 외투였다. 그 외투를 사기 위해 그녀는 여섯 달 동안 점심을 김밥이나 라면으로 때웠다. 어머니가 입원했던 석 달 동안 그녀는 그 외투를 입고 매주 병원엘 갔다. 남동생의 아이를 임신했다는 여자아이가 찾아와 그녀의 외투에 얼굴을 묻고 눈물을 흘리기도 했다. 그녀는 그 아이가 불쌍하다는 생각보다 외투에 얼룩이 질까 봐 안절부절못했다. 여동생의 결혼식도, 남동생이 차린 술집의 개업식도, 남편의 장례식도, 모두 그 코트를 입고 갔다. 그녀는 장롱 위에 올려놓은 라면 박스를 꺼냈다. 상자를 열자, 소맷부리가 난로에 탄, 유행이 지난 낡은 외투가 보였다. 자서전 중간쯤에 외투를 찍은 사진을 한 장 넣어두는 것도 괜찮은 아이디어라는 생각이 들었다. 외투 사진 다음 장에는 자명종 사진을 넣어야겠어. 그녀는 처음 자취를 시작할 때 샀던 자명종 시계를 30년이 넘도록 간직하고 있었다. 자명종 사진 아래에는 태어나면서 한 번도 지각을 해본 적이 없다고 쓰리라. 그녀는 고등학교를 졸업할 때까지 12년 동안 한 번도 지각해본 적이 없었다. 그건 그녀가 부지런해서가 아니라, 그녀의 어머니가 아침밥을 하라며 그녀를 일찍 깨웠기 때문이었다. 밥을 하기 싫은 자매들은 언제나 일등으로 학교엘 갔다. 동생이 박사학위까지 따게 된 것은, 어쩌면, 게으른 어머니의 덕분이기도 했다. 외투 주머니에도 휴대폰은 없었다. 대신 곰팡이가 슨 가죽 장갑이 들어 있었다. "그이가 내게 마지막으로 사준 장갑이었다. 한여름에도 나는 늘 손이 시렸다." 그녀는 남편이 죽은 이야기를 적은 페이지를 펼쳤다. 그리고 한 귀퉁이에 그렇게 휘갈겨 썼다. 장갑은 그녀가 백화점 가판에서 훔친 것이었다. 결혼을 한 뒤 그녀는 자주 물건을 훔쳤다. 남편은 그녀가 훔친 넥타이를 매고, 훔친 양말을 신고 출근을 했다. 그리고 술에 취해 돌아와 자주 소리를 질렀다. 절대 허리띠는 훔쳐다 주지 않을 거야. 그녀는 귀를 막으면서 생각했다. 베란다에 쌓아둔 상자들까지 뒤졌지만 휴대폰은 나오지 않았다. 그사이 해가 졌다. 그녀는 낮에 먹은 콩국수 그릇을 씻어 선반에 올려놓았다. 냉장고를 뒤져 포도 한 송이를 찾아냈다. 믹서에 포도송이를 껍질째 넣고 갈아서는 세 모금 만에 마셨다. 그리고 소파에 앉아 멍하니 텔레비전 화면에 비친 자신의 얼굴을 바라보았다. 자서전을 쓰기로 결심한 날, 그녀는 케이블 방송사에 전화를 걸었다. "방송을 끊고 싶어요." 그녀는 말했다. "그럼, 공중파 채널도 나오지 않을 텐데요." 직원이 말했다. 그녀는 더 이상 텔레비전을 보고 싶지 않았다. 놀이터 쪽에서 줄넘기를 하는 소리가 들려왔다. 그녀는 줄넘기 소리에 맞춰 숨을 들이쉬었다 내쉬었다. 그러자 문득, 그 휴대폰을 어디에 두었는지 떠올랐다. 혹시나 고물 장수에게 팔 수 있을지 몰라 따로 상자에 담아두었던 것이다. 그녀는 신발장으로 달려가 자주색 신발 상자를 꺼냈다. 그 안에는 카세트테이프와 고장 난 휴대용 라디오와 검은색 휴대폰이 들어 있었다.

3

 선풍기가 없어서인지 그녀는 잠을 설쳤다. 그녀는 발바닥이 화끈거리는 증상에 시달렸다. 그래서 겨울을 빼고는 늘 선풍기를 틀어야 했다. 일어나자마자 그녀는 욕조에 찬물을 받아 발을 담갔다. 그러고 늘 하는 것처럼 잔소리를 시작했다. "오늘 아침은 남기지 말고 다 먹고." "욕실 청소 좀 해라. 머리카락이 수챗구멍을 꽉 막았잖니." 휴대폰은 배터리가 방전되어 전원이 들어오지 않았다. 그녀는 청국장찌개에 밥 한 공기를 남김없이 먹고는 30분을 기다리지 않고 알약 다섯 개를 한꺼번에 입안에 털어 넣었다. 청소기를 돌리고, 세탁기에 빨래를 집어넣고, 작년 겨울에 담근 쉰 김치를 음식물 쓰레기통에 버리고, 연필 두 자루를 깎았다. 그리고 가방에 노트와 연필 두 자루와 휴대폰 두 개를 넣은 뒤 집을 나섰다. 버스 정류장에는 마을버스를 기다리는 사람들이 두 줄로 서 있었다. 휴대폰 대리점이 있는 사거리까지는 버스로 네 정거장을 가야 했다. 그녀는 교복을 입은 여학생들 옆에 서 있고 싶지 않았다. 나도 교복을 입어봤지. 얼마나 예뻤다고. 그녀는 고개를 숙이고 발로 전봇대를 차고 있는 여학생을 보며 입을 삐죽거렸다. 그러고는 이내 자서전 속의 여주인공은 절대 입을 삐죽거리지 않을 거라는 생각을 했다. "여고생이었을 때 내 꿈은 암벽등반가가 되는 것이었다." 자서전에서 밝힌 것처럼 그녀는 발랄하고 진취적인 여고생이었다. 당시 아무도 꿈꾸지 못했던 등반가가 되고자 했을 만큼. 그녀는 뉴스에서 등반을 하다 바위 사이에 팔이 낀 남자의 사연을 접한 뒤, 실내 암벽등반 훈련장을 찾아가본 적이 있었다. 그러나 그곳은 그녀가 상상했던 것과는 전혀 달랐다. "왜 껌이 붙어 있어요? 진짜 바위는 어디 있어요?" 그녀가 묻자 팔뚝에 문신을 한 강사가 대답했다. "산으로 가세요." 산으로 가라는 강사에게 그녀는 등반을 하다 바위 사이에 팔이 낀 남자가 있었다는 거 알아요? 하고 물었다. 그녀는 마을버스가 신호를 위반하고 달려오는 것을 보고는 사거리까지 천천히 걷기로 마음먹었다. 버스 사고 따위로 죽고 싶지 않아. 그것은 금으로 된 복숭아씨가 하늘에서 비처럼 쏟아진 태몽을 가진 사람의 마지막 결론치고는 어울리지 않았다. 길을 걸으며 그녀는 코스모스의 꽃대를 잘랐다. 마당의 잔디에 물을 주던 남자가 좋은 아침입니다, 하고 인사를 했다. 도로 한가운데 고양이가 차에 치여 죽어 있었다. "저걸 좀 치우면 안 될까요?" 그녀는 남자에게 말을 했다. "어디다 좀 묻어주면 더 좋고요." 사과 농장에는 동물들이 많았다. 그녀가 태어난 기념으로 산 토끼 한 쌍은 그녀가 돌잔치 때 열여섯 마리가 되어 있었다. "동물이 죽으면 동생들과 무덤을 만들어주었다. 과수원 언덕 너머에는 우리가 사랑했던 동물들의 무덤이 있었다." 그녀는 자서전에 그

동물들의 무덤가에서 피리를 배웠다고 적었다. 교과서에 나오는 동요들은 전부 다 연주할 수 있었다고. 남자가 삽을 들고 나와 죽은 고양이 쪽으로 걸어갔다. 그러고는 죽은 고양이를 가로수 쪽으로 던졌다. 그녀는 노트에서 종이 두 장을 찢었다. 그 바람에 남편 앞으로 생명보험 하나 들어두지 못한 나를 원망했다, 라는 대목이 적힌 종이가 같이 찢어졌다. 그녀는 망설이다가 종이 석 장을 들고 죽은 고양이 쪽으로 갔다. 종이로 고양이를 덮고 그 위에 돌을 올려놓았다. 남편 앞으로 들어놓은 보험은 아무것도 없었다. 남편을 친 트럭 기사는 어금니가 하나도 없었다. 이를 할 돈도 없었던 기사는 게다가 아이를 여섯이나 두었다. "한 번만 봐주세요." 기사의 부인이 여섯 명의 딸을 데리고 장례식장에 찾아왔다. 그중 셋째인가 넷째가 그녀를 아줌마, 하고 불렀다. "배 속에 동생이 있어요. 그러니 우리 엄마 울리지 마세요." 아이는 그녀의 귀에 대고 속삭였다. "아직도 그 아이의 목소리가 귀에서 들리는 것 같다." 그 문장은 이제 고양이의 시체와 함께 썩어갈 것이다.

대리점은 문을 열지 않았다. 대리점 옆에는 동물병원이 있었고 그 옆에는 정육점이 있었다. 그녀는 병원 현관문을 닦고 있는 남자에게 이상해요, 하고 말했다. "뭐가요?" 흰 가운을 입은 남자가 말했다. "동물병원하고 정육점이 나란히 있는 거요." 동물병원 원장은 말없이 웃더니 문을 닦다 말고 안으로 들어갔다. 원장이 가게를 얻었을 때에는 옆집에 꽃집이 있었다. 원장은 꽃집에서 일주일에 한 번씩 꽃을 샀다. 꽃집 여자는 원장이 자신을 좋아한다고 착각을 했다. 원장은 여자의 취향이 아니었다. 그런데도 어쩜 그렇게 멋지세요, 라고 거짓말을 하는 자신이 속물스럽게 느껴졌다. 그래서 여자는 찻길 건너에 새로운 가게가 나왔다는 소식을 듣자마자 주저 없이 가게를 옮겼다. 그녀는 편의점 파라솔에 앉아 대리점 문이 열리기를 기다렸다. 편의점 점원이 그녀에게 다가와, 뭐, 필요하세요? 하고 물었다. 그녀는 맞은편 대리점을 가리키면서 휴대폰 충전을…… 하고 말끝을 흐렸다. "주세요." 점원이 그녀에게 손을 내밀었다. "뭘?" "휴대폰이요." 그녀는 편의점에서도 휴대폰을 충전할 수 있다는 것을 처음으로 알았다. 자서전에 정신연령은 아직도 이십대라고 적은 것과는 전혀 딴판이었다. 점원이 휴대폰에서 배터리를 빼냈다. "아직 이런 구닥다리 휴대폰을 쓰는 사람이 있네." 구닥다리라니. 그녀는 구닥다리구닥다리구닥다리, 하고 세 번 연속 중얼거려 보았다. 그랬더니 마치 무슨 주문처럼 느껴졌다. 그래, 나는 힘들 때마다 이런 주문을 외워. 그녀는 캐나다로 떠나는 조카에게 그 주문을 알려주었다. "친구들이 키 작다고 놀리면 이 주문을 써. 이모가 장담하는데 주문을 외우고 나면 세상이 달라질 거야." 그녀는 노트를 꺼내 맨 앞장을 펼쳤다. 거기에 목차가 적혀 있었다. 그녀는 맨 마지막 줄에 '주문들'이라고 목차를 적었다. 거기에는 지금까지 그녀를 버티게 해준 주문들을 적어 넣으리라. 시아버지를 찾아가던 날, 그녀는 대문 앞에 서서 '구닥다리' 주문을 외웠다. 시아버지는 그녀에게 상가를 한 채 주면서 말했다. "앞으론 1년에 두 번만 보자." 자서전에서 시아버지는 단 한 줄로 요약되었다. "아버지는 한 번도 나를 안아준 적이 없어, 라고 남편은 말했다." 시어머니는 더 짧게 등장했다. "결혼을 반대했다." 그녀의 시어머니는 부인 앞으로 카드 한 장도 만들어주지 않는 노랑이 남편이 어째서 혼자가 된 며느리에게 상가를 한 채 주었는지 의아해했다. 바람피우는 장면을 며느리에게 들켰다는 말을 할 수 없었기에, 시아버지는 부인에게 당신은 측은지심도 없소, 하고 소리를 질렀다. 그녀는 충전이 다 된 배터리를 다시 넣고 전원 버튼을 눌렀다. 전화번호부에 들어가니 모두 여든일곱 개의 번호가 저장되어 있었다. 그녀는 검색란에 박미희, 라고 적었다. 이름에 ㅇ이 들어 있지 않아 다행이었다. 그녀는 가방에서 휴대폰을 꺼내 검색한 번호로 전화를 걸었다. 제발 받지 마. 받지 마. 통화 버튼을 누르자마자 그녀는 전화 건 것을 후회했다. 그녀는 벨이 열한 번 울리기까지 기다린 다음 정지 버튼을 눌렀다. 안 받아서 다행이야. 그녀는 빵집에 들러 커피 한 잔을 주문했다. 한번쯤은 텔레비전에 나오는 젊은이들처럼 커피를 들고 길거리를 걸어보고 싶었다. 그러기엔 선글라스 하나쯤은 있어야 하는데. 그녀는 이참에 선글라스도 하나 맞추리라고 다짐했다. 그녀는 약국 앞에 서서 커피를 한 모금 마셨다. 유치원 앞에서 아이들이 버스에 타는 것을 구경했다. "어디 가니?" 그녀가 묻자 아이들이 이구동성으로 대답했다. "수족관이요." 그녀는 돌고래들이 농구공을 입에 물고 헤엄치는 장면을 상상해보았다. 상상만으로도 피식, 하고 웃음이 났다. 길을 걷다 그녀는 막 문을 여는 꽃집을 하나 발견했다. 꽃집 여자가 화분을 가게 밖으로 내놓았다. 여자는 해바라기 모양의 모자를 쓰고 있었다. "오늘 하루도 잘 지내보자." "자, 이제 심호흡을 하고." "오늘 너 참 예뻐. 다른 집으로 입양을 갔으면 좋겠다." 그녀는 화분을 나르며 혼잣말을 해댔다. 그녀는 태어나서 한 번도 꽃을 사서 꽃병에 꽂아본 적이 없었다. 아냐, 아냐. 그녀는 고개를 저었다. 식탁 위에는 언제나 화분이 놓여 있다고 해야 해. 매주 금요일마다 아침 산책을 한다고. 산책을 하고 나면 빵집에 들러 갓 나온 빵을 사고, 꽃집에 들러 주인이 추천하는 꽃다발을 산다고 말을 하리라. 꽃집 여자가 그녀를 보고는 뭐 필요하세요? 하고 물었다. "꽃다발이요. 좋은 걸로 추천해주세요." 그녀가 말했다. "거실에는 피아노가 한 대 있어요. 소파는 와인색이죠. 거기에 어울리는 꽃을 추천해주세요." 그러자 꽃집 여자가 갑자기 손뼉을 쳤다. "멋져요." 여자는 콧노래를 부르면서 온실에서 꽃들을 고르기 시작했다. 그녀는 여자가 꽃들을 고르고, 가시들을 잘라내고, 포장지를 고르는 모습을 보다가 마치 뮤

지킬의 한 장면을 보고 있는 듯한 착각이 들었다. 어디엔가 카메라가 있을 것만 같았다. 여자는 언제부터 저런 자신의 모습을 사랑했을까? 그녀는 꽃집을 두리번거리며 둘러보았다. 마치 숨겨진 카메라를 찾는 것처럼. "모자가 특이해요." 여자는 엄지손톱을 물어뜯으며 신중하게 리본 색을 고르는 중이었다. "네, 제가 만들었어요. 이곳에서 일을 하는 순간만큼은 저도 꽃이 되고 싶어서요." 그녀의 말이 끝나자마자 가방에서 휴대폰이 울렸다. 그녀는 액정 화면에 찍힌 번호를 보았다. 조금 전에 전화를 걸었던 박미희였다. "전화 받아요." 꽃집 여자가 오디오의 볼륨을 줄였다. "아까 전화하셨나요?" 전화기 저편에서 박미희가 말했다. 늘 감기에 걸린 듯한 목소리는 조금도 변하지 않았다. "저…… 혹시 아드님이 식당을 하나요. 아주 큰." "네. 맞습니다만. 누구시죠?" 그녀는 아무 대답도 하지 않았다. 저쪽에서 여보세요, 여보세요, 두어 번 부르다가 전화기를 껐다. "자, 다, 되었어요." 꽃집 여자가 그녀에게 꽃다발을 건네주었다. 백합이었다. 그녀는 숨을 깊게 들이마셨다. 향이 심장까지 전해지는 것 같았다. "왜 울어요?" 꽃집 여자가 말했다. 그제야 그녀는 자신이 울고 있다는 것을 알았다. 눈물은 닦을수록 자꾸 흘렀다. 우는 동안 그녀는 온몸이 뿔뿔이 흩어지는 느낌을 받았다. 어깨가, 허벅지가, 눈동자가, 귀가, 종아리가 그리고 손가락과 발가락이 공중에 떠다녔다. 어느 추상화 화가의 작품을 보는 듯한 느낌이 들었다. 이걸 손으로 그린 거야. 발로 그린 거야. 그렇게 빈정거리던 자신이 부끄러워졌다. 그제야 그녀는 자서전의 시작이 잘못 되었다는 것을 깨달았다. "나는 가을에 태어났다. 태몽은……" 그녀는 집으로 돌아가거든 그 첫 문장을 지울 것이다. 그리고 이렇게 쓸 것이다. "내가 죽은 지 1년이 지났다." 그래 거기서부터 다시 써야 해. 꽃집 여자가 그녀에게 손수건을 건네주었다. 그녀는 눈물을 닦았다. 손수건에서 생선 비린내가 났다.

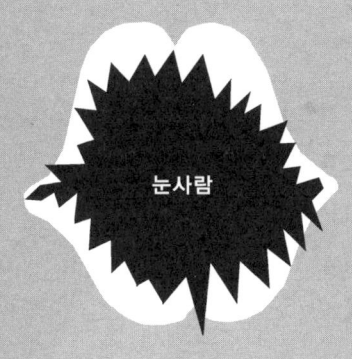

아직까지 허리가 아프다는 게 이상하기만 했다. 스물셋에 금고 가게 종업원으로 취직을 한 뒤로 세상에는 금고 하나만으로도 얼마든지 황당한 일이 벌어질 수 있다는 것을 수없이 보아왔지만, 가만히 누워 천장만 보다 보니 모든 것이 시시하게 느껴졌다. 그러니 아들 녀석이 내 몸뚱이를 금고에 넣지 않은 게 얼마나 다행이야. 나는 그렇게 중얼거려보았다. 그런다고 분노가 쉽게 사그라지진 않았지만. 한 사람이 겨우 누울 만큼 작은 방에 살면서 대형 금고를 주문한 사람이 기억난다. 금고를 방에 놓자 발을 뻗을 자리가 없어졌다. 늘 웅크리고 잠을 자야 했던 어머니의 국밥집 다락방을 떠올리며 나는 하마터면 충고를 할 뻔했다. 사람은 뭐니 뭐니 해도 다리를 펴고 잠을 자야 한다고. 신발장을 금고로 만들어달라던 사람도 있었다. 골목길에 버려진 금고를 열 때는 정말 너무 놀라 오줌을 쌀 뻔했다. 금고를 여는데 구경을 하던 꼬마가 혹시 폭탄이 들어 있는 거 아닐까요? 하고 물었다. 만화책 좀 그만 봐라. 경찰이 아이의 꿀밤을 때렸다. 아무리 경찰이지만 왜 애를 때려요? 나는 경찰에게 구시렁거렸다. 어머니의 국밥집에는 그런 경찰이 자주 드나들었다. 맛있게 먹고 나서 음식이 짜다느니 가게 앞에 입간판을 세우는 건 불법이라느니…… 그래도 어머니는 꼭 밥값을 받았다. 거스름돈을 주면서 다음부턴 오지 마요, 라는 소리도 잊지 않고 했다. 다른 건 몰라도 그때의 어머니를 자랑스러워했어야 하는 건데. 어머니 생각이 나려 하자 나는 고개를 저었다. 지난 일을 반성해선 안 돼! 암튼. 꼬마에게 꿀밤을 먹인 경찰이 내 귀에 대고 이렇게 속삭였다. 사실 제 아들이에요. 그런데 혹시 이 안에 토막 시체라도 있는 건 아닐까요? 경찰은 만약 그 안에 시체라도 들어 있다면 재빨리 아들의 눈을 가려야겠다고 생각했다. 경찰은 구경하던 사람들을 향해 소리쳤다. 물러서요, 물러서. 경찰이 시체 이야기를 하자 정말로 금고 안에 토막 난 시체가 들어 있을 것만 같은 생각이 들었다. 하지만 막상 금고를 열자 그 안에는 폭탄이 들어 있었다. 나도 모르게 두 귀를 막았다. 폭탄은 장난감이었다. 경찰이 진짜인 줄 알고 뒤로 물러섰다가 엉덩방아를 찧었다. 하지만 나는 웃지 않았다.

경찰의 아들이 아버지를 보고 있을 테니까. 정말로 토막 시체가 들어 있는 금고를 연 적도 있었다. 내가 팔았던 금고였다. 배달까지 직접 했고, 아마도 그때 아내의 시체를 욕실에 숨겨두었을 남자는 나에게 수고했다며 미숫가루를 타주었다. 그것을 맛나게 먹었다. 사건이 해결되었는데도 나는 일주일이나 제대로 밥을 넘기지 못했다. 출근을 하지 않는 날이 길어지자 사장이 찾아왔다. 사장은 주물 공장 사환으로 시작해서 어떻게 금고 가게의 사장이 되었는지를 이야기해주었다. 한마디로 말하면, 내가 제대로 가고 있는 건가? 의문이 들 때마다 새벽 4시 반에 일어나 일을 했다는 거였다. 내가 너를 왜 뽑았는지 아니? 사장이 물었다. 제 허벅지가 마음에 든다면서요? 나는 대답했다. 사장을 처음 만난 곳은 돼지갈비 집이었다. 인쇄소 한쪽에 임시로 만든 방에서 직원 다섯 명이 잠을 자던 때였다. 아직 여드름이 가시지 않은, 고향에서 부모님이 배를 탄다던, 소년에게 술을 따라주면서 나는 맨손으로 멧돼지를 잡은 적이 있다고 거짓말을 했다. 생선은 냄새도 맡기 싫다던 소년이 입이 미어지도록 상추쌈을 먹는 걸 보면서 나는 고기가 타지 않게 자주 뒤집었다. 난 말이지, 한 번도 씨름을 해서 져본 적이 없어. 내 기억이 맞다면 소년은 그날 처음으로 술을 배웠다. 인쇄 공장 사장의 딸과 결혼을 했다가 몇 개월 만에 이혼을 하고는 배를 탄다며 고향으로 내려간 뒤 소식이 끊어졌다. 뒷자리에서 술을 마시던 사장이 내게 명함

눈사람 153

한 장을 내밀었다. 혹시 일할 생각 있으면 찾아와. 사장은 금고를 나르려면 무엇보다 허리가 튼튼한 사람이 필요하다고 했다. 여학생이 밀어 계단에서 굴러떨어진 뒤로 체육 시간이면 늘 벤치에 앉아 있었지만, 나는 사장에게 어머니가 식당을 해서 어릴 때부터 늘 쌀자루를 날랐다고 거짓말을 했다. 사실, 난 모든 게 거짓말인 줄 알고 있었지. 사장은 말했다. 그렇게 허풍을 치는 놈은 진짜 무거운 걸 날라봐야 한다고 생각했을 뿐이야. 사장은 안주머니에서 흰 봉투를 꺼냈다. 퇴직금이야. 사장이 단단해진 내 허벅지에 손을 올려놓았다. 그때 그만두었으면 무엇이 달라졌을까? 이제는 썩어버려 뼈밖에 남지 않은 허벅지에 나는 가만히 손을 올려보았다. 모든 것이 다 사라졌는데, 금고를 들다 삐끗했던 허리가 왜 이제 와서 아픈 건지, 아무리 생각해보아도 도통 알 수 없었다.

"비타민을 너무 많이 먹어도 건강에 안 좋다네. 오늘 아침 방송에 나왔어." 며느리의 목소리가 들려왔다. "말도 안 되는 소리 하지 마." 아들이 대답했다. 마흔을 넘어서면서 아들은 하루에 열 알씩 비타민을 먹었다. 귀는 나날이 예민해졌고 어떤 날은 아들이 약을 삼키는 소리까지 들려왔다. 도대체 유령이 되면 마음껏 벽을 통과할 수 있다는 이야기를 누가 퍼뜨린 것일까. 심장이 더 이상 뛰지 않는다는 것을 알았을 때 나는 가만히 누워 구구단을 외웠다. 9단까지 다 외우고 나자 아들

가족이 설악산으로 여행을 갔다는 사실이 떠올랐다. 나는 죽어 있는 내 얼굴을 보고 싶었지만 참았다. 혹시 얼굴에 침이라도 묻어 있을지 모를 일이지만 그렇다고 깨끗하게 닦을 수는 없을 테니까. 아들은 물수건으로 죽은 아내의 얼굴을 닦아주었다. 아들이 돌아올 때까지 나는 그저 가만히 누워 있었다. 조금 더 자자. 눈을 감았지만 세상은 여전히 환했다. 눈꺼풀이 사라진 것처럼. 앞으로 평생 잠을 자야 하다니. 그런 생각을 했다가 이내 평생이란 단어는 영영 쓰지 못한다는 것을 깨달았다. 죽고 나면 같이 사라지는 단어들. 십년감수. 악몽. 발자국. 재채기…… 이젠 영원히 체하지도 않을 것이다. 까스활명수를 박스째 사서 쌓아놓고 먹기 시작한 게 십수 년 전이었다. 아내의 발인을 마치고 돌아와 잠깐 눈을 붙였는데 꿈속에서 아내와 갔던 적이 있는 다방이 나왔다. 다방 주인이 가게 안에 있던 집기들을 밖으로 끄집어내고 있었다. 뭐 하는 거예요? 쌍꺼풀 수술에 실패한 마담이 눈을 깜빡거리며 가게가 망했어요, 하고 대답했다. 여기 쌍화차가 맛있는데. 나는 혼잣말처럼 중얼거렸다. 잠에서 깬 나는 저녁으로 콩나물국에 밥을 한술 말아 먹었다. 반찬으로 나온 어묵을 젓가락으로 집다 식탁 위에 떨어뜨렸다. 아들과 며느리가 나를 빤히 보았다. 나는 떨어진 어묵을 다시 집어 먹었다. 할아버지 지저분해! 어린 손자가 말했다. 손자의 말이 끝나자마자 어묵이 명치에 걸린 듯한 느낌이 들었고, 그날 밤 활명수를 세 병이나 먹어도 그 느낌은 사라지지 않았다. 그 후로 늘 체한 기분이 들었다. 위암에 걸렸을지도 모른다는 공포는 쉽게 사라지지 않았다. 벌 받은 거예요. 그러게 엄마한테 잘하죠! 종합검진을 받겠다고 하자 아들은 소리쳤다. 식탁 아래에 박스로 쌓여 있는 까스활명수는 내가 죽은 지 한 달 만에 사라졌다. 아들 내외는 밤마다 죄책감에 시달렸고 그때마다 소화제를 마셨다. 그리고 소화제가 다 떨어지자 거짓말처럼 죄책감이 사라졌다. 여행에서 돌아온 아들은 내 얼굴을 빤히 들여다본 뒤에 천천히 눈을 감겨주었다. 아들의 손은 차가웠다. 어찌나 차가웠는지 아직 내가 살아 있다고 착각이 들 정도였다. 너무 빨라요. 아들은 중얼거렸다. 그러고는 방문을 닫고 나간 뒤 일주일이 지나도록 다시 방문을 열지 않았다. 그제야 나는 자리에서 일어나 서서히 썩어가는 내 얼굴을 바라보았다. 방문을 열고 밖으로 나가려 했으나 문고리를 손으로 잡을 수 없었다. 문고리가 잡아지지 않자 밖으로 나갈 수 있는 방법이 더 이상 떠오르지 않았다. 곰팡이가 슨 벽들을 바라보면서 종일 방을 서성이다가 나는 다시 자리에 누웠다. 더 정확히 말하면 내 몸뚱이 위로. 1년이 지나자 싱크대 위를 기어가는 개미 소리가 들리기 시작했다. 손자의 한숨 소리도 들렸다. 어떤 날은 귀만 따로 세상을 돌아다니고 있는 것이 아닌가 하는 생각이 들었다. "내일은 콩나물밥 해 먹을까?" "일찍 들어오면." 아들은 작년 여름부터 천천히 밥을 먹기 시작했다. "길 건너 페인트

집. 아들이 결혼한다네." "5만 원만 하지." "나, 물." "근데, 담배 끊은 건 확실한 거야?" 내가 가장 좋아하는 소리는 손자가 아이스크림을 먹는 소리였다. 손자가 숟가락으로 아이스크림을 풀 때면 나도 모르게 아아 하고 탄성을 내뱉었다.

천장의 벽지가 원래 무슨 색이었는지 기억이 나지 않았다. 모든 것이 흑백으로 바뀌게 된 뒤로 나는 하루에 열 단어씩 색에 관련된 단어들을 떠올려보려고 애썼다. 빨갛다. 붉다. 불그스름하다…… 이 집을 지을 때 아내는 지하에 방을 만드는 것을 반대했다. 무엇보다 난방비가 많이 든다는 거였다. 아내가 죽고 나는 거처를 지하로 옮겼다. 여름에는 시원했고 겨울에는 따뜻했다. 무엇 때문에 난방비를 걱정했는지 이해가 가지 않을 정도로. 만약 내가 거처를 지하로 옮기지 않았다면 아들은 내 시체를 지하로 옮겨야 했을 것이다. 그랬다면 나는 아들의 어깨에 붙어서 떨어지지 않았을 텐데. 아들의 등에 붙어서 출근도 하고, 사람들의 이야기도 듣고, 맛있는 음식을 먹는 것도 구경할 텐데. 아들은 늘 어깨가 무거울 테고 그래서 더욱 죄책감에 시달렸을 텐데. 언제부터인가 아들의 코 고는 소리가 들리지 않았다. 죽은 후에야 나는 괘종시계를 버린 것을 후회했다. 시계는 집들이 때 선물로 받은 것이었다. 시계를 사온 처남은 아내가 죽은 후 내게 전화를 걸어 술주정을 부렸다. 누나가 죽은 건 모두 매형 때문이에요.

처남은 단 한 번도 나를 좋아해본 적이 없었다. 하지만 그것 때문에 시계를 버린 것은 아니었다. 결코. 잠이 오지 않는 새벽마다 온 집에 울려 퍼지는 종소리를 홀로 듣는 것이 견딜 수 없을 뿐이었다. 지금은 너무나 그리운 소리. 이 동네에는 더 이상 괘종시계를 가진 사람들이 없었다. 대신 아침마다 이 집 저 집에서 정신없이 자명종이 울어댔다. 아들의 코 고는 소리는 일정한 리듬이 있어서 듣기가 좋았다. 아들이 즐겨 부르던 노래와 리듬이 닮아 있어서 나는 코 고는 소리를 들으면서 콧노래를 흥얼거리기도 했다. 그때마다 망할 놈의 자식이라고 욕을 했던 감정이 조금씩 사그라지기도 했다. "늦었잖아." "5천 원만 더 줘." 어느 집에선가 새벽부터 부부싸움을 하기 시작했다. 카드 값이 많이 나왔다고 부인이 남편을 향해 리모컨을 집어 던진 집이었다. 멀리서 자전거 소리가 들린다. 곧 신문이 마당에 던져질 것이다. 아! 개집 위에 쌓였던 눈이 미끄러지는 소리가 들렸다. 그래. 눈이 내린다. 내 기억이 맞다면 첫눈이었다. 아들은 개를 팔아버렸지만 아직 개집은 버리지 않았다. 개는 내가 죽은 뒤 종일 울었다. 하지만 개를 팔자 손자가 종일 울었다. 딸랑. 현관문에 달린 종소리가 들렸다. 아들의 발소리를 들으면서 나는 여전히 등을 구부정하게 하고 걷는지 궁금해졌다. "잘 잤니?" 아들은 빈 개집을 향해 소리쳤다. 때론 지하실 방문 앞에 서서 안녕히 주무셨어요, 하고 중얼거릴 때도 있었다. 그때마다 너 같으면 잘 잤겠냐, 하고 되받아쳤다. 아들이 생기지 않았다면 내가 결혼을 했을까. 사장이 준 퇴직금을 안주머니에 넣고 나는 하루 종일 시내를 돌아다녔다. 좌판에서 파는 호떡을 먹으면서 여학생 두 명이 까르르 웃고 있었다. 나는 재빨리 호떡 값을 내주었다. 양 갈래로 머리를 땋은 여학생이 입을 삐죽였다. 아저씨 뭐예요? 곧 크리스마스잖아요. 내가 말했다. 단발머리 여학생이 잘 먹었습니다, 하고 인사를 했다. 그러고는 친구의 팔짱을 끼고는 뭐라고 속삭였다. 전 늘 밥을 혼자 먹어서요. 같이 저녁 할래요? 나는 단발머리에게 물었다. 좋아요. 갈래머리가 대답했다. 여학생들과 경양식 집에 가서 돈가스를 사 먹은 뒤 나는 공장으로 돌아왔다. 조금 썼어요. 다음 달 월급에서 제하세요. 퇴직금 봉투를 책상 위에 올려놓으면서 나는 사장이 어떤 잔소리를 해도 다 참으리라고 생각했다. 막 사랑에 빠졌으니까. 그 후로 1년 동안 나는 늘 두 명의 여학생과 함께 만났다. 같이 영화를 보고, 같이 차를 마시고, 같이 술을 마시는 동안, 내가 좋아하는 사람과 나를 좋아하는 사람이 서로 어긋났다. 결혼식장에서 웨딩드레스를 입은 아내에게 귓속말을 하는 단발머리를 보는 순간, 나는 어긋난 것이 허리뿐만 아니라 바로 사랑이었다는 것을 선명하게 깨달았다. 어린 아들은 줄기차게 울어댔다. 나는 자주 외박을 했다. 아들은 오랫동안 마당을 서성였다. 아들의 발소리 위로 손자가 아이스크림을 숟가락으로 풀 때와 비슷한 소리가 겹쳐졌다. 고등학교를 졸업한 뒤 손자는 아침에 잠을 자서 저녁에야 눈을 떴다. 식구들하고 같이 밥을 먹지도 않았다. 이 시간에 아이스크림을 먹을 리는 없을 텐데. 나는 눈을 깜빡이는 척하면서 지금 들리는 소리가 무슨 소리인지를 생각해보려고 애썼다. "뭐 해?" 창문 열리는 소리가 들리더니 곧이어 며느리의 목소리가 들려왔다. "응. 눈사람." 아들이 말했다. 그제야 나는 그 소리가 눈사람 만드는 소리라는 것을 알아차렸다. "손 시려." 며느리가 말했다. 곧이어 무엇인가 공중에서 바닥으로 떨어지는 소리가 들렸다. 장갑을 던져주었나 보다. "고마워." 아들이 말했다. 아들을 미워한 건 아니었다. 단지 우는 아이가 싫었고, 한 칸짜리 방밖에 얻을 수 없었던 내 자신이 싫었기 때문이었다. "당신 닮았지." "아닌데. 난 눈이 그렇게 작지 않아." 며느리가 웃었다. 오래간만에 들어보는 며느리의 웃음소리였다.

아들이 눈사람을 만드는 소리 사이로 더 먼 곳에서 소리들이 끼어들었다. 어젯밤 대학교 기숙사에서 불이 났다. 뉴스를 듣는 집은 혼자 사는 게 틀림없다. 텔레비전 소리와 전화기 소리 말고는 다른 사람 소리는 들리지 않으니까. 도마질 소리. 신혼이겠지. 칼질이 서툴고 손끝에 힘이 들어가 있다. 며느리는 그사이 살림꾼이 되어 있었다. 10년 전만 해도 요리 솜씨가 그저 그랬는데. 요즘은 칼질 소리가 달라졌다. 근처에 병원이 없다는 게 천만다행이었다. 안 그랬다면 매일 비명 소리를 들어야 했을 테니까. 이 동네는 다세대주택이 많았고 그래서 이사를 오고 이사를 가는 집들이 많았다. 나는 이삿짐 싸는 소리를 듣는 것이 좋았다. 하루 종일 달그락거리는 시간. 만약 지금 내가 걸을 수 있다면 뼈들이 부딪히면서 달그락달그락 소리가 나겠지. 이삿짐을 나르는 것처럼. "영호야 일어나." 영호의 어머니가 영호를 깨우는 소리가 들렸다. 기관지염을 앓는 노파의 기침 소리가 요즘에는 들리지 않는다. 죽었을까? 이사를 간 것일까? "영호야." 영호의 어머니가 다시 영호를 불렀다. 영호는 다섯 번을 불러야 겨우 일어난다. 느릿느릿. 발소리를 들어보면 영호는 조금 뚱뚱한 아이일 것이다. "영호야 벌써 7시 반이다." 나는 지각이다, 지각이야, 하고 중얼거렸다. 그러면 단짝처럼 지내던 고향 친구 영호가 떠오르곤 했다. 우리 집 앞에 서서 지각이야, 하고 외치던 영호. 영호의 어머니는 어머니의 국밥집 옆에서 채소장사를 했다. 장사가 시원찮은 겨울에는 한쪽에 비닐 천막을 치고 붕어빵과 고구마를 팔기도 했는데 가끔 찌그러진 붕어빵을 내게 주곤 했다. 어머니의 가게 이름은 충남집, 영호네 가게 이름은 영남집이었다. 어머니는 단 한 번도 충청도에 가보지 못했고, 영호네 어머니도 경상도에 가보지 못했다. 어머니에게 음식 솜씨를 전수해준 아주머니의 고향이 충청도일 뿐이었다. 나중에 알고 보니 그 아주머니는 자신이 어디서 태어났는지를 모르고 있었다. 어린 시절을 보낸 고아원이 충청도에 있었다는 거였다. 그래서 가게 이름이 충남집이 되었다. 영남집이라는 간판은 건물이 세워졌을 때부터 그 자리에 있었다. 처음에는 파전 집이었는데 일수놀이를 하던 가게 주인이 야반도주를 했다. 두번째는 국밥집이었지만 옆집 영남집에 밀려 곧 문을 닫았다. 세번째는 세탁소였는데 미용실 여자와 눈이 맞아 도망을 갔다. 영호네 어머니는 그 가게의 여섯번째인가 일곱번째의 주인이었다. 가게 주인이 모두 도망을 가게 되는 운명이라는 걸 영호 엄마는 몸소 보여주었다. 영호야 일어나라, 하는 소리를 들을 때마다 나는 영영 자리에서 일어나지 못하는 내 몸뚱이를 보면서 우울증에 빠졌다. 귀신도 우울해질 수 있다니! 그런 생각을 하자, 아주 잠깐이지만, 어느 한 부분은 완전히 죽지 않은 것일지도 모른다는 희망이 생기기도 했다. "영호야. 이제 다신 안 깨운다." 손자 녀석이 저 소리를 들어야 하는데. 왜 며느리는 손자를 깨우지 않는 것일까? 아들이, 며느리가, 손자의 이름을 불러본 지 얼마나 되었을까? "네. 일어났어요." 마침내 영호가 일어났다. 영호가 세수를 한다. 이를 닦는다. 그리고 아침밥을 먹는다. 영호는 밥을 꼭꼭 씹지 않고 그냥 삼킨다. 40년 뒤, 어쩌면, 영호는 위암에 걸릴지도 모른다. 내 친구 영호가 그랬던 것처럼. 영호의 병문안을 가서 말없이 홍시만 먹고 왔던 일이 생각났다. "안경 어디 있지?" "제발 다음 주에도 전화 좀 해줘요." "오늘 내 생일이야. 미역국은?" "니 생일은 다음 주잖아." "나도 자동차가 있었으면 좋겠어요." "엄마, 유치원은 왜 매일 가야 해요? 난 가고 싶은 날만 갔으면 좋겠어요." 자동차 시동 거는 소리가 사람들 대화 사이사이에 끼어들었다. 그러다 며느리가 청소기를 돌리기 시작하자, 곧 세상이 모터 소리로 가득 찼다.

  이 동네 사람들은 아무도 사랑한다는 말을 하지 않았다. 내가 그 단어를 들을 때는 누군가 드라마를 볼 때뿐이었다. 아들이 만든 눈사람은 햇볕에 서서히 녹기 시작했다. 똑, 똑, 똑, 어디선가 눈들이 계속 녹아내렸다. 양 갈래로 머리를 따고 다녔던 아내는 그다지 음식 솜씨가 좋지 못했다. 음식이 지나치게 짰다. 아들이 달리기를 하다가 쓰러진 뒤로, 심장병이라는 판명을 받고 난 뒤로, 아내는 모든 요리에 소금을 넣지 않기 시작했다. 결혼해서 10년은 짠 음식을, 그리고 그 뒤로는 밍밍한 음식만을 먹었다. 회사에서 하루 세끼를 먹는 날이 많아졌다. 사장이 내 곁을 지나갈 때마다 너무 일을 많이 하는 거 아니냐며 어깨를 툭툭 쳐주었다. 아들이 심장병 수술을 받던 날도 이렇게 눈 내리던 겨울이었다. 아내는 병원 수술실 앞에서 두 손을 모으고 앉아 있었다. 나는 눈이 내리는 골목길을 하염없이 걸었다. 누군가의 대문 앞에 눈사람이 서 있었다. 나는 눈사람의 머리를 발로 내리쳤다. 눈사람 머리가 굴러떨어지면서 반으로 갈라졌다. 연탄재가 흰 눈 사이로 삐져 나왔다. 트럭에 치여 머리가 으깨진 사람을 본 적이 있었는데 그 모습이 부서진 눈사람 위로 겹쳐졌다. 한참 길을 걷다 보니 몇 달 전에 금고 배달을 한 적이 있는 집이 보였다. 금고를 나르다 발등을 찧을 뻔했는데 그걸 본 집주인이 천 원짜리 한 장을 주머니에 찔러주었다. 나도 모르게 대문 앞에 섰다. 안을 들여다보니 주먹만 한 작은 눈사람들이 창틀에 나란히 놓여 있었다. 초인종을 눌렀다. 누구냐고 물으면 뭐라고 대답하지? 그런 걱정이 들었지만 그래도 초인종을 누르는 손을 멈출 수는 없었다. 아무 대답도 들리지 않았다. 나는 허벅지를 내려다보았다. 단단한 허벅지. 사장은 내게 말했다. 내 덕분에 이제 누구와 씨름을 해도 지지 않게 되었지. 훗날, 사장이 휠체어에 앉아서 내게 욕을 했을 때, 나는 말했다. 이제 전 누구와 싸워도 지지 않아요. 나는 대문 창살 사이로 손을 밀어 넣었다. 그리고 잠금쇠 고리를 아래로 내렸다. 대문을 열고 마당으로 들어서니 쌓인 눈 위로 발자국들이 보였다. 나는 신발을 벗고 누군가의 발자국 위를 밟아가며 현관 쪽으로 걸었다. 열쇠는 세번째 화분 아래에 있을 것이다. 어쩌자고 집주인은 내 눈앞에서, 아무런 경계도 없이, 현관문을 열었을까? 금고에는 통장 수십 개와 서류들이 들어 있었다. 돈 봉투가 보였다. 나는 침을 꿀꺽 삼켰다. 그리고 봉투에 들은 돈 중 3분의 1만 꺼내 주머니에 넣었다. 다시 맨발로 마당을 걸었다. 등이 시렸고 몸이 부르르 떨렸다. 이번 한 번만이야.

나는 골목길이 다 끝나도록 맨발로 길을 걸었다. 그러다 또 눈사람을 보았다. 그 눈사람 아래에 신발을 내려놓았다. 왜 사람들은 눈사람에게 장갑이나 목도리를 씌워주면서 신발을 신겨주지는 않는 거지? 그런 궁금증이 들었다. 몇 걸음 걷다 나는 이내 되돌아왔다. 생각보다 발이 시렸기 때문이었다. 신발을 도로 신다가, 눈사람이 추위를 탈 리가 없다는 생각이 들었고, 그래서 눈사람이 쓰고 있는 털모자를 벗겼다. 꽁꽁 언 털모자를 겨드랑이 사이에 끼웠다. 당신 그 모자는 뭐야? 꼭 도둑 같잖아. 병원에 도착하자 아내가 말했다. 병원비야. 나는 아내에게 훔쳐온 돈을 주었다. 어디서 났어? 아내가 물었고, 나는 훔쳤어, 하고 대답했다. 이 모자를 쓰고. 하지만 아내는 내 말을 믿지 않았다. 사장님한테 가불했구나. 아내가 말했고 나는 고개를 끄떡였다. 아들이 마취에서 깨어나는 걸 기다리는 동안, 나는 입원실 한구석에 쪼그리고 앉아 토막잠을 잤다. 깊은 잠에 들려 할 때마다 나는 뺨을 때리며 자면 안 돼, 하고 중얼거렸다. 경찰에 쫓기는 꿈을 꾸게 될지도 모른다고 생각했기 때문이었다. 하지만 꿈속에서 나는 멋진 금고털이범이 되어 있었다. 모은 돈으로 차곡차곡 저금도 하고, 연말이면 불우이웃돕기에 성금도 쾌척하고, 가족들과 몇 년에 한 번씩 여행도 떠났다. 당신, 지금이 웃겨? 잠에서 깨어보니 아내가 나를 한심한 표정으로 바라보고 있었다. 아들은 깨어나서 엄마만 찾았다. 나는 털모자를 깊게 눌러썼다. 그 모자가 분명 어딘가 있을 텐데. 버리지는 않았을 것이다. 내겐 행운을 가져다준 모자였으니까. 그 모자를 쓰지 않고 금고 털이를 하던 날 나는 하마터면 붙잡힐 뻔했다. 혹시 짐작 가는 범인이 있나요? 경찰은 두어 번 금고 가게를 찾아왔다. 나는 훔친 보석과 돈을 절대 가족에게 건네주지 않았다. 아내가 월급을 모아 결혼한 지 10년 만에 방 두 개짜리 전세를 얻을 때까지 나는 월급 말고는 아무것도 가져다주지 않았고, 경찰은 단칸방에서 콩나물국만 끓여 먹는 우리 부부를 의심하지 않았다. 결혼기념일에 반지 하나를 해주고 싶은 것도 참았다. 모두 언젠가 지어질 이 이층집을 위해서였다. 손자가 기지개를 켠다. 아, 무료해. 손자는 잠에서 깨어나도 바로 자리에서 일어나지 않았다. 천장을 바라보며 눈만 끔뻑끔뻑할 뿐이었다. 마치 나처럼. 침대 스프링은 바꿀 때가 훨씬 지났다. 손자가 잠을 자면서 몸을 뒤척일 때마다 나는 아들 내외에게 화가 났다. 다달이 들어오는 내 연금을 받아서 어디다 쓰는 건지. 청소기를 돌릴 때마다 며느리는 가끔 눈물을 흘렸다. 처음에 그 소리를 듣고는 청소기가 고장 난 줄 알았다. 손자가 움직일 때마다 계단이 삐걱거렸다. 위에서 세번째 계단은 곧 주저앉을 것이다. 망할 놈의 업자. 손자가 손자를 얻을 때까지 끄떡없다더니. 화장실에서 물이 새는 것부터 시작해서 해마다 손을 볼 곳이 늘어나기 시작했다. "밥?" 며느리가 물었다. "라면." 손자가 대답했다.

눈사람이 녹는 것처럼 내 몸도 그렇게 녹아버린다면 얼마나 좋을까. 나는 눈으로 만든 무덤 안에 갇히는 꿈을 꾸었다. 아들과 며느리가 내 몸 위로 계속, 계속, 계속 눈을 쌓았다. 삽질을 할 때마다 아들의 입에서 나오는 입김이 보이는 듯했다. 입김은 구름 모양이 되어 멀리멀리 퍼졌다. 손자는 이제 김치를 입에도 대지 않던 어린아이가 아니었다. 손자가 라면을 먹을 때면 후루룩 하고 면을 빨아들이는 소리가 귀가 아플 정도로 크게 들렸다. 이 동네에서 라면을 그렇게 맛있게 먹는 녀석은 손자와 여자 친구에게 쪼다라고 불리던 녀석밖에 없었다. 여자친구가 넌 쪼다 같아, 하고 소리치자 녀석은 전봇대를 걷어찼다. 그 순간 나는 녀석의 발이 부러졌다는 것을 알았다. 하지만 그걸 눈치채지 못한 여자 친구는 계속 욕을 했다. 넌 어떻게 천일 기념 선물로 가짜 가방을 선물하니. 작년에 내 친구들하고 술 마실 때 술값 내기 싫어서 취한 척했지? 여자 친구가 입을 열 때마다 녀석은 점점 쪼다가 되어갔다. 지난 1년 동안 네가 영화표를 끊은 적이 한 번도 없어. 녀석은 부러진 다리로 다시 한 번 전봇대를 걷어찼다. 여자가 계속해서 화풀이를 해대자 녀석은 다 죽어가는 목소리로 말했다. 미안. 제발 119 좀 불러줘. 깁스를 한 뒤로 나는 녀석의 발소리를 금방 알아챌 수 있었다. 여자 친구는 더 이상 찾아오지 않았다. 녀석은 퇴근길에 마트에 들러 라면 한 봉지와 소주 한 병을 샀다. 계산을 할 때마다 마트 주인은 밥을 먹어야 한다며 잔소리를 했다. 마트 주인은 내게 거스름돈을 잘못 준 적이 있었다. 아직도 장사를 하다니. 내 돈 5천 원을 떼어먹은 주제에. 그래도 남을 걱정하는 마음은 있는 여편네였다. 라면만 사는 동네 청년을 걱정하는 걸 보니. 이제 그만 내 돈을 떼어먹은 걸 용서하기로 하자. 마트 주인이 녀석의 라면 먹는 소리를 들었다면 밥을 먹어야 한다는 걱정을 하지 않을 것이다. 어찌나 맛나게 먹는지 나도 모르게 절로, 그렇게 배가 고팠니? 얼른 먹어라, 라고 중얼거리게 된다. 사장이 뇌출혈로 쓰러졌을 때 병문안을 간 나는 선물로 들어온 복숭아 통조림을 두 통이나 먹었다. 손자나 쪼다 녀석이 라면을 먹을 때면 나는 나도 모르게 입맛을 다시게 되었다. 그러고는 가장 맛있게 먹었던 음식이 무엇인지를 곰곰 생각해보았다. 어떤 날은 영호의 어머니가 주신, 팥이 하나도 들어 있지 않은 붕어빵이 생각났고, 어떤 날은 공장 난로에서 끓여 먹던 꽁치김치찌개도 생각났다. 하지만 무엇보다도 사장의 병실에서 먹었던 복숭아 통조림의 맛이 머릿속에서 떠나지 않았다. 고혈압에 당뇨병을 앓던 사장이 세번째로 쓰러지자 사람들은 더 이상 재기 불능일 것이라고 숙덕거렸다. 나는 잠든 사장을 보면서, 혼자 목욕탕을 간 게 언제인지 아세요, 하고 중얼거렸다. 지난 주말에 말이에요. 전 혼자 목욕탕을 갔어요. 주머니에 목욕비하고 때밀이 수건을 살 돈만 넣고서요. 오래간만에 간 목욕탕은 입장료가 올랐고 나는 돈이 모자라 다시 돌아와야 했다. 집까지는 버스로 한 정거장은 걸어야 했고 나는 집에 돌아가거든 물을 데워 머리를 감아야겠다고 생각했다. 그러자 갑자기 참을 수 없을 정도로 등이 가려워졌다. 지나가는 사람을 붙잡고 등을 긁어달라고 하고 싶을 정도로. 아무도 없는 골목길로 들어가 나는 전봇대에 등을 대고 몸을 비볐다. 지나가는 개가 나를 빤히 쳐다보았다. 뭘 봐. 나는 돌멩이를 발로 걷어찼다. 그때였다. 전봇대 바닥에 지폐 한 장이 버려져 있는 것을 본 것이. 그 돈을 주워 다시 목욕탕을 간 나는 때밀이 수건을 두 장이나 샀고 두유도 한 병 샀다. 목욕탕 주인은 33번 사물함의 열쇠를 주었다. 믿기지 않겠지만 목욕탕에 가면 나는 늘 33번이나 77번 사물함의 열쇠를 받았다. 사물함 안에 신발을 넣다가 나는 무엇인가가 신발에 걸리는 느낌을 받았다. 고개를 숙이고 안을 들여다보니 편지 봉투가 반으로 접힌 채 있었다. 편지 봉투에는 돈이 들어 있었다. 나는 물수건으로 사장의 얼굴을 닦아주었다. 얼굴을 자세히 보니 콧구멍의 크기가 달랐다. 제 말 무슨 뜻인지 알겠어요? 전 그렇게 운이 좋은 놈이라고요. 나는 사장에게 말했다. 사장은 여전히 잠을 자고 있었다. 그러니 이제 회사는 저를 주세요. 말을 하고 나자 갑자기 마음속 깊은 곳에서 자신감이 솟구쳤다. 까짓. 나는 복숭아 통조림 박스에서 깡통 하나를 꺼냈다. 통조림은 달았다. 나는 그것을 남김없이 다 먹었다. 국물까지. 배 속이 든든해졌다. 다시 깡통 하나를 꺼내 역시 국물까지 마셨다. 그때 사장이 눈을 떴다. 초점이 흐려진 사장의 눈빛을 보며 나는 결심했다. 어떤 일이 있어도 가게를 내 것으로 만들어야겠어. 훗날, 사장이 배은망덕한 놈이라며 내 뺨을 갈겼을 때 나는 화를 내지 않았다. 손에 힘이 하나도 없었기 때문이었다. 더 때리세요. 애당초 저는 거짓말쟁이였으니까요. 사장의 영혼은 지금쯤 어디에 있을까? 솔직히 나는 사장의 유령을 만나게 될까 봐 무서웠다. 유령은 반신불수의 환자가 아닐 테니까.

누군가의 집에서 생일 축하 노래가 들려온다. 사랑한다는 말은 들을 수 없었지만 생일 축하한다는 말은 자주 들렸다. 이 동네는 1년 내내 생일만이 있는 것 같았다. 그러다 아무도 생일이지 않은, 그런 날은 이 세상에 없다는 생각이 떠올라 피식 웃었다. "생일 축하합니다." "생일 축하해." "여보, 축하해요." "아빠 고마워요." "생일 선물은?" 그런 말들을 들으면서 나는 하나밖에 없는 딸의 생일인가 보다. 생일 선물로 곰 인형을 주었을까? 따위의 상상을 해보았다. 아들은 생일날 미역국을 먹지 않겠다고 했다. 내가 죽고 난 뒤 며느리는 아들의 생일날 미역국과 불고기를 했다. 모처럼 손자 녀석도 아침에 일어났다. 생신 축하드려요. 그 말을 끝으로 수저질 소리만 들려왔다. 아들이 물을 마시고 난 뒤 말했다. 고마워.

내년부터 내 생일은 챙기지 마. 아들 내외의 생일은 어떻게 지나가는지 알 길이 없었다. 하지만 내 생일은 잊으려 해야 잊을 수 없었다. 해마다 전화를 해주는 그 꼬마, 아니 이제는 청년이 된, 형민이 덕분에. 고아가 되었을 때 형민의 나이는 열다섯 살이었다. 금고 가게로 짜장면을 배달해주던 녀석은 어느 날 내게 찾아와 물었다. 어떻게 하면 사장이 될 수 있어요? 나는 전 사장이 내게 해주었던 말을 형민에게 들려주었다. 이 길이 맞는 건가? 하는 생각이 들 때마다 새벽 4시 반에 일어나 일을 했다고. 그러자 형민이 대답했다. 전 지금도 그렇게 하고 있어요. 하지만 너는 지금 그렇게 해서는 안 된단다. 이젠 시대가 달라졌잖니. 일을 하는 게 아니라 공부를 해야지. 나는 형민의 머리를 쓰다듬으면서 대학에 들어가면 4년 내내 등록금을 내주겠다고 약속을 했다. 사장님 아들은 좋겠어요. 형민이 인사를 꾸벅했다. 아들에게 한 번도 친절한 적이 없던 나는 그날 밤 자고 있는 아들의 머리를 쓰다듬어주었다. 잠결에 아들이 짜증을 냈다. 대학을 졸업한 뒤로 형민은 해마다 내 생일날 전화를 걸어왔다. 목욕탕 가셨어. 올해도 전화해줘서 고마워. 아버지께 전할게. 생일 기념으로 동남아 여행을 보내드렸어. 올해도 전화해줘서 고마워. 1년 중 가장 괴로운 날이 내 생일이라고 아들은 언젠가 잠을 자기 전에 며느리에게 고백을 했다. 부도만 나지 않았다면 이렇게까지는 하지 않았을 거라고. 모두 다 이 집을 지키기 위해서였다고.

유산을 물려받는 순간 아들은 모든 재산을 압류당했을 것이다. 하지만 아들은 영영 모르리라. 나한테는 아들이 생각한 것보다 더 많은 재산이 있다는 것을. 바로 여기. 내 등 뒤. 지하실 바닥에. 골목길에 아이들이 뛰어놀면 좋을 텐데. 그러다 엄마들이 일제히 창문을 열고는 밥 먹으라고 소리치는 것을 듣고 싶었다. "왔어." "낮에 왜 전화 안 받았어?" "피곤하다. 그 개자식." 퇴근 시간이 되면 다시 동네가 소란스러워졌다. 가만히 듣다 보면 세상 모든 사장들은, 세상 모든 선생들은, 세상 모든 상사들은, 다 나쁜 놈들뿐이었다. 차라리 아이 우는 소리가 골목길을 꽉 채웠으면. 이제는 아이 우는 소리마저 그리웠다. "당신 오늘 양말 그렇게 신고 회사 갔어요?" 며느리의 목소리가 들렸다. 아들은 또 양말을 뒤집어 신었을 것이다. "걱정 마. 오늘 신발 안 벗었거든. 아. 아니다. 점심시간에 벗었네." 이제 가끔 아들은 며느리를 도와 저녁 밥상을 차리기도 했다. 곧 가라앉을 배를 최후까지 운전해야 하는 선장처럼. 아들은 더 이상 술도 마시지 않았다. 아들이 고등학교 3학년이 되었을 때 나는 마지막으로 금고를 털었다. 만약 잡히면 그 충격으로 아들은 공부를 그만둘 테고 그러면 영영 대학을 못 갔을 것이다. 금고 가게의 사장이 되자 금고를 터는 일은 더더욱 쉬워졌다. 한번 금고를 사갔던 손님들은 다시 찾아와서 내게 화풀이를 했다. 그러면 나는 그보다 비싼 금고를 보여주면서 말했다. 그러게 제가 이놈을 권해드리지 않았습니까. 나는 절대로 비싼 금고를 사갔던 고객의 집을 털지 않았다. 누군가가 줄넘기를 한다. 하나. 둘. 셋. 매번 열을 넘기지 못하고 줄에 걸렸다. 여름에는 골목길에서 배드민턴을 치는 부부들 덕분에 지루하지 않게 보냈다. 자그마치 서른일곱 번이나 랠리가 오고 갔다. 나도 모르게 박수를 쳐주고 싶었다. "감기 걸리려나. 열이 나네." 아들이 커피를 한 모금 마셨다. 눈사람의 머리 부분이 바닥으로 툭 하고 떨어졌다. 눈, 코, 입은 이미 일그러졌을 것이다. 눈사람이 다 녹으면, 아니, 마당의 목련나무에 새순이 돋으면, 아니, 목련꽃이 다 떨어지면, 아니, 여름 긴 장마가 시작되면…… 그땐 아들을 용서해야지. 하지만 아들은 모를 것이다. 지하실 바닥에 숨겨놓은 금고에 대해선. 집을 지으면서 나는 지하실 바닥에 금고를 묻어두었다. 거기에는 그동안 훔친 보석들이 가득 들어 있을 것이다. 손자가 결혼을 하면 그땐 그 보석들을 하나씩 꺼내려 했는데. 어떻게 하면 다른 사람의 꿈에 들어갈 수 있는 것일까. 죽은 아내는 자주 내 꿈에 나타났다. 나 몰래 들어두었던 보험에 대해서도 알려주었고 쌀통 아래에 숨겨둔 비상금도 알려주었다. 심지어 어머니 제삿날도 일러주었다. 잊지 말아야 할 것들은 너무 많았고 그때마다 아내가 꿈속에 보였다. 나는 한 번도 고맙다거나 미안하다고 대답을 해주지 않았다. 손자의 방에서 창문이 열리는 소리가 들렸다. 찰각. 라이터를 켠다. 아들이 담배를 끊자 손자가 담배를 피우기 시작했다.

손자는 다 피운 꽁초를 마당을 향해 던졌다. 그러면 마당을 서성이던 아들이 꽁초를 주웠다. 그러면서 아들은 중얼거렸다. 아버지 이젠 어떻게 해야 하는 걸까요. 아들의 뜻과 달리 시간은 너무 빨리 지나갔다. 부도가 난 회사는 금방 일어서지 못했다. 대문에 걸려 있는 내 문패를 보면서 아들은 진작 모든 것을 포기했어야 한다는 것을 깨달았다. 아! 고드름을 한 번만 먹어보고 싶다. 나는 아들을 위해서 생일 축하 노래를 나지막이 불러보았다. 목소리가 나에게도 들리지 않기 때문에 음정 박자가 제대로 맞는 건지 알 길이 없었다. 노래를 다 부른 후, 나는 아들의 꿈속으로 한 번만, 단 한 번만, 들어가 보았으면 좋겠다는 생각을 했다. 그러면 절대 미안하다는 말을 하지 않을 것이다. 용서한다는 말도. 그러고는 말할 것이다. 네가 찾지 못하는 곳에 보물이 숨겨져 있을 거라고. 내 손자를 저렇게 우울한 아이로 자라게 한 벌로 어디 있는지 절대 알려주지 않을 거라고. 메롱 하고 혓바닥도 내밀어볼까. "눈이 더 내리네." 며느리가 말했다. 아들은 아무 대답도 하지 않았다. 손자는 누군가에게 문자메시지를 보냈다. 녹아 무너진 눈사람 위로 눈이 쌓일 것이다. "영호야. 저녁 먹어." 영호의 어머니가 말했다. 아! 영호는 학교에 갔다 돌아왔나 보다.

초등학교 2학년 때 Y의 별명은 콧물 흘리는 책벌레였다. 반 아이들을 이름 대신 별명으로 부르던 담임이 지어준 것이었는데, Y는 지금까지도 왜 그런 별명으로 불렸는지 알지 못했다. 담임의 별명은 물파스였다. 아이들이 배가 아프다고 하면 배꼽에 파스를 발랐고, 감기에 걸렸다고 하면 이마에 파스를 발랐다. 정규교육을 받아본 적이 없는 Y의 어머니는 책이라는 단어가 들어갔다는 사실 하나만으로 딸의 별명을 좋아했다. 그리고 쌕쌕이라는 음료수 한 박스를 들고 학교로 찾아가 선생님께 감사하다고 인사를 했다. 졸업한 지 40여 년 만에 기적처럼 동창회가 열렸을 때, 담임은 그 음료수 박스에 봉투가 들어 있었다고 고백했다. 동창들은 건배를 하고, 건배를 하고, 또 건배를 했다. 잔이 두어 개 깨졌다. 그러고는 다음에 또 보자는 약속도 없이 헤어졌다. 집으로 돌아오는 길에 Y는 들고 있던 우산을 버리고 일부러 비를 맞았다. 오래간만에 감기에 걸렸는데, 코감기는 아니었고, 몸살감기였다. 감기를 앓는 동안, 콧물 흘리는 책벌레라는 별명으로 불리던 시절 학교 도서관에서 동화책 한 권을 훔친 것이 생각났다. 돋보기를 쓴 할머니가 흔들의자에 앉아서 뜨개질을 하는 그림이 그려진 책이었다. 벽난로에서 장작이 활활 타올랐다. 흔들의자 옆에 앉아 책을 읽고 있는 여자아이의 두 볼이 빨갰다. Y는 긴장을 하면 얼굴이 붉게 상기되곤 했는데, 그때마다 벽난로 앞에서 책을 읽는 중이라고 상상했다. 사흘을 앓고 난 후, Y는 12개월 할부로 흔들의자를 샀다. 뜨개바늘과 털실을 구하는데 일주일이나 걸렸다. 흔들의자에 처음으로 앉았을 때 Y의 어머니는 이렇게 말했다. "멀미 난다." Y는 어머니 무릎에 대바늘과 털실을 올려놓았다. "이제 아무도 뜨개질은 안 하나 봐요. 간신히 구했어요. 목도리 하나만 떠주세요." "뜨개질 할 줄 몰라." 어머니는 실을 집게손가락에 감았다 풀었다. Y는 그럼 어릴 때 입던 빨간 망토는 어디서 난 거냐고 물었다. "실은 하도 예뻐서 훔쳤단다." 그렇게 말하고 어머니는 눈을 감았다. 5초 후 코 고는 소리가 들렸다. 돌아가시기 전까지, 22년 동안, 어머니는 그 의자에 앉아서 낮잠을 잤다. "할 말이 있단다." 돌아가시기 전에 Y의 어머니는 이 말을 자주 했다. 그러면 Y는 귀를 어머니의 입술에 바짝 대고는 고개를 끄덕였다. "네, 듣고 있어요." "내일 하마." 어머니는 말했다. 하지만 다음 날이 되면 전날과 똑같은 대화가 오고 갔다. "할 말이 있단다." "네, 듣고 있어요." "내일 하마." 그렇게 몇 달이 지났다. "할 말이 있단다." 똑같은 대답을 하는 게 지겨워 Y는 이렇게 대꾸했다. "지구가 망해서 내일이 안 올지도 모르잖아요. 그러니 어서 말하세요." 그러자 어머니는 Y에게 물을 가져다 달라고 손짓을 했다. 물을 마시고 난 뒤, 어머니는 땀이 촉촉하게 밴 손으로 Y의 이마를 짚었다. 마치 아픈 사람이 Y라는 듯이. "그럼, 다음에 하마." 지구가 망하지는 않았지만, 어머니에게만은, 내일이 오지 않았다.

"엄마가 하고 싶은 말이 무엇이었을까?" Y는 밤마다 질문을 하고 또 했다. 남편이 심장마비로 죽었을 때도 세상모르고 잠을 자던 Y는 태어나서 처음으로 불면증에 걸렸다. 그래서 Y는 어머니가 다섯 시간씩 낮잠을 자던 흔들의자에 앉아보았다. 몸을 앞뒤로 흔들었다. 의자가 흔들리면서 발바닥이 바닥에 닿았다 떨어졌는데 그 기분이 나쁘지 않았다. Y는 눈을 감고 다섯을 센 후에 어머니의 코 고는 소리를 흉내 내보았다. 어머니는 단팥빵에서 팥을 골라냈다. 팥에서 쉰내가 났다. "그래도 빵은 먹을 수 있지?" 어린 Y가 어머니에게 물었다. "이것 좀 봐." 아버지가 마당에서 소리쳤다. Y는 창문을 열고 밖을 내다보았다. "텔레비전이야." 아버지는 텔레비전을 실은 자전거를 타고 좁은 마당을 맴돌았다. "우와!" Y는 입을 다물지 못했다. 어머니가 주먹으로 빵을 움켜쥐어 작게 만든 다음 Y의 입에 넣어주었다. "돈 받아 오라 그랬지. 누가 텔레비전 가지고 오랬어?" 어머니는 아버지를 쳐다보지도 않은 채 말했다. 그날 저녁 Y는 밤새 설사를 했고, 어머니는 정규 방송이 끝날 때까지 텔레비전을 보았다. 어머니는 누워서 텔레비전 보는 것을 좋아했고, 아버지는 벽에 등을 대고 앉아서 보는 것을 좋아했다. 채널을 바꾸고 싶을 때마다 어머니는 아버지의 허리를 발로 쿡쿡 찔렀다. 다섯 형제 중 막내로 태어난 아버지는 걸음마를 시작했을 때부터 네 형의 심부름을 해야 했다. 아버지가 일찍 결혼한 것은 그 때문이었다. 어머니는 배 속의 아기 때문이라고 믿고 있었지만. 아버지는 어머니가 아무리 발로 찔러대도 채널을 바꾸러 일어나지 않았다. 그러면 어머니는 어김없이 Y를 불렀다. "7번 돌려라." Y는 오른쪽으로 채널을 돌렸다. "누가 채널 바꾸라 그랬니. 다시 11번으로." Y는 다시 왼쪽으로 채널을 돌렸다. 매일 밤마다 Y는 채널을 오른쪽으로 돌리고 왼쪽으로 돌렸다. 연예인들의 얼굴에도 점이 많다는 사실을 알았다. 연속극과 축구 경기를 5분마다 번갈아 보고 나면, 동네를 한 바퀴 돌며 집집마다 초인종을 눌러보고 싶다는 생각이 들곤 했다. 어느 날 Y는 채널을 돌리다가 조정 다이얼이 빠진다는 사실을 알게 되었다.

"이젠 다 내 맘이야." Y는 채널 조정 다이얼을 들고 소리를 질렀다. 누워서 텔레비전을 보던 어머니가 무릎걸음으로 텔레비전을 향해 걸어갔다. 다이얼이 빠진 곳을 손가락으로 잡고 돌려보았지만 채널은 바뀌지 않았다. "저녁에 소시지 먹고 싶어요." 어머니는 소시지 반찬을 해주었다. "내일은 장조림이 먹고 싶을 것도 같아요." 그러자 어머니가 숟가락으로 Y의 정수리를 내려쳤다. "먹고 싶으면 먹고 싶은 거지 먹고 싶을 것 같다는 건 무슨 말이냐." Y는 정수리에 고추장을 묻히고는 피가 난 것처럼 굴었지만 어머니는 속지 않았다. "텔레비전 팔아버린다." Y는 하는 수 없이 텔레비전을 손가락으로 가리켰다. "어디?" 아버지가 물었다. 텔레비전을 조금 움직이자 뒷면 아래쪽에 테이프로 붙여놓은 다이얼이 보였다. "너 머리 좋다." 아버지가 Y의 머리를 만졌다. 그러고는 이거 뭐야, 라고 중얼거리면서 고추장 묻은 손을 Y의 티셔츠에 닦았다. 테이프를 뜯어내는 순간 엄지손가락을 타고 무엇인가 가느다란 선이 Y의 몸으로 들어왔다. 그 선이 몸을 한 바퀴 돈 다음 발뒤꿈치로 빠져나가는 동안, Y는 어머니가 즐겨 보던 연속극의 마지막 회를 미리 보게 되었다. 부모님이 응급실 앞에 서서 울 때 Y는 꿈속에서 연속극의 마지막 회를 보고 또 보았다. "채널 한 번 바꿀 때마다 10원이에요." 이틀 만에 깨어난 Y가 말했다. 잠에서 깬 Y는 발뒤꿈치를 만져보았다. 흉터 자국은 보이지 않았다. 잠깐 졸았다고 생각했는데 맞은편 아파트 너머로 해가 지고 있었다. 환자복을 입은 어린 Y가 아버지와 새끼손가락을 걸고 무엇인가 약속하는 장면이 머릿속을 스쳐 지나갔다. "여기 앉으면 솔, 솔, 잠이 와." 어머니의 목소리가 들리는 듯했다. 텔레비전에 감전된 이후로 Y는 두 가지를 할 수 없게 되었다. 발바닥이 화끈거려 양말을 신지 못했고, 오른쪽으로 고개를 돌리지 못했다. Y는 의자에서 일어났다. 부엌 쪽으로 몸을 돌리자 약간 현기증이 느껴졌다. 심호흡을 크게 한 다음 한쪽 발을 내디뎠다. 발등의 실핏줄이 선명하게 보였다. 두 손을 높이 들어보았다. 손등이 하얬다. 거뭇거뭇한 점들이 보이지 않았다. Y는 냉장고 앞까지 걸어갔다가 다시 의자 쪽으로 걸어왔다. "몸이 가벼워진 것 같아." Y는 중얼거렸다.

몸무게가 0.5킬로그램 줄었다. Y는 냉장고 문에 붙여놓은 식당 목록을 세 번 반복해서 읽었다. 그리고 삼계탕 집에 전화를 걸었다. 음식이 배달되길 기다리면서 Y는 삼계탕을 먹다 대추씨를 잘못 씹어 이가 부러진 K를 생각했다. K는 자신은 삼계탕이 먹기 싫었는데 Y가 억지로 우겨서 어쩔 수 없이 먹은 것이라며, 치료비의 절반을 요구했다. 그 사건 이후로 Y는 K의 전화를 받지 않았다. 삼계탕을 먹기 전에 Y는 대추를 골라냈다. 그리고 식탁 한쪽에 있는 모래시계를 뒤집었다. 사람들이 한 끼를 먹는 데 평균 13분이 걸린다는 기사를 보고 난 뒤 Y의 아들은 '천천히 밥 먹기 운동본부'를 만들었다. 회원들에게는 30분짜리 모래시계를 나누어 주었다. "식사 거르지 마세요. 이 모래시계보다 더 천천히 드시고요." 떠나기 전에 아들은 Y에게 말했다. Y는 모래가 떨어지는 것을 보면서 천천히 닭을 씹었다. 식사를 마친 뒤 Y는 트림을 열 번 하고 칼슘 보조제를 먹었다. 그리고 흔들의자에 앉아 낮잠을 잤다. 꿈속에서 Y는 한적한 국도를 맨발로 걷고 있었다. 그즈음에는 폭설이 잦았고, 국도 가장자리에는 녹았다 얼었다를 반복해서 입자가 거칠어진 눈들이 쌓여 있었다. 발은 시리지 않았다. 지나가던 차 한 대가 끼익 소리를 내며 멈추었다. 한 남자가 내리더니 Y를 향해 뛰어왔다. "뭐 하는 거예요?" 남자가 갑자기 두 손으로 Y의 발을 만졌다. "동상 걸려요." Y는 얼른 제자리뛰기를 했다. "발이 더러워요." Y와 남자는 하루에 버스가 세 번밖에 서지 않는 버스 정류장에 앉아서 유통기한이 지난 오렌지주스를 마셨다. 남자가 자동차를 뒤져 겨우 찾아낸 음료수였다. "영화에서 보면 이럴 땐 커피를 마시던데." 남자가 말했다. Y는 남자에게 드라마와 스포츠 경기를 5분씩 번갈아가며 보면 그런 장면들이 왜 가짜인지 알게 된다고 말해주었다. "여섯 살 때 전기에 감전된 적이 있었어요." Y는 남자에게 전기가 뚫고 나온 상처를 보여주었다. 남자가 조심스럽게 Y의 발을 만졌다. "전 벼락에 맞았어요. 원래는 머리숱이 많았는데 그 사고 이후에 자꾸 머리가 빠지더라고요." 남자는 목도리를 풀었다. 목이 늘어난 티셔츠 사이로 Z 자를 길게 늘인 듯한 흉터 자국이 보였다. "정말요?" "네." 하루에 세 번 지나가는 버스 중 한 대가 도착했다. 승객이 한 명도 없었다. 문을 열고 운전기사가 말했다. "안 탈 거요?" "버스 기다리는 거 아니에요." "버스도 안 기다리면서 버스 정류장에는 왜 앉아 있는 거요?" 운전기사가 담배를 물었다. "그런 데 앉아서 연애를 하려면 커피를 마셔야지?" 기사가 가방에서 보온병을 꺼냈다. "한 잔에 5백 원. 어때요?" Y는 재빨리 기사에게 천 원을 주었다. 컵이 하나밖에 없어서 Y가 먼저 마시고 그다음에 남자가 마셨다. "그런데 버스 출발 안 해요?" Y가 물었다. 기사가 언덕 너머를 가리키면서 말했다. "저기 너머에 단식원이 있거든요. 점심시간도 지났겠다. 이 시간이면 누군가 도망쳐 나올 거예요." 기사의 말이 끝나자마자, 거짓말처럼, 뚱뚱한 여자가 버스를 향해 손을 흔들며 달려왔다. 남자가 차에서 먹다 만 김밥을 꺼내왔다. 여자는 나는 뺄 수 있다, 라고 씌인 티셔츠를 입고 있었다. 남자는 여자에게 먹다 만 김밥을 주었고 Y는 기사에게 5백 원을 주고 커피를 한 잔 더 샀다. 여자는 허공에 대고 이렇게 소리를 질렀다. "그래 나 뚱뚱하다. 어쩔래?" 헤어지기 전 남자는 Y에게 가는 곳까지 태워다 주고 싶다고 말했다. "고맙지만, 목적지가 없어요." Y는 남자에게 오늘이 친구 J의 기일이라고 대답했다. "저 때문에 죽었거든요." 남자가 두 손을 합장하듯 모으고 고개를 숙였다. "미안해요. 벼락에 맞았다는 건 거짓말이에요." Y는 버스 정류장에 앉아서 J에게 상처받았던 일들에 대해 생각해보려고 애썼다. 세 시간 후 버스가 도착했다. "막차예요." 기사가 말했다. 차비를 내려고 배낭 주머니를 열자 동그랗게 말린 종이컵이 보였다. 조금 전 커피를 마셨던 종이컵이었다. 커피 사줘서 고마워요, 라는 인사와 함께 낯선 전화번호가 적혀 있었다. 한 달 후, 남자는 전화를 받자마자 이렇게 말했다. "제 차 안 타서 다행이에요." 타이어가 펑크난 트럭이 남자의 차 오른쪽을 들이받았다. "조수석이 완전히 우그러졌거든요. 조카 주려고 산 곰 인형이 그 자리에 앉았는데, 다행히 그 녀석은 경상이에요." 그 와중에도 남자는 농담을 했다. 잠에서 깼지만 Y는 눈을 뜰 수가 없었다. 40여 년 전의 남편의 얼굴을 영영 잊을까 봐 두려웠기 때문이었다. 다리를 저는 남편을 볼 때마다 Y는 낯선 사람의 차는 타지 말라고 잔소리를 해대던 부모님이 고마웠다.

몸이 투명해지고 있어, 하고 Y는 생각했다. 손을 형광등 아래 비춰보니, 손끝에서 희미하게나마, 뼈가 보였다. Y는 아들에게 전화를 걸었다. "고추 밭에 있을 거예요." 교환원이 다른 곳으로 전화를 돌려주었다. "어제 돼지 새끼가 일곱 마리나 태어났어요. 아마 거기 갔을 거예요." 이번에는 축사로 전화를 돌려주었다. 하지만 아들은 거기에도 없었다. "요즘

시대에 이렇게 전화하기 힘들다는 게 말이 되냐?" 몇 명의 사람들과 통화를 한 다음에야 아들을 찾을 수 있었다. "요즘 학교를 새로 짓고 있어요. 고추도 따서 말려야 하고. 그런데 어쩐 일이세요." 아들 부부는 Y에게 전 재산을 주고는 어느 공동체 마을로 들어갔다. "몸이 점점 투명해지고 있어." 꿈을 꾸고 나면 몸이 가벼워지고 피부가 하얘진다고 Y는 설명했다. "뭐라고요?" "점점 하얘지다가 마침내 투명해지는 거라고." 아들은 Y의 말을 믿지 않았다. "혹시, 후각이 예민해졌나요? 피 냄새가 맡아진다거나……" Y는 숨을 크게 들이쉬었다 내뱉어보았다. "아니." "그럼 식성이 변했어요? 갑자기 바퀴벌레가 어떤 맛인지 궁금한 생각이 들어요?" "아니. 입맛이 없긴 하지만." 그러자 아들이 엄마가 요리를 못해서 그런 거라고 말했다. "이젠 밥 안 해. 사 먹는단다." "혹시, 네 발로 걷고 싶은 생각이 들어요?" "아니." "하, 하, 하. 그런데 뭐가 문제예요?" Y는 아들의 웃음소리만 듣고도 지금 그 아이가 어떤 포즈를 취하고 있을지 짐작이 되었다. 가볍게 주먹을 쥔 왼손으로 입을 살짝 막고 있을 것이다. "엄만 살이 좀 빠져도 돼요. 그리고 집에만 있지 말고 밖에 나가서 산책이라도 해요. 햇빛을 안 보니 하얘지죠." 그렇게 말하고 아들은 전화를 끊었다. "망할 놈." 그렇게 화를 냈지만, Y는 전화기를 얌전히 내려놓았다. Y는 카메라를 식탁에 올려놓고 셀프타이머를 눌렀다. 웃을까 말까, 망설이는 사이에 사진이 찍했다. 그리고 몸무게를 잰 다음 숫자를 수첩에 적었다. 그 옆에 날짜 적는 것도 잊지 않았다. "다시 낮잠을 자봐야겠어."

일주일이 지나자 몸무게가 3.5킬로그램 빠졌다. Y는 일곱 장의 사진을 프린트해서 날짜 순서대로 벽에 붙였다. 새끼손가락이 투명해졌다. 꿈을 꾸는 동안, Y는 자신이 일곱 번이나 죽을 뻔했다는 걸 알게 되었다. 사고가 난 뒤로 남편은 다시 운전대를 잡지 않았다. 그래서 L시에 살고 있는 남편의 배다른 형제들을 만나러 갈 때면 기차를 타야 했다. 오른쪽으로 고개를 돌리면 어지럼증이 찾아오는 Y 때문에 남편은 기차표를 살 때면 왼쪽 창가 자리를 달라고 부탁했다. "왜, 기차에서는 사이다하고 달걀을 먹어야 하는 걸까?" Y가 물었다. 남편은 모르겠다고 대답했다. 하지만 승무원이 지나가면 꼭 물어봐주겠다고 약속을 했다. "아마도……" 승무원이 입술을 몇 번 들썩였다. Y는 그 승무원이 150만 원을 빌려간 후 잠적한 친구의 남편과 닮았다는 생각을 했다. "아마도…… 여행을 하면 배가 고파지니까요." 승무원이 떠나자 Y는 남편에게 150만 원을 빌려간 친구에 대해서 이야기를 했다. "남편이 맞을지도 몰라. 철도청에 다닌다고 했거든." Y와 남편은 돈을 돌려받으면 태국이나 필리핀으로 여름휴가를 가자고 약속했다. 기차는 탈선을 하면서 두 량이 전복되었다. 승무원 둘을 포함해서 모두 스물세 명이 죽었다. 사망자 대부분은 Y가 타고 있던 차량의 오른쪽 창가에 앉은 사람들이었다. 저녁 뉴스에서 Y는 영정 사진을 끌어안고 오열하는 친구의 모습을 보았다. "맞네." Y가 말했다. "150만 원은 부조했다고 생각하자." 남편의 말에 Y가 응, 하고는 고개를 끄떡였다. 그리고 1년 뒤, Y는 똑같은 곳에서 똑같은 기차 사고를 당했다. 이번에는 배 속의 아기와 함께였다. 오른쪽으로 고개를 돌리지 못하는 병 때문에 두 번이나 목숨을 구한 여자에 대한 사연이 해외 토픽에도 소개되었다. Y는 깁스를 한 채로 인터뷰를 했다. 아이는 유산되었고, 철도청으로부터 꽤 많은 보상금을 받았다. 그 돈으로 Y는 처음으로 집을 마련했다. 꿈속에서 Y는 유산으로 잃은 아이를 다시 만났다. 아들인 줄 알았는데 딸이었다. 배 속에 있을 적에 좋은 노래를 많이 들려줘서 고마웠다고, 딸은 말했다. "니 아빠는 잘 있니?" "얼굴이 기억나지 않아서 못 찾겠어요." 아직 손톱 발톱도 나지 않은 딸이 대답했다. 남편의 꿈은 제빵사였다. 주방에 딸린 창고에서 새우잠을 자면서 남편은 제빵 기술을 배웠다. 적금을 다섯 개나 부었다. 서른이 되기 전에 프랑스로 유학을 가는 게 남편의 소원이었다. 상한 굴을 먹고는 식중독에 걸렸는데, 그날 이후로 밀가루만 만지면 온몸에 반점이 돋아났다. "밀가루 알레르기였어요." 전국에 있는 대학병원은 다 가봤는데 못 고쳤죠, 하고 남편은 말했다. 남편은 선풍기 모양의 케이크를 만들어 Y에게 청혼을 했다. "이게 뭐예요?" "발바닥이요. 이 선풍기가 시원하게 해줄 거예요." "근사해요. 그런데…… 어떻게 만들었어요?" "비밀이에요." 훗날 Y는 남편의 옷장을 정리하다 그 비밀을 알게 되었다. 옷장 구석에서 반도체 공장에서 입는 방진복이 나왔다. 남편이 술을 마시고 늦게 들어오는 날이면 Y는 방진복을 입고 케이크를 만들던 남편의 모습을 상상하며 화를 삭이곤 했다. 남편은 잠을 자다 죽었다. 남편이 죽은 것도 모르고 Y는 남편의 다리에 자신의 다리를 올려놓고 잠을 잤다. 그 때문에 Y는 죄책감에 시달렸다. 그래서 Y는 자고 있는 아들의 머리맡에 적금통장과 보험증서를 놓아두고는 수면제를 먹었다. Y의 목숨을 구해준 사람은 전과 2범의 도둑이었다. 도둑은 부엌 창문을 열고 Y의 집으로 들어왔다. "그날 내가 창문을 안 잠갔구나." 꿈속에서 Y가 말했다. 도둑은 싱크대 문에 꽂혀 있는 칼을 뽑아들었다. "네, 원래는 옆집을 털려 그랬어요." 도둑은 거실에 있는 서랍장을 뒤지면서 왜 이렇게 지저분해, 하고 중얼거렸다. 가짜 보석이 박힌 귀걸이를 주머니에 쑤셔 넣은 다음 도둑은 안방 문을 조심스럽게 열었다. 가슴을 움켜쥐며 괴로워하는 Y가 도둑에게 손을 내밀었다. "이젠 그런 생각 안 하시죠?" Y가 도둑과 손을 맞잡고 악수를 했다. "그럼. 투신자살한 사람의 시체를 본 적이 있어. 그 사람의 골이 사방으로 튀었지. 내 신발에도." 퇴원하고 며칠 지나지 않아 아파트 주차장을 걷고 있을 때였다. "401호 아주머니." 누군가 부르는 소리에 Y는 뒤를 돌아보았다. 그때였다. 무엇인가 Y의 어깨를 스쳐 지나갔다. 부녀회장이 들고 있던 종이 뭉치를 떨어뜨렸다. 그리고 소리를 지르기 시작했다. "부녀회장이 부르지 않았다면 나는 아마 죽었겠지." "목이 부러져 반신불수가 되었을 가능성도 있고요." 도둑이 진지하게 대답했다. 그날 Y는 처음으로 부녀회에 참석했다. 그리고 부녀회가 주관하는 '독거노인 돌보기' 행사에도 매주 참석했다. 꿈속에서 도둑을 만난 날, Y는 다용도실을 뒤져 오래전에 버려둔 대바늘과 털실을 찾아냈다. 색이 바랜 것 말고는 그런대로 쓸 만했다. "목도리를 뜰 거야. 아주, 아주, 긴." Y는 흔들의자에 앉아 뜨개질을 시작했다. 코가 맞지 않아서 풀었다 다시 뜨기를 몇 번이나 반복했다. 눈이 침침해서 코가 제대로 보이지 않았던 것이다. 게다가 어깨가 결리고 허리가 아파왔다. Y는 뜨다 만 목도리를 베란다로 던졌다. 그리고 재활용 센터에 전화를 걸었다. "이 좋은 걸 왜 버리시려고요?" 재활용 센터 직원이 의자를 흔들었다. Y는 낮잠을 자며 하루를 보내고 싶지 않다고 말했다. 직원이 한 손으로 의자를 들어 올리자 Y는 갑자기 서운한 생각이 들었다. "두 손으로요." Y는 자기도 모르게 그렇게 말했다. "걱정 마세요. 제가 힘이 세요." 직원이 대답했다. 그날 저녁, Y는 흔들의자가 있던 자리에 누워보았다. 무릎을 가슴 쪽으로 끌어당긴 다음 몸을 앞뒤로 흔들었다.

*

횡단보도에서 똑같은 티셔츠를 입은 여학생들을 보았다. 자세히 보니, 흰색 티셔츠에 수십 명의 사인이 새겨진 티셔츠였다. 신호가 파란불로 바뀌자 여학생들은 깡통을 발로 걸어차며 길을 건넜다. 단발머리를 한 아이가 안경을 쓴 아이에게 깡통을 찼다. 그러자 그 아이가 깡통을 이어받아 빨간 머리를 한 아이에게 건네주었다. "비키세요." 빨간 머리가 내게 소리쳤다. 깡통이 내 발을 아슬아슬하게 스쳐 다시 단발머리에게로 갔다. "뭐 하는 거니?" 내가 묻자 안경이 대답했다. "이렇게 깡통을 차면서 어디까지 갈 수 있는지 알아보는 중이에요." 그들은 P시에서 출발해 사흘째 깡통 차기를 하고 있다고 했다. "잠자는 시간을 빼고는 계속 깡통을 차요." 단발머리가 말했다. "화장실은 한 명씩 가요. 그사이 남은 두 사람이 깡통을 주고받을 수 있으니까요." "그래서 세 명이 하는 거구나." 내가 말했다. "식당은, 음, 의자가 있는 곳만 가죠. 바닥에 앉아서는 깡통을 찰 수 없으니까요." 안경이 친구에게 깡통을 건네준 다음 말했다. 깡통을 차면서 걷는데도 그들은 나보다 걸음이 빨랐다. 잘 가라, 라고 인사를 하려 했을 때 이미 그들은 저만치 앞서 가고 있었다. 나는 그들의 뒤통수에 대고 이렇게 중얼거렸다. "니들은 참 재미있게 산다. 그래도 밥 먹을 때만은 쉬는 게 낫지 않겠니." 나는 과일 가게에 들러 토

마토와 멜론을 샀다. 그리고 생선 가게에 들러 낙지가 들어왔는지 물어봤다. "이제 낙지 구경하긴 힘든 세상이 되었나 봐요." 생선 가게 주인이 말했다. "그러게요. 그럼, 갈치는요?" 갈치를 사서 집으로 돌아오는 길에 나는 그 아이들이 어디까지 갈 수 있을지 생각해보았다. "우리들은 시를 벗어나지도 못했어." 나는 사과에게 말했다. 사과는 손녀가 어릴 때 가지고 놀던 인형의 이름이었다. 손녀는 그 인형이 '열나열나더워별'에서 온 외계인이라고 했다 "서로의 키가 달랐던 게 문제였어." Y와 돼지바를 먹으면서 복도를 걷고 있을 때였다. "니들 뭐 먹어?" J가 나와 Y 사이로 끼어들더니 어깨동무를 했다. "나도 한입." 우리는 얼른 침을 묻혔다. J가 두 다리를 들어 올렸다. "무거워. 이년아." 그때 우리 셋 중 누군가가 복도 끝까지 달려볼까, 라고 말했다. 우리는 어깨동무를 한 채 복도를 달렸다. "어디까지 갈 수 있을까?" "뭘?" "이렇게 어깨동무를 한 채 어디까지 갈 수 있는지 궁금해." 그 말을 한 사람이 Y였는지 J였는지 기억이 나지 않았다. "암튼, 그래서 우리는 어깨동무를 한 채 길을 걸었단다. 겨우 하루였지만." 저녁을 먹은 다음 나는 자판기에서 커피 한 잔을 뽑았다. 그리고 서랍을 뒤져 예전에 쓰던 휴대폰을 찾아냈다. 전원을 켜고 전화번호부에서 Y의 이름을 검색했다. Y는 전화를 받자마자 흔들의자를 버렸어, 하고 말했다. 나는 깡통을 차며 여행을 하는 아이들을 만났다고 이야기했다. "우린 하루도 못 갔는데." Y가 말했다. "응." 내가 대답했다. 그리고 동시에 미안해, 하고 말했다. 전화기 저편에서 Y가 내 이름을 두 번 불렀다. "왜? 왜?" 나도 두 번 되물었다.

"집 안에 자판기가 있네." Y는 커피를 두 잔이나 뽑아 마셨다. "생각보다 편해." 나도 커피 한 잔을 뽑았다. 부엌에 컵라면 자판기도 있어, 라고 말하자 Y가 컵라면 먹어본 지 10년도 넘었어, 라고 말했다. "그럼, 먹자." Y가 지갑에서 동전을 꺼냈다. "화해한 기념으로 내가 살게." Y는 장갑을 낀 채 라면을 먹었다. 니 아들이 준 모래시계 아직 갖고 있어, 하고 나는 말했다. "30번씩 씹어 먹어." "걱정 마, 난 원래 밥을 천천히 먹어." 내가 말하자 Y가 큭, 하고 웃었다. "니가 왜 웃는지 알아." 나는 말했다. "맞아, 그 일이 생각나서." Y가 다시 큭, 큭, 하고 웃었다. 고등학교 때 나는 지각 대장이었다. 학교에 제때 도착한 날보다 지각한 날이 더 많을 정도로. 출석을 부르다 말고 담임 선생님이, 그런데 니 짝은 왜 매번 늦는 거야, 하고 묻자 Y가 위장병이 있어서 밥 먹는 데 한 시간이 걸려요, 라고 대답했다. 점심시간이 되자 담임 선생님은 정말로 한 시간씩 밥을 먹는지 확인하러 왔다. "니 덕분에 지금까지 위는 튼튼하다." 나는 말했다. "컵라면 자판기 너 줄까? 투명해지면 밖에 나가 밥도 못 사 먹을 거 아냐." "투명해지면 관절염도 나으려나?" Y가 허공을 보고 혼잣말처럼 중얼거렸다. 현관에서 짧게 세 번 길게 한 번 문 두드리는 소리가 났다. 노크 소리를 보니 301호에 사는 준이일 것이다. "열렸다." 준이는 코코아를 누르는 척하다가 커피를 눌렀다. "다 봤다." 내가 말했다. "사과야 안녕. 한 시간만 있다 갈게." 준이가 식탁에 앉아 있는 사과에게 인사를 하고 작은방으로 들어갔다. Y가 눈을 동그랗게 뜨고는 누구야? 하고 물었다. "위층에 사는 아이. 학원 가기 싫은 아이들을 가끔 숨겨줘." Y가 갑자기 장갑을 벗고는 새끼손가락을 보여주었다. 바다에서 막 건진 오징어를 본 적이 있는데 그 몸통의 색과 비슷했다. 그렇게 말했더니 Y가 자기는 해파리가 생각난다고 했다. Y가 라면의 면 자를 손가락으로 가렸다. "보이지?" 면이라는 글자가 새끼손톱 위로 떠올랐다. "언젠가는 온몸이 투명해질 거야." 나는 Y의 어깨에 손을 올렸다. "그거 찾아오자. 학교 운동장에 파묻은 거." Y는 타임캡슐에 무엇을 넣었는지 도무지 생각이 안 난다고 했다. "그걸 지금까지 기억하는 사람이 이상한 거야." Y는 커피를 다섯 잔 뽑아 보온병에 담았다. "사과야, 갔다 올게." 그러자 Y가 내 이마를 만졌다.

우리는 택시를 타고 53년 전에 졸업한 고등학교를 찾아갔다. 교문은 닫혀 있었다. "이 나이에 담장을 넘을 수도 없고." 우리는 교문 앞에 앉아 수업이 끝나기를 기다리기로 했다. 그러다 문득 운동장에 아무도 없는 게 이상하다는 생각이 들었다. "체육 과목이 없어졌니?" "아닐걸. 실내 운동장을 새로 지은 게 아닐까?" 나는 자물쇠가 채워진 교문을 흔들어보았다. "누구요?" 수위실에서 누군가의 목소리가 들렸다. "이 학교 졸업생이에요." 빡빡머리를 한 사내가 하품을 하면서 나왔다. 학교는 5년 전에 폐교되었다고 했다. 창문에서 뛰어내려 자살을 한 학생의 수가 한 해에 스무 명이 넘었다고 사내는 말했다. 그중에는 이사장의 아들도 있었다고. Y는 집게손가락으로 관자놀이를 눌렀다. "철봉 아래에 묻지 않았니? J가 철봉에 거꾸로 매달려 땅을 파는 걸 구경했잖아." 나는 철봉이 아니라 농구 골대 근처라고 말해주었다. "근데 삽도 없이 어떻게 파려고요?" 사내가 물었다. 사내가 삽을 찾으러 간 사이에 우리는 가위바위보를 했다. 내가 가위를 내고 Y가 보를 냈다. "농구장을 파는 거다." 사내가 삽을 들고 오는 모습을 보는 순간 어떤 생각이 스쳐 지나갔다. "젊은 양반. 땅 좀 팔래요?" 옆에 서 있던 Y가 갑자기 신음 소리를 내며 주먹으로 허리를 두드렸다. "시간당 10만 원이요." 사내가 삽을 세워 바닥에 꽂았다. "5만 원. 한 시간도 안 걸려." Y가 말했다. 농구 골대는 두 개가 있었다. 오른쪽에 하나 왼쪽에 하나. "오른쪽 거." 나는 오른쪽 농구대로 가서 골대 아래에 앉았다. "여기 맞아. 여길 파요." 땅을 팔 자리에 침을 한 번 뱉은 다음 사내는 삽을 집어 들었다. 우리 셋이 어깨동무를 하고 길을 걷던 날, 어깨동무를 하고 길을 걷던 다른 아이들과 마주친 적이 있다. 거기는 네 명이었다. 게걸음으로 그 길을 통과하고 난 다음 누가 먼저랄 것도 없이 서로 이제 그만 하자, 하고 말했다. 키가 작은 J는 어깨가 아파서 더 이상 못 하겠다고 했고 Y는 오줌이 마려워 죽겠다고 했다. "여기 없어요." 사내가 소리쳤다. "그럼 왼쪽인가." 사내가 뭐라고 구시렁거렸다. Y가 사내에게 커피 한 잔을 갖다 주었다. "J는 무얼 넣었을까?" 나는 돌을 주워 농구 골대를 향해 던졌다. 돌이 골대를 통과해 구멍으로 떨어졌다. "여기도 없어요." 사내가 삽을 집어던졌다. "거봐, 철봉 아래지." Y가 혀를 내밀었다. 너, 혀도 투명해진 것 같아, 하고 나는 농담을 했다. 철봉은 다섯 개나 있었다. Y가 가장 높은 철봉 아래를 가리켰다. "5만 원 추가예요." 이번에도 사내는 팔 자리에 침을 뱉었다. "지하철에서 니 전남편을 만난 적이 있어." Y가 삽질할 때마다 불거지는 사내의 알통을 보며 말했다. "나…… 심장이 안 좋대. 지난주에 병원에 갔어." 산책을 하다 스케이트보드를 타고 지나가는 고등학생 사내아이와 부딪힌 적이 있었다. 키가 나보다 컸다. "잘생겼더라고. 밤에 잠을 자는데 옷소매로 이마의 땀을 닦던 그 아이의 얼굴이 자꾸 생각나는 거야. 그때마다 심장이 두근거리더라." 사내가 삽질을 멈추고 허리를 숙였다. "뭐가 있어요." 사내가 말했다. 사내가 꺼낸 것은 우리가 찾는 타임캡슐이 아니었다. "우리가 찾는 건 노란색 깡통이에요. 비타민 C라고 씌어 있어요." 깡통은 J가 약국을 하는 삼촌에게 얻어온 것이었다. Y가 눈을 감고는 무슨 말인가를 중얼거렸다. 그러다 갑자기 고개를 들고는 말했다. "철봉 아래에 다른 타임캡슐이 있었잖아. 그래서 나무 아래에 묻었지." 그제야 나도 생각이 났다. "철봉에서 스물네 발." "어느 방향으로 스물네 발이지?" 사내와 나와 Y는 철봉에 등을 기대고 섰다. 그리고 각자 동쪽으로, 서쪽으로, 가운데로, 스물네 발을 걸었다. "이 나무 아니면 저 나무겠네요." 사내가 말했다. "그래서 스케이트보드를 타던 남자애는 어떻게 됐어?" Y가 사내에게 커피를 한 잔 더 주었다. "아, 그거. 심장이 두근거리는 게 안 멈추더라. 이 나이에 주책이다, 하고 생각했지. 그런데 사랑에 빠진 게 아니라 심장에 이상이 있는 거더라고." 사내가 두 그루의 나무 주변을 파는 동안, 나는 누군가의 타임캡슐을 다시 철봉 아래에 묻었다.

"이제 더 이상은 못 파요." 사내가 나무 둥치 아래에 누웠다. "아까 판 거, 그냥 그거 가져가세요. 어차피 어떤 물건을 넣어두었는지 기억도 못 하잖아요." 나는 어쩌면 J가 가져갔을지 모른다고 생각했다. "소중한 건 지금 그게 필요해서 그런 거야. 지금이 지나면 소중했던 것들도 다 유치해 보인다고." J는 구덩이를 파는 우리들에게 그렇게 말했다. 나는 사내에게 10만 원을 주었다. "두 시간이나 땅을 팠어요." 사내는 돈을 세지도 않고 주머니에 넣었다. "커피값. 두 잔에 만

원." Y가 사내에게 손을 내밀었다. 사내가 주머니에 넣은 돈을 도로 꺼냈다. "농담이야." Y는 대신 운동장에서 노란색 깡통이 나오면 잘 보관해달라고 부탁했다. 나는 Y에게 예전에 자주 가던 분식집이 아직도 있는지 찾아보자고 했다. 우리는 학교 담장을 따라 걸었다. 길 끝에서 오른쪽으로 커브를 돌자 포클레인 석 대가 집들을 부수고 있었다. "없어졌네." "응, 그럴 줄 알았어." "분식집 아줌마는 죽었겠지." "모르지, 살았으면 백 살 정도겠지." "그렇게나 많아?" "니 나이를 생각해봐." Y가 바닥에 쪼그리고 앉았다. 나도 Y 옆에 쪼그리고 앉았다. "저 집이 다 부서지거든 가자." Y가 옥상에 빨래가 널려 있는 집을 가리켰다. 바닥에는 이름을 알 수 없는 꽃이 피어 있었다. 나팔꽃하고 비슷하게 생긴 꽃이었다. "나팔꽃 사촌인가 봐." 나는 꽃술을 손가락으로 만졌다. "가만, 그대로 있어봐. 그렇게 하고 있으면 꽃잎이 오므라들 때 어떤 느낌이 들까?" Y가 고개를 왼쪽으로 기울였다. "너도 해봐." 내 말에 Y가 장갑을 벗었다. "그런데 나팔꽃이 저녁에 오므라들었던가?" "낮 아냐? 저녁에 다시 꽃이 피고." Y는 꿈에서 J를 만났다고 말했다. "혼자 죽게 해서 미안하다고 사과했어." 니 탓이 아니야, 하고 말해야 했지만 입 밖으로 말이 나오지 않았다. 어쨌거나 J에게 여행을 가자고 꼬드긴 사람은 Y였으니까. "근데 왜 J는 취소를 안 하고 혼자 여행을 간 걸까?" "그러게. 같이 가기로 약속했으면 같이 갔어야지." 나는 손가락으로 꽃잎을 건드리며 말했다. "그러면 나도 죽었지." Y가 볼에 바람을 넣었다 뺐다. "실은 나, J에게 돈 빌린 거 있었다." "얼마나?" "좀, 많이." 장례식장에서 딸의 사진을 붙잡고 우는 J의 어머니를 볼 때만 해도 나는 그 돈을 갚을 생각이었다. 하지만 말주변이 없고 성격이 급한 남자와 데이트를 하면서 신경 쓸 일이 많아지자 돈을 갚는 게 무슨 소용이 있을까 하는 생각이 들었다. "다시 꿈에서 J를 만나게 되면 내가 대신 사과할게." Y가 말했다. "우리가 일부러 화투를 져 주었다는 사실을 알게 되면 화가 좀 풀리지 않을까?" J에게 돈을 잃어주자고 말한 사람은 Y였다. J는 난 안 돼, 난 안 돼, 라는 말을 입에 달고 살았다. 하지만 우리가 아무리 돈을 잃어줘도 J의 그 말투는 고치지 못했다. 포클레인이 빨래가 널려 있는 집 쪽으로 다가갔다. 어째서 빨래도 개지 못하고 집을 떠나야 했을까? 포클레인의 삽이 높이 올라갔다가 아래로 뚝 떨어졌다. 집의 반이 허물어졌다. "그만하자." Y가 꽃 한 송이를 꺾어 포클레인을 향해 던졌다. "좀 오므라든 것도 같은데." 내가 말했다. "난 사라질 거야." Y가 내 앞에 서서 두 팔을 벌렸다. "언제?" 나는 Y를 올려다보았다. Y의 어깨 너머로 허물어진 집터에서 피어오르는 연기가 보였다. "5초 후에." Y가 말했다. "하나, 둘, 셋, 넷, 다섯." 나는 눈을 감고 다섯을 세었다. "나 지금 춤추고 있어. 눈 떠봐." 나는 춤을 추는 Y의 모습을 상상해보았다. "눈을 떴는데 니가 보이면 어쩌지?" "보인다면…… 어쩔 건데." "그럼…… 과자나 사 먹으러 가자." 나는 눈을 감은 채 말했다. 그리고 지금 우리들의 모습을 누군가 보고 있다면 얼른 정지 버튼을 눌러주세요, 하고 기도를 했다.

Y는 여섯 명의 친구에게 전화를 걸었다. 그중 번호가 바뀌지 않은 사람은 K뿐이었다. 전화를 받은 K는 당연하지, 하고 말했다. "몇 년 만인지 아니?" 12년 전 지구 저편으로 이민을 가면서 Y는 친구들에게 이렇게 말했다. "곧 연락할게. 놀러 와." 그 후 Y는 K에게 두 번 연락을 했다. 스무 살 무렵에 사귀던 여자 친구의 장례식장에 가달라고 한 번. 대신 봉투를 냈건만 Y에게 돈을 돌려받지는 못했다. 문어 젓갈이 먹고 싶다고 한 번. 문어 젓갈 가격보다 배송비가 훨씬 많이 들었다. "그거 말고 한 번 더 했어." Y는 언젠가 새벽에 전화를 걸어 말없이 끊은 적이 있다고 했다. K는 그 전화를 기억했지만 Y에게는 알은체를 하지 않았다. "이번엔 뭔 부탁인데?" K가 물

었다. "할머니가 아프셔." Y는 얼마 못 사실 것 같다고 말했다. "할머니가 니들 꿈을 꾸었대. 무슨 일 없는지 물어보라네." 이민을 가기 전에 Y의 할머니는 자주 꿈을 꾸었다. K가 2층 건물에서 떨어져 다리가 부러진다는 것도 맞혔다. J가 친구들을 배신할 것이라는 사실도. K는 3년을 사귄 여자 친구와 헤어진 것 말고는 아무 일이 없다고 말해주었다. "언제 한번 놀러 와." "그래. 10년 후쯤에." 전화를 끊은 후, K는 옷장을 뒤져 오래전에 쓰던 캠코더를 찾아냈다. K는 캠코더에 저장된 테이프를 앞으로 돌려 재생 버튼을 눌렀다. 정장을 입은 친구들이 손을 흔들었다. "잘 살아라." "행복하게." "애는 다섯 명만 낳고." P의 결혼식 날이었다. K는 피로연에서 신부 친구와 말다툼을 한 녀석이 누구였는지를 생각해보았다. 그날 신랑 친구 중 누군가와 신부 친구 중 누군가가 싸웠다. P가 신부 친구의 편을 들었고, 화가 난 친구들이 술자리를 박차고 나왔고, 다시는 P를 만나지 않았다. K는 삼각대에 캠코더를 고정시킨 후 그 앞에 섰다. "할머니, 안녕하세요." K가 캠코더를 향해 인사를 했다. 어디선가 그래도 죽는 것보단 낫단다, 라고 말하던 Y의 할머니 목소리가 들리는 듯했다. 열여덟 살 겨울에서 열아홉 살 여름까지 K가 가장 많이 듣던 말이었다. "안녕하세요, 할머니." 무슨 말을 해야 할지 몰라 K는 다시 한 번 인사를 했다. 5초 정도 카메라를 뚫어지게 바라보다가 K는 캠코더로 다가갔다. 그리고 테이프를 다시 앞으로 감았다.

　그때 누군가가 현관문을 두드렸다. 현관문을 여니 두 명의 남자가 흰색 소파를 들고 서 있었다. "무슨 건물이 엘리베이터도 없어요?" 둘 중 키가 작은 남자가 말했다. 티셔츠가 땀으로 젖어 있었다. K는 현관문을 활짝 열었다. 앞에 선 남자가 소파를 기울이자 뒤에 선 남자가 끙 하고 신음 소리를 냈다. "어디다 둬요?" 키가 작은 남자가 물었다. K는 거실에 있는 물소가죽 소파를 바라보았다. 그리고 그들을 자신의 방으로 안내했다. "혹시 여기 들어갈까요?" 두 남자가 고개를 갸웃했다. 소파를 간신히 방으로 들였지만 방이 좁아 가로로도 세로로도 놓을 수가 없었다. "방 가운데 대각선으로 놓으면 되겠는데요." 키가 작은 남자가 말하고는 혼자 웃었다. 두 남자는 소파를 들고 다시 거실로 나왔다. 그러고는 물소가죽 소파와 마주 보게 소파를 내려놓았다. K는 소파에 앉아 엉덩이를 흔들었다. 쿠션이 좋았다. 아직 10개월이나 할부가 남았으니까. "그런데 그 여자분이 이렇게 전해달라고 합니다." 키가 작은 남자가 바지 주머니를 뒤지자, 옆에 서 있던 키가 큰 남자가 자신의 주머니에서 쪽지를 꺼내 건네주었다. "1인용 소파는 내가 가질게. 내가 너보다 훨씬 밥값을 많이 냈거든. 배달비는 니가 내라. 치사한 놈." 남자가 쪽지를 다시 접어서 뒷주머니에 넣었다. 그리고 10만 원입니다, 하고 말했다. 10만 원이 없었기에 K는 어머니가 돌아올 때까지 조금만 기다려달라고 말했다. 두 남자가 K의 옆에 앉았다. 3인용 소파인데 셋이 앉으니까 비좁은 느낌이 들었다. "물소가죽이네요." 키가 작은 남자가 맞은편 소파를 보고 말했다. "네. 홈쇼핑에서 샀어요." "저걸 버릴 건가요?" K는 아니라고 했다. 하지만 저 소파를 산 뒤에 부모님이 자주 부부싸움을 하기 시작했다고 말했다. 명예퇴직을 한 뒤로 K의 아버지는 소파에 누워 낮잠을 잤다. 잠을 자다 일어나면 아버지는 소파를 만지면서 이렇게 말하곤 했다. "아프리카 초원을 달리던 놈이겠지." 그러면 K의 어머니는 아니야, 동남아 어디쯤에서 왔겠지, 하고 대꾸했다. 아버지는 즐겨 보던 프로그램인 「동물의 왕국」에서 주워들었을 이야기들을 하기 시작했다. 매번 다른 동물에 대해 말했지만 결론은 하나였다. 동물의 세계가 얼마나 치열한지. 어머니는 재작년에 동네 아주머니들과 같이 갔던 여행에 대해 이야기를 했다. 7박 8일 일정으로 갔던 동남아 3개국 여행이었다. 그 이야기의 결론도 하나였다. 남편 없는 여행이 얼마나 편안한지. 부모님은 아프리카인지 동남아시아인지에 대해 일주일에 한 번씩은 싸웠다. 아버지는 세렝게티 초원의 장엄함에 대해 이야기를 하다가 갑자기 30년 전에 돈을 빌려가 아직까지 갚지 않은 외삼촌 욕을 했다. 그러면 어머니는 동남아 어느 나라에서는 잠자리까지 튀겨 먹는다며 몸서리를 치다가 35년 동안 시어머니의 까다로운 입맛을 맞추기 위해 얼마나 힘들었는지 아냐고 아버지에게 화를 냈다. "그래서요. 저 소파의 물소는 어느 나라 물소인가요?" K가 물었다. 키가 작은 남자가 물소가죽 소파 쪽으로 자리를 옮겼다. "좋은 소파네요."

K는 냉장고에서 캔 커피와 비타민 C가 들어간 음료수를 꺼내 왔다. 두 남자가 동시에 음료수 쪽으로 손을 내밀었다. "죄송해요. 똑같은 게 없어서요." 두 남자가 가위바위보를 했다. 키가 큰 남자가 이겼다. 캔 커피를 마시던 키 작은 남자가 캠코더를 바라보았다. K는 지구 저편에 사는 Y의 할머니에 대해 이야기를 해주었다. 15년 전 할머니가 자신에 대해서 어떤 예언을 했었는지. "너는 네가 하찮게 여기는 것들 때문에 힘들어질 거야." 눈이 내리던 어느 겨울날, Y의 할머니는 K에게 말했다. "안녕하세요. 할머니." 키 작은 남자가 캠코더를 향해 손을 흔들었다. "제가 아내 이야기를 해드릴까요?" 남자와 7년 동안 사귄 여자는 재미없어, 라고 중얼거리는 버릇이 있었다. 낄낄거리며 영화를 보고 난 뒤에도, 밥을 한 공기 추가해서 반씩 나눠 먹고 난 뒤에도, 여자는 혼잣말처럼 재미없어, 하고 중얼거렸다. 남자는 그런 여자를 이해할 수가 없었다. 하지만 남자는 여자를 사귀면서 적금을 붓기 시작했고 적금을 타는 날 여자에게 프러포즈를 할 생각이었다. "웬만한 아파트의 전세를 얻을 수 있는 돈이었죠. 서른 살이 되

기도 전에요." 남자의 목소리가 조금 커졌다. 그러고는 목소리를 낮춰서 혹시 저거 녹화 되는 건가요? 하고 물었다. K가 일어나 캠코더의 녹화 버튼을 눌렀다. "한번은 신혼부부의 집엘 갔어요. 남편이 지방으로 발령이 나서 급하게 내놓은 집이었죠. 그 집은 모든 물건이 새것이었어요. 거실에 이런 소파가 놓여 있었죠. 거기 앉아서 텔레비전을 보면서 아, 재미없다,라고 중얼거릴 여자 친구를 생각하니 웃음이 나더라고요." 그래서 남자는 집을 구경하다 말고 웃었다. "그 집을 나서는데 현관에 부부의 구두가 보이더라고요. 남편의 구두는 안쪽으로 굽이 닳아 있었어요. 뒤축을 구겨 신었던 흔적이 보였죠. 부인의 구두는 굉장히 컸어요. 남편의 구두보다 더. 나는 뒤돌아서 부인의 발을 보고 싶었지만 참았어요." 그날 남자는 버스 정류장에 서서 타야 할 버스를 타지 않았다. 버스 정류장에서 건물 사이로 해가 지는 것을 바라보았다. 여자를 만난 남자는 낙지볶음이 먹고 싶다고 말했다. 남자는 종업원에게 맵게 해달라고 부탁을 했다. 낙지볶음을 다 먹고 난 뒤 남자는 이마에 맺힌 땀을 닦으면서 여자에게 말했다. "헤어지자." 여자가 왜? 하고 물었지만 남자는 대답할 수가 없었다. "왜 그랬는지 저도 잘 모르겠어요. 그냥 그 구두가 생각났어요." 남자는 시계를 풀어 여자에게 주었다. 시계는 여자가 남자에게 사준 것이었다. 여자가 가방을 뒤지기 시작했다. 가방 안에 있는 물건들을 모두 꺼내 샅샅이 뒤져봤지만 남자가 사준 물건은 하나도 없었다. 다섯 개의 적금을 붓느라고 남자에게는 여유가 별로 없었다. 갑자기 여자가 안경을 벗었다. 그 안경은 크리스마스 날 남자가 여자에게 사준 것이었다. "안경을 벗고 보니 너 진짜 못생겼다." 여자가 그렇게 말하고 자리에서 일어났다. 초등학교 3학년 때부터 안경을 썼던 여자는 20년 만에 안경 없이 길을 걸었다. 눈 코 입이 뭉개진 얼굴들이 여자에게 다가왔다 멀어져갔다. "그날 그 친구는 집으로 가는 길에 교통사고를 당했어요. 다리가 부러졌죠." 남자는 안경을 들고 병문안을 갔다. 그리고 여자의 얼굴에 안경을 씌워주면서 이렇게 말했다. "미안해. 이 안경테 2만 원짜리야. 결혼하면 더 좋은 걸로 해줄게." 이야기를 마친 남자가 물소가죽을 손으로 쓰다듬었다. "제 아내는 비가 오는 날이면 다리가 쑤신다고 해요. 아프리카면 어떻고 동남아시아면 어때요. 그렇죠, 할머니?" K는 흰색 소파에 난 동전 크기만 한 얼룩을 가리키며 말했다. "이거 보세요. 산 지 두 달밖에 안 되었는데 이렇게 칠칠치 못해요. 다시 가져다주세요. 치사하게 굴어서 미안하다고 전해주시고요." 두 남자가 소파를 들었다. "안녕히 계세요, 할머니. 배달비는 그쪽에 가서 받을게요." 키가 작은 남자가 캠코더에 얼굴을 바짝 들이대고는 큰 소리로 말했다. 현관문을 닫다 말고 K는 이렇게 중얼거렸다. "지난 두 달 동안 우리는 저 소파에 앉아서 서른 편도 넘는 영화를 봤지." K는 몰랐지만 K의 목소리가 캠코더에 저장되었다.

*

K는 횡단보도를 건너오는 L을 보았다. K는 건너편 카페에 앉아서 아랫입술을 이로 깨무는 L의 얼굴을 찍었다. 눈 밑에 난 상처가 보이는 듯도 했다. Y가 살던 옛집에 가자고 전화를 했을 때 L은 난 그 녀석 하나도 안 보고 싶어, 하고 말했다. L이 K를 발견하고는 오른손을 들었다. "오랜만." "그래, 오랜만." K는 몇 년 만에 몰라보게 뚱뚱해진 L의 배를 주먹으로 쳤다. "좀 쪘지?" L의 입에서는 박하사탕 냄새가 났다. K는 캠코더를 기울여 L의 배를 찍었다. "할머니, 이 녀석 보세요. 배가 나왔어요." 그러자 L이 배에 힘을 주었다. L의 얼굴이 붉어졌다. K는 커피를 시켰고 L은 녹차를 시켰다. "어쩐 일이냐. 커피를 안 먹고?" K가 커피에 설탕을 뿌리면서 말했다. 커피를 마시면 담배가 피우고 싶어지고, 담배를 피우면 술이 마시고 싶어진다고, 그래서 할 수 없이 커피를 끊었다고 L은 말했다. "아예, 요가도 하시지." K가 빈정댔다. L은 요가 학원도 다니고 있었지만 그 사실을 K에게는 말하지 않았다. "안녕하세요, 할머니." L은 녹차를 한 모금 마시고는 카메라 렌즈를 향해 손을 흔들었다. "아직 안 켰어. 잠깐만." Y의 할머니는 L에게 손에 박인 굳은살을 보여주곤 했다. 니

마음도 이랬으면 좋겠는데, 하고 할머니는 말했다. 생선 장사를 해서 2남 5녀를 키운 할머니는 시장에서 동태 포를 가장 빠르게 뜨던 사람이었다. "이제 말해." K가 녹화 버튼을 눌렀다. "할머니 동태전 먹고 싶어요." 그렇게 말하자 L은 정말로 동태전이 먹고 싶어졌다. 미더덕과 새우를 넣어서 끓여주던 라면도. "싸우지 말라고 사람 수대로 새우를 넣어주신 거 감사해요." Y가 자기만의 방을 갖게 된 것은 고등학교 2학년 여름방학이 지난 후였다. 그전까지 Y는 스물다섯에 결혼했다가 1년 만에 이혼한 삼촌과 한방을 썼다. Y의 집에는 결혼을 안 한 고모가 두 명이나 더 있었다. Y는 생일날 미역국을 먹다 말고 식구들에게 말했다. "이제 저도 내년엔 고3이에요." Y의 할머니는 반지하 방에 세 들어 살던 사람을 내보내고 거기에 Y의 방을 꾸려주었다. 그 방에 수많은 친구들이 드나들게 될 줄은 상상도 못한 채. 일주일째 학교를 가지 않고 Y의 방에서 잠만 자던 우리들에게 할머니는 뭐라고 했더라. L은 녹차 티백을 들었다 내렸다 하며 생각했다. 그때 갑자기 K가 자리에서 일어나 커피를 마시는 사람들의 모습을 찍었다. "자, 보세요. 낮에도 커피를 마시는 사람이 많아요." L도 몸을 돌려 사람들을 둘러보았다. 그러다 문득 남자 둘이서 커피를 마시는 사람들은 자기들뿐임을 알아차렸다. 남자 둘이 만나면 어딜 가지? L은 그런 의문이 들었다. "우리가 마지막으로 만났을 때 뭐 했지?" L이 K에게 물었다. 마지막으로 만났을 때,

둘은 필름이 끊긴 채로 어깨동무를 하면서 종로 거리를 걷다 서로의 발에 걸려 넘어졌다. 풍선으로 만든 입간판에 머리를 기댄 채 서로의 신발에 오줌을 누었다. "할머니." L이 중얼거렸다. "저 술 끊었어요." K가 의자를 끌어 L의 옆으로 갔다. "괜찮아." K가 L의 어깨를 토닥여주었다. "나 애 아냐." L이 고개를 흔들었다. K는 캠코더에 녹화된 것들을 보여주었다. 키 작은 남자가 그렇죠, 할머니? 하고 말을 하자 L이 피식 웃었다. "누구야?" K는 헤어지면서 여자 친구에게 사준 소파를 돌려받았는데 그 소파를 배달해온 사람이라고 말해주었다. "넌 옛날부터 그렇게 치사했어. 그래서 내가 너 싫어한 거 알아?" L이 휴지를 꺼내 코를 풀었다.

"그건 맞아." K와 L이 뒤를 돌아보자 S가 커피 잔을 든 채 서 있었다. "언제 왔어?" "아까 와서 내 욕하고 있는지 엿들었다." S가 옆 테이블에서 의자를 끌어와 자리에 앉았다. "니들은 일도 안 하냐!" S가 잔소리를 시작하려 하자 L이 귀를 막았다. "니 부인이 그런 널 좋아하는 게 이해가 안 간다." S는 부인과 별거 중이었지만 친구들에게 이야기를 하지 않았다. "나도 인사 좀 하자. 할머니한테." K가 S의 얼굴이 화면 안에 들어오도록 줌 버튼을 눌렀다. "할머니, 저예요. 할머니가 우리들 중에서 제가 제일 낫다고 하셨잖아요." 그러자 L이 캠코더를 마구 흔들었다. "말도 안 돼." S는 카메라 렌즈를 뚫어지게 들여다보았다. 그러고는 손가락으로 앞머리를 다듬더니 다시 말을 하기 시작했다. "전 잘 지내요. 아들이 하나 있고요. 얼마 전에 돌잔치 했어요." S가 지갑에서 아이의 사진을 꺼냈다. "이거 보세요. 잘생겼죠?" K와 L이 왜 돌잔치에 부르지 않았냐고 투덜댔다. S는 상처 난 손등에 약을 발라주면서 할머니가 해주었던 이야기를 아직도 기억했다. 아이가 자라면 그 이야기를 해주리라고 마음먹기도 했다. 일주일에 한 번씩 가게에 들러 고등어를 사던 남자가 있었다. 남자는 한 번도 생선 가격을 깎지 않았다. "그래서 일부러 비싸게 불러봤지. 그래도 그대로 내더라." 할머니는 1년 넘게 그 남자에게 두세 배의 가격을 받고 고등어를 팔았다. "어느 날 남자가 말했지. 1년 동안 제게 바가지를 씌웠으니 밥 한끼 사세요, 라고." 할머니는 가게 문을 일찍 닫고 집으로 돌아와 옷장을 열어보았다. 옷장 속에는 막내딸이 숨어 있었다. "쉿!" 막내딸이 속삭였다. "오빠한테 여기 있다고 말하지 마." 막내딸과 새끼손가락을 걸며 그러겠다고 하고 약속을 한 뒤, 할머니는 화장실로 가서 손을 닦았다. 다섯 번이나 닦았지만 손에서 생선 비린내가 가시지 않았다. "나는 약속 장소에 나가지 않았단다. 다시 가게 문을 열고 생선을 팔았지." 그날 할머니는 생선을 사러 온 사람들에게 덤으로 다른 생선들을 끼워주었다. 생선이 한 마리도 남지 않을 때까지. "가게 문을 닫으려고 보니까 상자에 생선 대가리 두 개가 보이더라. 그걸 넣고 매운탕을 끓였지. 정말 맛있더라." 할머니는 S에게 말했다. "매운탕을 안주 삼아 소주를 마시는데 눈물이 나더라. 남편이 죽었을 때도 안 울었는데 말이다. 그게 내가 흘린 마지막 눈물이야." S는 유리를 왜 주먹으로 내리쳤는지 자기도 잘 모르겠다고 할머니에게 말했다. "넌 잘생겼단다. 나중에 꼭 양복 입고 일하는 사람이 돼라." 할머니가 S의 머리를 쓰다듬어주었다. "할머니, 저는 양복 입는 사람이 되었어요." S가 자리에서 일어나 한 바퀴를 돌았다. 그러고는 가방에서 팸플릿을 꺼내 K와 L 앞에 꺼내놓았다. "이번에 새 차 나왔는데 한번 봐라." K는 이렇게 말했다. "난 운전면허 없다." L은 이렇게 말했다. "작년 겨울에 면허 취소당했어." S는 팸플릿을 한 장 넘기면서 말했다. "나 두 달 동안 한 대도 못 팔았어." 일그러진 S의 얼굴이 카메라에 찍혔다. K가 손바닥으로 렌즈를 가렸다.

셋은 택시를 탔다. "아직도 그 집이 있을까?" L이 물었지만 아무도 답하지 않았다. 조수석에 앉은 K가 택시기사에게 할머니 건강하세요, 라고 말해달라고 부탁했다. 택시기사는 오래오래 사세요, 라는 말까지 덧붙여주었다. K는 룸미러에 달린 인형을 클로즈업을 해서 찍었다. 택시기사가 인형의 배를 꾹 눌렀다. 그러자 인형이 혓바닥을 길게 내밀었다. 셋은 택시에서 내릴 때 거스름돈을 받지 않았다. 낡은 연립이 있던 곳은 아파트 단지로 바뀌었다. 이삿짐 트럭 하나가 아파트 단지로 들어갔다. "이런 아파트는 얼마나 하나?" S가 말했다. 그러고는 니들 정말 차 안 살래? 하고 다시 물었다. 셋은 아파트 단지가 끝나는 곳까지 걸었다. 그리고 우회전을 두 번 하고 나니 익숙한 길이 보였다. "아직도 그대로네." K는 Y가 살던 옛집 앞에 서 있는 두 친구의 모습을 찍었다. 그리고 Y의 옛집을 둘러싸고 있는 아파트들도 카메라에 담았다. 예전에 그렇게 크게 보이던 집이 이제는 아주 작게 보였다. 셋은 Y가 살던 반지하 방 앞에 섰다. 창문으로 누군가 움직이는 실루엣이 보였다. L이 노크를 했다. 잠옷을 입은 중년 남자가 문을 열고 나왔다. 셋은 그 방을 구경할 수 있는지 물어보았다. 셋은 먼 곳으로 이민을 가 향수병을 앓고 한순간 대머리가 되어버린 Y와 이제 곧 돌아가실지도 모르는 Y의 할머니에 대해 이야기를 했다. 중년 남자가 하품을 하며 말했다. "혹시 담배 있어요?" K가 담배를 꺼내 갑째로 주었다. "좀 지저분해요." 남자가 계단에 앉아서 담배를 피웠다. "저희도 그랬답니다." S가 재빨리 대답했다. 방에 들어서자마자 셋은 동시에 코를 막았다. "정말 지저분한데." K가 코맹맹이 소리로 말했다. 예전에 여배우의 브로마이드를 붙여놓았던 곳에는 수영복을 입은 여자 사진이 걸려 있었다. 사발면 그릇과 소주병이 텔레비전 밑에 쌓여 있었다. 바닥이 어찌나 지저분한지 앉을 수 있는 곳이라곤 침대뿐이었다. 셋은 침대에 걸터앉아 벽에 슨 곰팡이를 무심히 바라보았다. "우린 이 정도는 아니었지?" "난 걸레질도 한두 번 했어." "고스톱 쳐서 설거지 내기도 했잖아." L은 운동장 스무 바퀴를 뛰던 어느 체육 시간을 떠올렸다. 체육 선생은 선착순을 좋아했다. 한 바퀴 돌 때마다 선착순 세 명씩을 제외했는데, L은 한 번도 그 안에 들어본 적이 없었다. 운동을 열 바퀴 돌고 나자 아이들이 반도 남지 않았다. 열다섯 바퀴를 돌고 나자 일곱 명만 남았다. L은 뒤를 돌아보았다. 늘 혼자서 점심을 먹던 W가 얼굴을 찡그리며 뛰고 있었다. 어찌나 뚱뚱했는지, W는 자기 몸에 맞는 의자와 책상을 따로 맞추어야 했다. L은 그 아이에게 지면 평생 꼴찌만 하고 살 것 같았다. 그래서 두 다리에 힘을 주었다. 그때 앞에서 뛰던 Y가 갑자기 뒤로 달리기 시작했다. "이왕 이렇게 된 거 나란히 달리자." K가 좋다고 대답했다. P와 J가 오케이 하고 소리쳤다. "난 싫어." L이 말하자 S가 치사한 놈이라고 욕을 했다. 그들은 W가 다가올 때까지 제자리뛰기를 했다. 그리고 일곱 명이 나란히 서서 달리기 시작했다. 체육 선생이 멈추라고 호루라기를 불었다. 그들은 운동장을 다섯 바퀴 더 뛴 다음에 교실로 돌아가지 않았다. 체육복을 입은 채 교문을 나와, 육교를 건너, Y의 집까지 뛰었다. 그리고 Y의 방에 들어가 어깨를 붙이고 나란히 누웠다. 일곱 명이 눕기엔 방이 좁았다. 그래서 화장실에 가려면 누군가의 발을 밟아야 했다. 그들은 새벽이 되도록 코를 골며 잠을 잤다. S는 침대에 누워 천장을 보았다. "우리 지겹게 저 천장만 바라봤는데." 그들은 일주일이나 학교를 가지 않았다. 담임 선생님이 찾아왔을 때도 문을 열어주지 않았다. "우린 그때 나름대로 성실했어. 아침에 일어나 체조도 했잖아." "그래 국민체조. 지금은 생각도 안 난다." "할머니는 한 번도 학교 가라고 말 안 했어." 똑똑 노크 소리가 나서 문을 열어보니 거기에 밥과 국이 놓여 있었다. 일주일 동안 할머니는 단 한 번도 똑같은 반찬을 내놓지 않았다. 그리고 일주일이 지난 후 할머니는 열쇠로 문을 따고 들어와 자고 있는 그들의 등짝을 때렸다. "모두 일어나. 한 끼에 5천 원씩. 일주일 밥값 내놔. 1인당 10만 5천 원. 깎아서 10만 원씩이야. 얼른 일해서 갚아." S는 그 후로도 할머니에게 얼마나 많은 밥을 얻어먹었는지를 헤아려보았다. 나중에 제가 성공하면 꼭 차 한 대 공짜로 뽑아드릴게요. S는 혼자 속으로 다짐했다. "여기가 모텔이요?" 밖에 있던 남자가 들어오더니 침대에 누워 있는 S에게 한 소리를 했다. 셋은 발을 들어 남자에게 발바닥을 보여주었다. 양말 바닥이 새까맸다. "청소 좀 하세요. 여기가 얼마나 소중한 곳인데요." 방을 나오다 말고 갑자기 L이 창가로 다가갔다. 창틀을 살펴보다가 L이 있다, 있어, 하고 소리쳤다. 창틀에 그들의 이름이 희미하게 새겨져 있었다. "이게 우리들이에요." L이 남자에게 말했다. "이 방에 사는 사람은 누구든지 멋진 인생을 살게 될 거예요." 그러자 남자가 창을 열고 창밖으로 침을 뱉었다.

"누가 그런 소릴 해요?" "이 집 주인 할머니가요."

 Y의 옛집에서 나온 셋은 말없이 길을 걸었다. K가 은행나무를 찍기 위해 잠깐 멈추었다. "그 나라에도 은행나무가 있을까?" L이 발로 은행나무를 걷어차자 은행들이 후드득 떨어졌다. "Y에게 전화 해볼까?" "거긴 지금 밤일 거야." 은행나무를 찍은 후 셋은 다시 길을 걸었다. "보고 싶은 영화가 있어서 일찍 가게 문 닫습니다." 이런 쪽지가 붙어 있는 약국 앞에 서서 셋은 문을 두드려보았다. "정말 영화 보러 갔나 보다." L이 공중전화를 발견하고는 그 안으로 뛰어 들어갔다. "공중전화에서 전화해본 지 몇 년은 된 것 같다." L은 수화기를 들고 어딘가로 전화하는 시늉을 했다. 아무 번호나 눌렀는데, 오래전에 잊었다고 생각한 그 번호여서, L은 깜짝 놀랐다. "공중전화를 부순 건 P였지?" 어느 가을 날, P가 술을 먹다 말고 갑자기 밖으로 뛰쳐나갔다. 그리고 몇 분 후에 공중전화의 수화기를 들고 돌아왔다. "몇 번이나 전화를 했는데…… 전화를 안 받잖아." 수화기를 품에 안은 채 P가 말했다. "그런 자식이 경찰이 되었으니." "전화해볼까?" 셋은 휴대폰을 꺼내 P의 번호를 검색해보았다. S의 휴대폰에만 P의 번호가 저장되어 있었다. "이 번호 오래된 거라." S가 고개를 갸웃했다. 그러고는 'P야 아직도 이 번호 쓰니? - S가' 하고 문자메시지를 보냈다. 셋은 다시 길을 걸었다. 그러다가 어느

가게 앞에서 네 명의 남자가 커다란 가마솥을 들고 나오는 것을 보았다. "뭐 하시는 거예요?" 한 남자가 가게를 옮기는 중이라고 대답해주었다. "이 건물이 곧 헐리거든요. 저 맞은편 건물로 이사 가요." K가 가마솥을 찍으려고 하자 주인으로 보이는 남자가 손을 저으며 가게에서 나왔다. "왜 찍는 거요?" 셋은 남자에게 Y의 할머니에 대해 이야기를 해주었다. "그러니까 돌아가시기 전에 마지막 선물을 드리려고요." 그 이야기를 들은 남자가 가마솥을 나르던 종업원들을 멈춰 세웠다. K는 숨을 들이쉬어 가마솥에 배어 있는 해장국 냄새를 맡았다. "안녕하세요, 할머니." 주인 남자가 가마솥을 손바닥으로 때렸다. "이 가마솥은 55년 만에 처음으로 쉰답니다. 제 할머니에게서 물려받은 거예요." K가 주인 남자의 얼굴을 클로즈업해서 찍었다. 그 남자의 어깨 너머로 간판이 조금 보였다. 주인 남자는 할머니가 돌아가실 때 양손에 천 원짜리 지압봉을 들고 있었다고 말했다. "평생 해장국을 만들었는데 말이에요. 더 근사한 걸 들고 있어야 했어요." 남자의 눈시울이 붉어졌다. "나중에 술 한잔하러 갈게요." 셋은 남자에게 인사를 했다. 그때 S의 휴대폰에서 벨 소리가 울렸다. 'P가 아니라 죄송하네요. 제가 이 번호를 쓴 지 2년이 넘었습니다.' S가 문자메시지를 읽었다. "할머니, 걱정 마세요. P도 잘 살고 있을 거예요."

Y의 방을 아지트 삼아 드나들던 시절, 그들은 하루에 한 번씩 '야구왕바'를 사 먹었다. 홈런, 홈런, 홈런…… 이렇게 중얼거리며 포장지를 벗기는 순간을 그들은 좋아했다. L은 병살타를 자주 쳤다. "이제 생각해보니 그건 어떤 예언이었어." L이 말했다. 그들은 노트를 한 권 사서 기록을 적어두기도 했다. 가장 많이 홈런을 친 놈은 W였다. W는 항상 야구왕바를 두 개씩 사 먹었으니까. 그들은 '야구왕바'를 먹고 나서도 오랫동안 나무 막대를 빨았다. S는 두 손가락 사이에 막대를 끼우고 담배를 피우는 시늉을 하곤 했다. 나무 막대에 소원을 적자고 말한 사람은 Y였다. Y는 볼펜을 꺼내 막대에 무엇인가를 적었다. 그러자 나머지 친구들도 Y를 따라했다. "마지막에 사인하는 거 잊지 말고." "응." 그들은 나무 막대에 새길 멋진 글귀를 찾기 위해 독서를 하기 시작했는데, 국어 실력은 좋아지지 않고 충치만 생겼다. 소원을 적은 막대를 길에다 버릴 수가 없어서 학교 근처를 몇 바퀴나 돌았다. 막대를 숨길 만한 곳은 보이지 않았다. 그러다 Y가 육교, 하고 소리쳤다. "저기 찻길에 육교 있잖아. 거기 틈이 있어." Y는 그 틈에 5백 원짜리 동전을 빠뜨린 적이 있다고 말했다. 그 말을 듣는 순간 그들은 육교를 향해 달리기 시작했다. Y의 말대로 육교의 가장자리에는 동전이 들어갈 정도로 틈이 벌어져 있었다. "설마 육교가 없어지겠냐." 그들은 육교의 틈에 막대를 집어넣었다. 셋이 육교를 찾아가는 동안 K는 오토바

이를 타고 어디론가 가고 있는 우체부와, 비도 오지 않는데 우산을 쓰고 가는 아주머니와, 똑같은 머리를 하고 똑같은 신발을 신은 여학생들의 뒷모습을 카메라에 담았다. "그런 걸 찍어서 뭐해?" "그냥." 셋은 육교를 찾지 못했다. 두 번이나 길을 왕복했지만 육교는 어디에도 없었다. S가 건너편 부동산을 가리키며 말했다. "육교 아래에 저 가게가 있었잖아." "육교가 없어졌어." K가 힘없이 중얼거렸다. 그들은 틈이 보이지 않을 때까지 야구왕바의 나무 막대를 그곳에 숨겼다. 350개가 넘는 소원이 육교 어딘가에 감추어졌다. S는 그 육교를 건널 때마다 이상하게 가슴이 뛰었다고 말했다. 몇 년 전에 S는 혼자 육교를 찾아간 적이 있었다. 새벽이었다. S는 육교 바닥에 귀를 댄 채 한참을 엎드려 있었다. L은 친구들 몰래 숨겨둔 막대를 꺼내보곤 했다. 친구들의 소원이 자신의 소원보다 훨씬 근사했다. 셋은 육교가 있었을 것으로 짐작되는 곳에 섰다. K가 반대편을 향해 뛰었다. 트럭이 지나가면서 길게 경적을 울렸다. K가 캠코더를 들고 친구들에게 소리쳤다. "이제 뛰어와." L과 S가 뛰었다. 그들이 야구왕바를 사 먹던 학교 앞 문방구는 없어졌다. 그 자리에는 전국에서 체인점이 가장 많다는 편의점이 들어섰다. "아이스크림이나 하나씩 사 먹자." S가 말했다. 하지만 편의점에 들어가자 S는 캔맥주를 집어 들었다. "나도." K가 말했다. L은 계산대 앞에 진열된 소시지를 골랐다. "난 술 대신 안주만." 계산을 하다 말고 셋이 편의점 주인을 뚫어지게 바라보았다. "코 밑에 점." K가 편의점 주인의 얼굴을 가리켰다. 편의점 주인은 그들을 기억하지 못했다. "아저씨가 우리를 얼마나 좋아하셨는데요. 홈런이 나오면 공짜로 주기도 했어요." K가 가방에 집어넣었던 캠코더를 다시 꺼냈다. 편의점 주인이 떨리는 목소리로 말했다. "점을 안 빼서 다행이에요. 안 그랬으면 절 못 알아봤을 테니까요. 그건 그렇고 할머니, 건강하세요." K와 S는 맥주를 마시면서 길을 걸었다. L은 소시지를 반으로 나눠 친구들 입에 넣어주었다. "다른 친구들한테 알려줘야 해." S는 W와 J에게 문자메시지를 보냈다. 그리고 P에게도. 한참 후에 이런 답들이 도착했다. "전 P가 아니라니까요." "미안하다, 얘들아." "알아. 육교가 없어지던 날 혼자 찾아갔었어. 난 지금 명동역. 오늘 많이 먹기 대회가 있어."

*

친구들이 W를 향해 손을 흔들었다. W도 친구들에게 손을 흔들었다. K가 가방에서 삼각대를 꺼내 캠코더를 고정시켰다. "할머니, 저 자식은 학교 다닐 적부터 많이 먹었어요. 그렇죠?" W는 탁자에 쌓여 있는 호빵을 보았다. 한 번에 한 개씩 먹으면 돼, 하고 W는 중얼거렸다. 지난 6년 동안 W는 먹기 대회에 나가 스물다섯 번 우승을 했다. 우승 상금으로 부모님께 집을 한 채 사드리기도 했다. 누군가 직업을 물으면 W는 음식평론가라고 대답했다. W가 우승을 하지 못한 대회는 모두 아홉 개였는데, 음식 맛이 형편없었기 때문이었다. 사회자가 시작을 알리는 종을 쳤다. 디지털시계가 움직이기 시작했다. W가 얼른 호빵 하나를 집었다. 한 번만 씹고 삼켰다. 하나를 다 먹는 데 3초가 조금 더 걸렸다. "그런데 이런 대회를 왜 하냐?" S가 L에게 귓속말을 했다. K는 렌즈를 당겨서 W의 입을 클로즈업했다. 호빵을 먹는다는 느낌은 전혀 들지 않았다. 그저 호빵이 호빵을 밀어 넣고 있었다. 그제야 K는 오늘 한 끼도 안 먹었다는 사실이 떠올랐다. 하지만 전혀 배가 고프지 않았다. W가 처음으로 참가한 대회는 오리고기 많이 먹기였다. 조류독감이 전국을 휩쓸 때였다. 오리고기의 판매가 급감하자 오리고기 농장주 중 누군가가 '오리 훈제 빨리 먹기 대회'를 하자고 협회에 건의를 했다. 상금이 무려 천만 원이었다. 생전 신문이라고는 보지 않던 W가 그 기사를 보게 된 것은 복권 때문이었다. 복권 번호를 맞춘 뒤 신문을 덮으려다 W는 이십대 남성 탈모에 대한 기사를 보게 되었다. W는 이민을 간 지 1년 만에 머리카락이 다 빠졌다는 친구를 생각했다. 탈모에 대한 기사를 읽고 나니 그 아래에 오리고기 먹기 대회에 대한 기사가 있었다. 그 기사를 읽는 순간 W는 배가 고파졌다. 도둑질을 하다 들켜 다락방에 하루 종일 숨어 있었던 일곱 살 이후 처음으로 느껴본 허기였다. 대회에 참가

한 W는 한 번도 오리고기를 먹어본 적이 없다는 것을 알았다. 고기는 생각보다 맛있었고, 그래서 W는 자꾸 먹었다. W는 우승 상금을 부모님에게 드렸다. "앞으로 3년은 잔소리를 하지 마세요." 그러자 아버지가 1년만 봐준다, 라고 말했다. 호빵 열 개를 먹고 난 뒤 W는 물을 한 모금 마셨다. 어쩌자고 나는 햄버거 마흔일곱 개를 먹는 사람이 되었을까? W는 그 사실이 궁금했다. W가 아홉 살 때 그의 집에 탈옥수가 숨어 들어온 적이 있었다. W의 어머니는 겁이 없었다. 어머니 말에 의하면 삼대 독녀로 살려면 그렇게 겁이 없어야 한다고 했다. W의 어머니, W의 외할머니, W의 외증조할머니…… 모두 외동딸이었다. 탈옥수는 맨발이었다. "죽이진 않을 테니 신고하지 마." 탈옥수가 말했을 때 W의 어머니는 이렇게 대답했다. "발 안 시려요? 양말 줄까요?" W의 어머니는 탈옥수에게 라면을 끓여주었다. 달걀까지 넣어서. 라면을 먹는 탈옥수를 보다 W가 침을 삼켰다. "먹고 싶냐?" W가 고개를 끄떡였다. 하지만 탈옥수는 W에게 라면을 주지 않았다. 해가 지자 탈옥수는 W의 아버지 등산화를 신고 떠났다. "신고하지 않을 거지?" 탈옥수는 W에게 물었다. 오랫동안 W는 왜 탈옥수가 그 질문을 어머니가 아닌 자기에게 했는지 생각해보았다. 어른들에게 반말을 한다고 늘 혼나던 W였는데 자신도 모르게 존댓말이 나왔다. "네. 걱정 마세요." 탈옥수가 W의 머리를 헝클였다. "시간이 지나면, 네가 한 약속은 고스란히 네게 돌아온단다." 탈옥수가 말했다. 그리고 이렇게 덧붙였다. "그걸 몰라서 이 아저씨는 감옥에 간 거란다." W는 호빵을 먹다 말고 옆 사람을 쳐다보았다. W보다 속도가 더 빨랐다. W는 호빵에 물을 적셔 씹지도 않고 삼켰다. 5분이 지났다. 호빵을 스물여덟 개 먹었다. 더 속도를 내기 시작했다. K는 캠코더를 움직여 다른 도전자들의 모습을 찍었다. L은 눈을 감았다. S는 전화가 울려도 받지 않았다. 탈옥수가 떠나자마자 W는 현관문을 잠갔다. 어머니가 화장실에 간 사이에 W는 경찰에 전화를 걸었다. 이제 2분이 남았다. W는 심호흡을 크게 한 번 했다. 호빵 수십 개가 식도에 걸려 있는 기분이었다. W는 용감한 어린이상을 받았다. 담임 선생님이 W에게 불고기를 사주었다. W는 불고기 3인분을 먹었다. 담임 선생님이 그만 먹으라고 하지 않았다면 더 먹을 수도 있었다. W는 그날부터 식욕을 조절하지 못했다. 소화가 안 되는지 한 선수가 제자리 뛰기를 하기 시작했다. Y의 할머니는 W에게 말했다. "얘야, 거울을 봐라. 거울 안 어딘가에는 먼 훗날의 네 모습이 숨겨져 있단다." 1분 남았다. W는 두 손을 사용해서 호빵을 번갈아 입에 넣기 시작했다. 목구멍으로 넘어가는 것보다 입안에 쌓이는 게 더 많았다. 밀가루 냄새가 역겹게 느껴졌다. 다음에는 냉면 먹기 대회에 나가야겠어, 라는 생각을 한 다음 W는 입안에 있는 호빵을 꿀꺽 삼켰다. 식도가 뻐근해져왔다. "치사하게 사는 게 더 나을까요, 비겁하게 사는 게 더 나을까요?" 열여덟 살의 W가 서른두 살의 W에게 물었다. W가 두 손으로 목을 움켜쥐었다. 시합을 위해 새로 산 파란색 와이셔츠 깃이 기름으로 얼룩졌다. W는 넘어졌다. 머리를 부딪힌 것 같았지만 하나도 아프지 않았다. K와 L이 달려오는 것이 보였다. S가 두 손으로 머리를 감쌌다. 성공하면 자동차를 사겠다고 약속을 했는데. W는 생각했다. L이 W의 이마에 손을 얹었다. W는 눈을 감고 담 위를 걷던 어린 시절을 떠올렸다. 팔을 뻗고 담 위를 걸으면 자신에게 한없이 관대해졌다. W는 담을 거닐며 앞으로 자신에게 남은 시간이 아주 많을 것이라는 사실에 위안을 받곤 했다. W는 담을 끝까지 걷지 못하고 꼭 넘어졌다. 무릎이 성할 날이 없었다. 초등학교를 졸업한 지 아주 오래되었지만 W의 눈에는 이런 것들이 보였다. 깨진 무릎을 손수건으로 감고 집으로 돌아오던 길. 집으로 돌아와 엄마에게 들키지 않도록 얼른 긴 바지로 갈아입던 일. 상처에 빨간약을 바르며 쓰라려서 호호 입바람을 불던 것. W는 조금 추워졌다. 추워, 하고 말하려 했지만 말이 입 밖으로 나오질 않았다. "뭐라고?" K가 W의 얼굴에 귀를 바싹 댔다. 저 멀리서 K의 캠코더가 이 모든 것을 찍고 있었다.

이모는 취하면 현관문을 발로 걸어차곤 한다. 술만 마시면 현관 비밀번호가 기억나지 않는다나. 쿵. 쿵. 쿵. 세 번 발로 문을 걸어차고 난 뒤에는 나지막이 한숨 소리가 들린다. 그러면 나는 티셔츠와 반바지를 대충 걸쳐 입고(잠을 잘 때 나는 아무것도 입지 않는다. 몸이 튼튼해야 공부도 잘되는 법이라며 이모는 내게 중학교 입학 선물로 한약을 한 제 지어주었는데, 그걸 먹고 나서부터 답답한 걸 견디지 못하는 아이가 되었다) 밖으로 나간다. 쿵. 쿵. 쿵. 다시 한 번 이모가 문을 발로 걸어찬다. "으이고. 자기 생일도 기억 못하는 바보." 나는 현관문을 열어주면서 이모에게 말했다. 비밀번호를 자기 생일로 등록하자고 우긴 사람은 이모였다. 여긴 내 집이잖니. 나는 훗날 내 집이 생기더라도 유치하게 생일 같은 날로 비밀번호를 만들지는 않을 것이다. "너, 티셔츠, 뒤집어, 입었다." 혀가 꼬인 채 이모가 말했다. 한때 아이큐가 150이 넘어 외할머니의 기대를 한몸에 받았다고 하지만 그땐 내가 태어나기 전이라(그리고 그걸 증언해줄 사람이 모두 하늘나라에 있기 때문에) 사실인지 아닌지 확인할 길은 없다. "다음부턴 술 마시려면 운동화 신고 나가." 나는 이모의 부츠를 벗기면서 말했다. 술에 취해 혼자 신발조차 벗지 못하는 이모를 보면 외할머니가 일찍 돌아가신 게 어쩌면 다행일지도 모른다는 생각이 들었다. 약혼자에게 배신을 당한 뒤부터 이모는 술만 마시면 필름이 끊어졌다. 한때 아버지를 술로 이기기도 했던 이모였는데 말이다. 아버지를 술로 쓰러뜨린 뒤 이모는 이렇게 말했다고 한다. 합격. 이제부터 형부라고 부를게요. 이모는 두고두고 그 이야기를 했다. 마치 평생 누굴 이겨본 일이 그거 하나밖에 없는 사람처럼. "내일 아침에, 음, 콩나물해장국." 이모가 소파에 누워 소리쳤다. 나는 안방으로 가서 이모의 베개를 가지고 나왔다. 이모가 다시 한 번 콩나물해장국이라고 중얼거렸다. 냉장고를 열어보니 콩나물은 보이지 않고 며칠 전 먹다 남긴 양념치킨 두 조각만이 보였다. 한 조각을 꺼내 전자레인지에 3분을 데웠다. 타닥타닥 양념이 튀는 소리가 났다. 타닥타닥, 하고 나는 발음을 해보았다. 듣기 좋은 소리였다. 그사이 이모는 잠이 들었다. 잠든 이모 옆에 앉아 나는 닭다리를 먹었다. 다 데워진 줄 알았는데 속살은 차가웠다. 이모의 약혼자가 5년이나 모은 이모의 적금을 들고 도망갔을 때, 그 충격으로 이모가 다니던 회사도 그만두고 한 달 동안이나 침대에 누워 일어나지 않았을 때, 나는 매일매일 치킨을 먹었다. 이모가 내 곁을 떠나지 않게 되었으니 다행이라는 생각을 하면서. 몸을 뒤척이다가 이모가 발로 내 허벅지를 찼다. 나는 먹다 남은 닭다리로 이모의 발바닥을 두어 번 때려보았다. "아파." 잠결에 이모가 말했다. 나는 이모의 베개가 젖어 있는 것을 보았다. "침 좀 흘리지 마. 빨래도 안 하면서." 나는 양념이 묻은 손을 티셔츠에 닦았다. 이모의 발바닥도 닦아주었다. 자세히 보니 티셔츠를 뒤집어 입은 게 아니라 거꾸로 입은 거였다. 내 등에서 슈퍼맨이 날고 있을 거라고 생각하니 기분이 좋아졌다. 슈퍼맨처럼은 아니어도 3미터만 날아봤으면. 조금만 더 하면 될 것이다. 지난주에 2미터 45센티미터나 기록했으니까. 나는 트림을 한 번 하고는 소파에서 일어났다. 거실 창문을 닫으면서 창밖을 내려다보니 비상등을 켠 트럭이 버스 정류장에 세워져 있는 것이 보였다. 운전기사가 차문에 기댄 채 누군가와 전화 통화를 하고 있었다. 잠들기 전, 알람 시계를 평소보다 10분 앞당겨두었다. 아침에 일어나 다시 거실 창문을 열었다. 바람에 머리카락이 흩날렸다. 트럭은 여전히 그 자리에 있었다. 운전기사도 여전히. 콩나물해장국 대신 뚝배기 계란탕을 끓였다. 뭐, 새우젓이 들어가는 것은 똑같으니까. 가스레인지의 불을 약하게 줄여놓고 냉장고에 남아 있는 치킨 한 조각을 먹었다. 뚝배기 뚜껑이 달그락거렸다. 뚜껑에 난 구멍 사이로 수증기가 빠져나오는 걸 10초쯤 구경하다가 불을 껐다. 현관에 서서 여전히 잠들어 있는 이모에게 말했다. "학교 갔다 올게." 마을버스를 기다리면서 가로수 가지에 손끝이 닿을 때까지 제자리뛰기를 해보았다. 나뭇잎이 손끝에 살짝 스쳤다.

내 소원은 제자리멀리뛰기에서 3미터 기록을 세우는 것이다. 지금까지의 최고 기록은 2미터 45센티미터. 잘했다는 의미로 내 자신에게 아이스크림을 하나 사주었다. 2미터 50센티미터를 넘게 되면 새 운동화를 사줄 생각이다. 처음부터 제자리멀리뛰기 따위를 하려던 것은 아니었다. 모든 것은 줄자 때문이었다. 열여덟 살 남자아이에게 줄자란 아무짝에도 쓸데가 없는 물건이었다. 그걸 가져온 녀석이 누구인지 알았다면 당장 달려가 물어보았을 것이다. 이걸로 뭘 하라고? 작년, 그러니까, 고 2때 담임은 7년 만에 임용고시에 합격을 한 초임 교사였다. 발령을 기다리는 동안 담임은 매일매일 등산을 하면서 좋은 선생이 되자고 다짐을 했다고 한다. 자신의 이름을 칠판에 크게 쓴 뒤 담임은 말했다. 등산을 해보니 사람은 몸이 움직여야 머리가 움직인다는 것을 알았어요. 그러니 우리 한 달에 한 번이라도 등산을 해요. (왜 우리가 선생님하고 같이 등산을 해야 하죠? 누군가 물었다. 여러분은 저의 첫 제자들이니까요. 담임이 말했다.) 등산 말고도 담임의 계획은 많았다. 운동장에 텐트를 치고 캠핑하기. (삼겹살은 제 돈으로 사겠어요, 라고 담임은 말했다.) 성적이 좋은 학생과 나쁜 학생끼리 짝이 되기. (그러면 공부에 뒤처진 학생들은 언제든지 옆자리 친구에게 도움을 받을 수 있잖아요, 라고 담임은 말했다.) 별자리 이름 모두 외우기. (나중에 연애할 때 써먹을 수 있어요, 하고 담임은 말했다.) 등등. 하지만 담임의 계획들은 거의 지켜지지 못했다. 일요일 아침 7시에 일어나 등산을 할 고등학생들은 많지 않았다. 반장을 비롯한 학급 임원 몇몇만 참석했고, 산 정상에서 30인분의 김밥을 배가 터질 때까지 먹었다. 그래도 남아서 정상에 오른 등산객들에게도 나눠 주었다. 1등과 꼴찌를 짝으로 묶어주려던 계획은 학부모들의 항의 전화를 받은 뒤에 취소되었고, 캠핑은 교장 선생님의 귀에 들어가는 바람에 시도조차 해보지 못했다. 좋은 선생이 되는 일은 등산과는 전혀 다르다는 것을 알게 된 것은 새 학기가 시작되고 두 달도 지나지 않아서였다. 반 아이 중 한 녀석이 점심시간이 끝날 무렵 창문에서 뛰어내렸다. 문병을 간 담임에게 녀석은 끝내 자신을 괴롭힌 아이들이 누구였는지 말하지 않았다. 대신 이렇게 말했다. 선생님이 하는 일은 다 쓸데없어요. 아, 별자리 이름 외우는 거 빼고요. 문제는 별이 뜨는 날이 많지 않아 실전에서 써먹을 일이 별로 없다는 거지만요. 문병을 마치고 집으로 돌아가던 담임은 반 아이들에게 단체 문자 메시지를 보냈다. 내일까지 자신에게 주고 싶은 선물을 가지고 올 것. 그렇게 해서 우리들은 사춘기 소녀들처럼 선물 교환 파티를 했다. 내가 뽑은 숫자는 28번이었는데, 2와 8 모두 좋아하는 숫자라 뭔가 좋은 일이 생길 것만 같았다. 하지만 막상 상자를 열자 플라스틱으로 만든 가짜 도넛이 보였다. 뭐야, 장난감이잖아. 어린아이같이. 그때 옆자리에 앉은 녀석이 말했다. 그거 줄자 아냐? 여기 잡아당겨봐. 그렇게 해서 나는 줄자를 가지게 되었다. 한 번도 말을 나눠본 적 없는 녀석이 13번을 뽑아 내 선물을 가져갔다. 언젠가 심각한 표정으로 누군가가 전화 통화하는 것을 보았는데 곱살한 얼굴과 달리 말투가 거칠어서 놀랐던 적이 있었다. 나는 그 녀석에게 선물의 주인이 나라는 사실을 밝히지 않겠다고 결심했다. 줄자가 생긴 뒤 나는 보이는 것마다 길이를 재기 시작했다. 책상은 가로가 60센티미터 세로가 40센티미터였다. 필통을 재보고, 가방을 재보고, 의자의 높이를 쟀다. 물건들의 길이를 재다가 어느 날 문득 이런 의문이 들었다. 움직이지 않는, 원래 그렇게 만들어진, 그런 물건들의 길이를 아는 게 무슨 소용일까? 지우개가 달린 연필을 사서 일주일을 써본 뒤 쟀더니 1밀리미터가 줄었다. 운동장을 한 바퀴 걸어본 뒤 발자국 간격을 쟀는데 보폭이 제각각이었다. 그림자(그것도 오후 4시의 그림자) 길이도 궁금했지만 그건 혼자서 하기에는 너무 어려운 일이었다. 그렇다고 누군가에게 대신 길이를 재달라고 부탁하고 싶진 않았다. (실은 부탁할 만한 친구도 없었다. 난, 점심도 혼자서 먹으니까.) 3미터짜리 줄자로 잴 수 있는 것 중 가장 멋진 게 뭐 같아? 술에 취한 이모에게 물어보기도 했다. 이모는 이런 대답들을 해주었다. 수족관에 가서 3미터짜리 물고기를 찾아보는 것. 콩나물을 3미터까지 키워보는 것. 내 그림자가 3미터가 되는 시간이 언제인지 알아내는 것. 그러다 이모는 혼자 이렇게 중얼거렸다. 농구 골대 높이가 3미터쯤 되려나? 아, 맞다. 높이뛰기나 멀리뛰기 같은 거에 도전해봐. 그렇게 해서 나는 제자리멀리뛰기를 하게 되었다. 도움닫기를 하는 멀리뛰기는 너무 쉬우니까. 더도 말고 덜도 말고 딱 3미터만 뛸 거야. 더 멀리도 필요 없어. 첫 기록이 1미터 80센티미터였던 나는 그렇게 큰소리를 쳤다. 1년이 지난 지금. 2미터짜리 줄자를 선물 받았으면 더 좋았을걸, 하고 나는 종종 생각했다.

농구 골대 높이는 3미터가 조금 넘었다. 줄자가 약간 모자랐다. 아마도 3미터 5센티미터쯤. 학교에 도착하면 나는 교실로 가지 않고 농구 골대로 가서 점프 연습을 30분쯤 했다. 그리고 쪼그려 뛰기 10분. 스트레칭 10분. 아무리 대학을 포기한 고3이지만(그래서 담임이 아침 자율학습 시간은 빠져도 좋다고 말은 했지만) 나는 지각을 하지는 않는다. 반 아이들이 자율학습을 하는 동안 나도 나름대로 자율학습을 해야 하니까. "왜 남학생들은 그렇게 덩크슛을 하고 싶어 하지?" 나는 소리가 나는 쪽으로 돌아보았다. 학생들 사이에서 흡혈귀란 별명으로 불리는 여선생이었다. 세 번이나 결혼을 했건만 남편들이 하나같이 결혼한 지 1년도 안 되어 사고로 목숨을 잃었다는 소문이 학교에 돌았다. 나는 멀리뛰기를 잘하기 위해 높이뛰기를 연습하는 거라고 말하려다 말았다. 아무에게나 함부로 내 꿈을 말해줄 수는 없는 법이니까. 올봄. 나는 몇 번 무단결석을 했고, 그 벌로 수업이 끝난 후 상담실에 남아 반성문을 써야 했다. 비가 와서 학교에 올 수가 없었다는 내 말을 담임은 믿지 않았다. (우산은 하나밖에 없었고 이모는 내게 우산을 양보하지 않았다.) 그럼 우산을 사러 가면 되잖아. 담임이 말했다. 우산을 사러 갈 땐 뭘 쓰고 가죠? 내가 물었다. 그때, 그 반성문에, 내 소원은 제자리멀리뛰기에서 3미터 기록을 달성하는 것이라고 썼다가 담임의 비웃음만 샀다. 그런 쓸데없는 걸 왜 하냐? 그건 올림픽 종목에도 없단다. "골대에 손이 닿는 기분 알아요?" 나는 있는 힘껏 도약을 하면서 말했다. 팔목이 골대에 닿았다. 여선생님이 자리에서 일어나 내게로 다가왔다. 그러고는 농구 골대를 향해 뛰어오르더니 두 손으로 골대를 붙잡았다. 여선생님이 허공에 대고 두어 번 발길질을 했다. "별거 아닌데." 자율학습이 끝났음을 알리는 종이 울렸다. 곧, 아침 조회가 시작될 것이다. 나는 골대에 매달려 있는 선생님을 뒤로하고 운동장을 가로질러 걸었다. 1교시 수학 I. (수학이나 영어 같은 과목은 최소한 3교시 이후로 시간표를 짜야 하는 게 아닌가, 하고 나는 생각했다. 음악이나 미술 아니면 체육 같은 과목으로 하루를 시작하면 얼마나 좋을까.) 2교시 물리 II. 쉬는 시간에 K가 나를 향해 지우개를 던졌다. 3교시 한국지리. (학교를 졸업하면 운전면허부터 따야지. 그리고 1번 국도부터 모든 국도를 횡단해야지. 20년 전 아버지 어머니가 그랬듯이.) 쉬는 시간에 화장실에서 마주친 K가 점심시간에 좀 보자, 하고 말을 했다. 나는 대답하지 않았다. 4교시는 독서와 문법. (그나마 견딜 만했다.) 점심시간에 이모에게 문자가 왔다. '계란탕 잘 먹었어. 좀 짰어. 너도 점심 잘 먹어라.' 이모의 말처럼 잘 먹지는 못했다. 오이 반찬이 두 개나 나왔으니까. 오이소박이와 오이냉국. 나는 장조림 국물에 밥을 비벼 먹으면서 이제 곧 여름이구나, 하고 중얼거렸다. 방학이 시작될 것이고 그러면 본격적으로 기록에 도전을 해야지. K가 날 찾기 전에 운동장으로 나왔다. 제자리멀리뛰기를 열 번 했다. 세 번은 엉덩방아를 찧었고 네 번은 2미터도 넘지 못했다. "바보." 누군가 메아리처럼 내 말을 따라서 바보, 하고 말했다. 뒤돌아보니 아침에 만났던 여선생님이 벤치에 앉아 있었다. "선생님, 왕따예요?" 나는 12년이나 학교에 다녔지만 운동장 벤치에 앉아서 편의점 도시락을 먹는 선생님은 처음 본다고 말했다. "나도 12년이나 선생님을 했지만 점심시간에 멀리뛰기 연습을 하는 학생은 처음 보네." 나는 선생님의 그림자 길이를 재주었다. 한낮이라 그림자가 짧았다. K 녀석의 그림자도 이렇게 짧겠지. 7교시가 끝나고 K가 나를 옥상으로 불러냈을 때는 해가 기울고 있어서 K의 그림자도 길어져 있었다. 나는 K의 그림자 목을 발로 밟았다. 이번만큼은 절대 돈을 주지 않을 거야, 하고 두 주먹을 불끈 쥐었다. (하지만 내가 옥상에서 K와 눈싸움을 하는 동안 누군가가 신발장에서 내 운동화를 훔쳐갔다.) 나는 버스를 타지 않고 집까지 걸어왔다. 아버지가 사는 그 나라는 운동화가 필요 없겠지. 겨울이 없는 그곳에서는 슬리퍼 하나로 1년을 보낼 수 있을 것이다. 그나저나, 2미터 50센티를 넘어야 새 운동화를 사주기로 했는데.

*

여름방학을 사흘 앞두고 무릎을 다쳤다. 병원으로 찾아온 이모는 남자란 스무 살 이전에 깁스도 한번 해보는 거라며 나를 위로했다. "전 갑갑한 걸 못 견뎌 양말도 못 신어요." "딱 보름만 참도록." 나는 의사 가운에 새겨진 이름을 보았다. 세상에, 아버지와 이름이 똑같았다. "매일매일 심호흡을 하죠." 나는 대답했다. 이모는 자꾸만 이마에 난 멍을 만졌다. 아프다고 해도 계속해서 손가락으로 눌렀다. "니 나이가 몇인데 계단에서 넘어지고 그러니." 이모의 말에 의하면 나는 유치원 때 걸핏하면 계단에서 넘어졌다고 한다. 두 계단씩 오르내린다고 고집을 피웠기 때문이었다. 그 버릇이 없어진 것은 넘어지면서 잇몸이 찢어진 뒤였는데, 아파서 그런 게 아니라 피를 보고 겁쟁이처럼 운다며 여자아이들이 놀렸기 때문이었다. 내 등을 민 녀석은 누구였을까. 두 손이었는지 한 손이었는지는 확실하게 기억난다. 그 손바닥을 잊지 않기 위해 (방학을 하면 쉬어도 좋다고 담임은 말했지만) 나는 깁스를 하고 매일매일 학교에 갔다. 이모는 특별히 용돈을 올려주었다. 택시를 타고 다니라며. "우리처럼 차가 없는 사람들은 택시비를 아까워하면 안 돼." 그래서 이모는 남들 1년치 기름 값보다 더 많은 돈을 택시비로 쓴다. 교실은 3층에 있었다. 1학년은 1층. 2학년은 2층. 3학년은 3층. 3학년이라 3층을 쓴다는 건 단순한 발상인 것 같지만 창문 밖으로 뛰어내리고 싶을 때마다 쉽게 뛰어내리지 못하게 한다는 점에서는 괜찮은 생각이기도 했다. 창을 열고 아래를 내려다보면 죽고 싶다는 생각이 사라질 테니. 작년에, 창문으로 뛰어내린 녀석도, 아마 3학년이었으면 그렇게 쉽게 뛰어내리지는 못했을 것이다. 2층은 부러지기만 하지만 3층은 죽을 수도 있으니까. 목발을 짚고 3층까지 올라가려면 최소한 두 번은 쉬어야 했다. 나는 점심을 걸렀다. 식당까지 가기 위해 다시 1층으로 내려오는 게 번거롭기 때문이기도 했지만 실은 목발을 짚은 채로 식판을 드는 게 불편했기 때문이었다. 아이들이 식당으로 가고 나면 나는 빈 교실에 앉아서 K의 책상을 노려보았다. 목발로 K의 의자를 힘껏 내리치기도 했다. 몇몇 아이들이 다시 교실로 돌아올 때쯤 나는 책상에 책을 펼쳐놓은 채 밖으로 나왔다. (다음 날 아침 등교를 해보면, 전날 펼쳐놓은 책이 그대로 책상 위에 놓여 있었다. 아무도 책을 책상 서랍에 넣어주지 않았다.) 그리고 내가 1호라고 이름을 붙인 벤치로 향했다. 제자리멀리뛰기 연습장 뒤쪽에 있는 벤치였는데, 커다란 나무에 가려서 교실 쪽에서는 잘 보이지 않았다. 하지만 벤치 쪽에서는 3학년 5반 교실이 선명하게 보였다. 수학 선생님은 창가에 서서 운동장을 자주 내다보았고, 문학 선생님은 가만있지 않고 책상 사이를 계속 돌아다녔다. 나는 벤치에 누워 목발이 들어가는 문장들을 만들어보았다. '목발은 자기 이름이 마음에 안 들었다.' '목발은 평생 누군가에게 발을 밟혀본 적이 없었다.' '목발은 무릎을 굽힐 수가 없어 제자리멀리뛰기를 할 수 없었다.' 등등. 흡혈귀 여선생님을 만나기도 했다. 내게 편의점 도시락 사는 방법을 알려주었다. "돈가스 도시락 하나. 비빔밥 도시락 하나." 담 너머에 있는 편의점에 전화를 걸었다. 5분쯤 지나자 담 너머에서 배달이요, 하는 소리가 들려왔다. 막대 끝에 비닐봉지가 매달려 있었다. 도시락 두 개와 음료수 두 개. 도시락을 다 먹은 뒤 선생님은 편의점 전화번호를 내 깁스에 적어주었다. 흡혈귀 선생님은 내게 목발을 빌려 운동장을 한 바퀴 걸어보았다. 목발의 길이가 맞지 않아서 걷는 모습이 우스꽝스러웠다. "한 번도 깁스를 해본 적이 없어서 어떤 기분일까 하고." "혹시 슬픈 일이 생기면 목발이란 단어를 떠올려보세요. 알루미늄으로 만들었는데 이름이 목발이에요. 웃기죠?" 선생님은 웃지 않았다. (이름이 목발인데 발바닥이 없어요, 하고 한 번 더 농담을 하려다 참았다.) 보름은 더디게 지나갔다. 답답할 때마다 심호흡을 했다. 깁스를 풀고 나면 양말도 신을 수 있을 것 같았다. 아무리 문을 두드려도 열어주지 않겠다고 말을 했건만 이모는 두 번이나 술에 취해 왔다. 다행히도 해장국을 끓여달라는 말은 하지 않았다. 편의점에서 파는 도시락을 모두 먹어보았고 먹을 때마다 별점을 주었다. 평균 별점은 별 세 개 반. 짜지만 않았다면 네 개까지 줄 수도 있었을 것이다.

물리치료실에 누워 있으니 이상하게도 등이 가려웠다. 그러자 아버지의 효자손이 생각났다. 어머니와 설악산 여행을 갔다가 흔들바위 아래 휴게소에서 샀다는 효자손. 동남아의 어느 나라로 떠나면서 아버지는 그 효자손도 가지고 갔다. 생각해보니 나는 한 번도 아버지의 등을 긁어본 적이 없었다. 아버지는 야구 경기를 볼 때면 효자손을 아예 등에 꽂아두었는데, 응원하는 팀이 안타를 맞을 때마다 등을 긁었다. 효자손을 등에 꽂은 채로 잠이 든 적도 있었다. 그러고는 아침에 일어나 등이 배기는 게 아무래도 침대를 바꾸어야겠다며 투덜거렸다. 그때 그 침대를 지금은 내가 쓰고 있다. 침대를 바꾼다고 했을 때 얼른 바꾸라고 하는 건데. 아버지는 나보다 몸무게가 두 배는 더 나갔고 그래서 내게 물려주었을 때는 이미 침대 가운데가 꺼진 상태였다. 침대를 바꾸지 않는 나를 보고 이모는 죽은 니 엄마가 고마워할 거야, 하고 말했다. 하지만 이모의 생각과 달리(그 침대는 어머니의 혼수였으니까), 나는 벽 쪽에 붙어서 자야 잠이 잘 왔고, 그래서 가운데 스프링이 꺼진 것쯤은 아무 불편이 없기 때문이었다. "등이 가려울 땐 어떻게 해?" 나는 이모에게 문자메시지를 보냈다. 조금 있다 이런 답이 왔다. "발바닥을 간질여. 그러면 등이 가려운 걸 잊게 될걸." 이모는 중요한 사실을 모르고 있었다. 자신을 간지럼 태울 수는 없다는 것. 이 세상에서 혼자 할 수 없는 유일한 일이 간지럼일지도 몰라. 나는 생각했다. 그래서 나는 아주 조심스럽게 할머니의 등에 찜질팩을 올려놓는 물리치료사에게 말을 걸었다. "저기요." 물리치료사가 뒤를 돌아보았다. "발바닥을……" 말하려다 멈추었다. 간질여주세요, 하고 말한다면 얼마나 우습게 보일까. "발바닥이 왜요?" 물리치료사가 내 발바닥을 들여다보았다. 양말을 신지 않는 버릇 때문에 뒤꿈치에 굳은살이 박여 있었다. 나는 창피해서 발가락을 움직였다. "발바닥을 좀 꼬집어주세요." 물리치료사가 왜 감각이 없어요, 하고 놀란 표정을 지었는데 그 순간 나도 모르게 픽, 하고 웃음을 터뜨렸다. 그때 옆 침대에서 허리 찜질을 하던 할머니가 뜨거워 뜨거워 중얼거렸다. 나는 물리치료사에게 등이 가려워서 그랬다고 솔직히 말을 했다. 그러니 등 좀 긁어달라고. 물리치료사가 등을 긁어주는 동안 옆 침대 할머니가 다시 한 번 뜨겁다고 투덜거렸다. "수건 하나 더 깔아드릴까요?" 그러자 할머니가 퉁명스럽게 대답했다. "뜨거워야 찜질이지. 그냥 등이나 긁어." 물리치료사가 등을 긁어주자 나는 무엇인가로 보답해야 한다는 생각이 들었고 그래서 비밀 하나를 말해주었다. "사실 전 제자리멀리뛰기 선수예요." 내 고백을 들은 다음부터 물리치료사는 무릎 마사지를 10분씩 더 해주었다. 그걸 본 할머니가(침대가 열여섯 개나 있는 물리치료실이었는데, 이상한 일이지, 이 할머니는 늘 내 옆 침대에서 물리치료를 받았다) 나도 10분씩 더 해줘, 하고 말했다. 커튼을 사이에 두고 가끔 할머니가 말을 걸어오기도 했다. 대체로 내가 알아들을 수 없는 말들뿐이었지만. 사실은 허리보다 무릎이 더 아프지만 치료를 하지 않는다는 둥. 비행기 추락 사고로 죽는 것만큼 깨끗한 죽음은 없을 거라는 둥. 80세가 되면 운전면허에 도전하겠다는 둥. 할머니의 횡설수설을 듣고 있다 보면 나도 모르게 저절로 잠이 왔다. 어느 날은 병원 문을 닫을 때까지 잠을 자기도 했다. "너무 곤히 잠들어서 내가 깨우지 말라 그랬지." 할머니가 하품을 하며 말했다. (물리치료를 받으러 갈 때마다 할머니가 있었던 것은 우연의 일치가 아니었다. 할머니는 물리치료실에서 하루를 보냈다.) "혹시 어머니세요? 아니면 친척이거나." 나는 물리치료사에게 물었다. 물리치료사가 고개를 저었다. "우리 어머니는 훨씬 더 예쁘단다."

물리치료사는 김 기사로 불러달라고 했다. 나는 혹시 밤에는 대리기사 하세요? 하고 엉뚱한 질문을 했다. "그런 기사 말고." 김 기사 아저씨가 물리치료사가 된 것은 무릎 때문이었다. "난 어릴 때부터 무릎이란 말이 참 이상했단다. 어째서 그런 단어가 만들어진 걸까?" 김 기사 아저씨가 팔꿈치를 가리켰다. "여기가 팔꿈치잖아. 그러니 무릎은 다리꿈치라고 불러야 하는 거 아닐까. 팔목 발목. 발바닥 손바닥…… 그런데 왜 무릎만 무릎일까." 고등학생이었던 김 기사 아저씨는 사람들의 무릎을 찍어 벽에 붙여놓았다. 그 사진을 찍는 동안 치안으로 오해를 받아 파출소에 두 번이나 가기도 했다. 제 꿈이 정형외과 의사거든요. 그래서 무릎을 연구하는 거예요. 그렇게 말하면, 경찰들은 머리를 쓰다듬으면서 공부 잘해라 하며 풀어주었다. 거짓말을 몇 번 하고 나니 김 기사는 정말로 자신의 꿈이 의사인 것만 같았다. 장래 희망이 의사가 된 김 기사는 한겨울에도 엉덩이에 땀띠가 날 정도로 공부를 했다. 어릴 적 소아마비를 앓아 걷지 못하는 김 기사의 어머니가 아들을 위해 일주일에 한 번씩 삼계탕을 끓여주었다. 살이

졌고, 성적은 오르지 않았고, 정형외과 의사가 되기도 전에 무릎이 먼저 시큰거리기 시작했다. "그래서 물리치료사가 되었지." 김 기사 아저씨가 바지를 걷어 올려 무릎을 보여주었다. 무릎보호대를 차고 있었다. "낫는 것 같은데도 방심하면 금방 이렇게 나빠진단다." 나는 무릎, 하고 발음해보았다. "그래서 '무릎쓰다'라는 말도 있는 거잖아." 할머니가 무릎을 두어 번 두드리면서 말했다. 나는 웃었다. 김 기사 아저씨는 웃지 않았다. 나는 웃음을 멈추었다. 생각해보니 무릅쓰다라는 말보다 무릎쓰다라는 말이 더 어울리는 것도 같았다. 반대를 무릎쓰다. 위험을 무릎쓰다. 그런 문장을 중얼거려보니 마치 내 몸의 중심이 배꼽이 아니라 무릎인 것처럼 느껴졌다. 갑자기 K에게 욕을 하고 싶어졌다. 이렇게 중요한 곳을. 할머니는 영심 씨라고 불러달라고 했다. "할머니랑 저랑 나이 차이가 얼마나 나는지 아세요? 전 공부는 못해도 그렇게 싸가지 없는 놈은 아니라고요." 그래서 영심 할머니로 수정을 했다. 영심 할머니는 하루에 한 끼는 팥빙수를 먹는 팥빙수 마니아였다. 집에 10인분 이상의 팥빙수를 만들 수 있는 업소용 빙수기도 있다고 했다. 언제 한번 만들어달라고 김 기사 아저씨가 말했다 구박만 받았다. 이 더위에 집에서 병원까지 오는 동안 다 녹아버린다고. "그럼 집으로 초대해주시면 되잖아요." 김 기사 아저씨가 초음파 치료기를 무릎에 붙여주었다. 찌릿찌릿. 전기가 느껴졌다. 등이 가려웠다. "청소하기 싫어서 아무도 초대 안 해." 할머니가 말했다. "그래서 우리 집엔 우체부 말고는 아무도 안 와." 나는 대형 빙수기에 얼음을 가는 할머니를 상상해보았다. 왜 그런지 모르겠지만 그 모습이 영심이란 이름하고 어울렸다. 그런데 팥빙수는 외국에도 있을까? 아버지의 식당 옆에서 팥빙수를 팔아보면 어떨까? (아버지에게 이메일로 팥빙수 장사를 하고 싶다고 물었다. 그랬더니 와서 설거지나 해라, 라는 답장이 왔다.) "그건 그렇고 너는 왜 공부를 안 하니?" 김 기사 아저씨가 내 가방을 들었다 내려놓았다. "이렇게 가방이 가벼운 고3은 처음이다." 영심 할머니도 옆에서 맞장구를 쳤다. 초음파 치료를 하면서 영어 단어를 외우면 잘 외워진다는 말도 안 되는 이야기를 해가며. 나는 아버지가 동남아에서 식당을 한다는 사실을 말해주었다. "졸업하면 가서 고기나 구우려고요." 할머니가 한심하다며 혀를 찼다. "부모 믿고 공부 안 하는 거 아니에요. 원래 못했어요." 나는 할머니에게 한 번도 지각을 해본 적이 없다고, 지난 1년간 제자리멀리뛰기 연습도 거른 적이 없다고, 이모에게 해장국도 끓여주고 빨래와 설거지도 내 손으로 한다고 말했다. "거긴 바다 건너잖아. 그러니 더더욱 바다 건너 말을 배워야지." "걱정 마세요. 한국인 관광객들만 찾아오는 식당이니까요." 김 기사 아저씨가 선물이라며 종이로 개구리를 접어 주었다. 엉덩이를 누르니 점프를 했다. 누군가도 내 엉덩이를 이렇게 눌러주었으면.

곧 어머니의 환갑이 다가온다며 김 기사 아저씨는 물리치료실을 드나드는 사람들을 붙잡고 이렇게 물었다. "어르신은 환갑 선물로 무얼 받고 싶으세요?" "부모님에게 어떤 환갑 선물을 해드렸어요?" 물어보나 마나 대답은 뻔했다. 돈이 제일 좋지. 그 밖의 의견들. 결혼할 여자를 인사시켜드리는 것. (그 여자가 임신까지 하면 더 좋지.) 어머니에게 남자 친구를 소개시켜드리는 것. (어머니가 혼자되신 지 얼마나?) 부엌 살림을 새롭게 바꿔드리는 것. (집을 바꿔드리는 게 더 좋겠지만.) 주말마다 전국 맛집을 찾아다니는 것. (근데 차는 있겠지?) 등등. 영심 할머니는 아무 선물도 받고 싶지 않을 거라고 말했다. 나이 드는 걸 확인할 필요가 있겠냐는 것이었다. "할머니. 환갑 때는 뭘 받으셨는데요?" 그러자 영심 할머니는 아직 환갑이 안 되었다고 우겼다. 내가 보기엔 칠순도 넘어 보였지만 말이다. 아버지가 환갑이 되면 나는 서른 살이 된다. 서른 살의 아들과 환갑인 아버지가 숯불을 피우고 삼겹살을 굽는 장면을 상상해보았다. 절대 배는 나오지 말아야지. "환갑 선물을 누군가 준다면…… 난 스무 살로 돌아가게 해달라고 할 거야." 영심 할머니가 말했다. 그 말에 김 기사 아저씨의 머릿속에는 어떤 영상이 떠올랐다. 아름다운 무용수가 된 어머니의 얼굴이었다. 엄마는 다시 태어나면 춤을 추는 사람이 되고 싶어. 김 기사 아저씨는 어릴 적 어머니가 했던 말이 잊히지가 않았다. 꿈이란 주제로 그림을 그리던 중이었다. 초등학교 2학년이었던 김 기사 아저씨는 화성 탐사에 나선 우주선의 선장이 되는 꿈을 꾸었다. 우주복에 태극기를 그려 넣다 말고 도화지를 한 장 넘겼다. 그리고 거기에 새로운 그림을 그렸다. 멋진 여자와 멋진 남자가 춤을 추는 그림이었다. 남녀를 빙 둘러 싼 사람들이 박수를 치고 있었는데, 스무 명이 넘는 사람들의 손가락을 그리는 데 이틀이나 걸렸다. 담임 선생님은 김 기사의 그림을 보고는 이게 니 꿈이니? 하고 물었다. 김 기사가 자랑스럽게 고개를 끄떡였다. 다른 애들 좀 보렴. 다들 과학자나 대통령이 된다고 하는데. 넌 고작 춤이라니. 그때 이후로, 경찰들에게 꿈이 의사라고 거짓말을 할 때까지 오랫동안, 김 기사는 꿈이 없었다. 너는 뭐가 되고 싶니? 누군가 물으면 어른이요, 하고 대답했다. "그래. 춤이었어, 춤." 김 기사 아저씨가 중얼거렸다. "하지만 어떻게?" 나는 스턴트맨 연습실에 찾아가면 어떻겠느냐는 의견을 냈다. 공중에서라면 누구든지 춤을 출 수 있을 테니까. "우리 나이엔 잘못하면 뼈 부러져." 영심 할머니가 반대를 했다. "하늘보단 물속이 더 낫지." 할머니가 무심코 던진 말 한마디 덕분에 김 기사 아저씨는 수영장을 생각해냈다. 퇴근 후, 김 기사 아저씨는 수영복을 샀다. 꽃무늬 원피스였다. 나는 김 기사 아저씨에게 호피무늬 수영복을 사주었다. 이모는 10년 전에 입던 수영복을 찾아주면서 너 여자 친구 생겼니? 하고 물었다. "결혼해서 같이 이민 가려고." 이모는 내 농담을 알아듣지 못하고 심각한 표정을 지었다. 바보. 나는 혀를 내밀었다. 영심 할머니는 내가 가져온 수영복을 입지 않으려 했다. "수치스러워." 나는 그 말이 이상하게 들렸다. 창피해, 라고 말해야 할 걸 왜 수치스럽다고 하는 건지. 영심 할머니는 내가 싸온 김밥이 맛있다고 두 줄이나 먹었다. "뭐 넣은 거니?" 할머니가 물었고, 나는 마치 누구에게 비밀을 들키지 않으려는 사람처럼, 할머니의 귀에 대고 속삭였다. 삭힌 청양고추를 썰어 넣었어요. 김 기사 아저씨의 어머니는 김밥을 하나 먹더니 금방 알아맞혔다. "삭힌 고추 넣었나 봐. 맛이 깔끔하네." 나는 답례로 꽃무늬 원피스 수영복이 너무 잘 어울린다고 칭찬을 해드렸다. 영심 할머니와 나는 파라솔에 앉아서 김 기사 아저씨가 어머니를 안고 물속으로 들어가는 것을 보았다. 어머니가 아저씨의 목에 팔을 둘렀다. 아저씨가 어머니의 허리를 꽉 잡았다. 남들이 보기에는 이상하게 수영을 하는 사람들로 보였겠지만 우리들의 눈에는 멋진 탱고 춤을 추는 남녀로 보였다. 나는 재빨리 휴대폰으로 음악 검색을 했다. 탱고곡이 흘러나오는 휴대폰을 높이 쳐들었다. 하지만 김 기사 아저씨가 있는 곳까지는 음악이 들리지 않았다. 아저씨는 허밍으로 노래를 불렀다. "있잖아요." 영심 할머니가 왜? 하고 대답했다. "전부터 궁금했는데. 왜 무릎이 아픈데 치료를 안 하세요. 만날 허리 찜질만 하고요." 할머니가 휴대폰에서 흘러나오는 음악을 따라 흥얼거렸다. "그냥 수치스러워서." 할머니가 말했다. "아픈 곳 한 군데 정도는 남겨둬야지." 나는 할머니가 하는 말이 무슨 뜻인지 이해할 수가 없었다. 아프면 아픈 거지. 그런데도 그 말을 듣자 갑자기 계단에서 내 등을 밀었던 손바닥에 대해 이야기를 하고 싶어졌다. 한 손도 아니고 두 손으로 밀었다고. "왜 그랬을까요. 정말 모르겠어요." 술만 마시면 손찌검을 하는 남편을 피해 두 아들을 데리고 야반도주를 했던 할머니는 지금까지도 남편이 이해가 되지 않는다고 했다. "솔직히 이해하는 것보다는 잊는 게 더 쉬워." 나는 고개를 들어 김 기사 아저씨가 어머니를 업은 채 수영장 가운데를 빙빙 돌고 있는 것을 보았다. "잊는 것보다 미워하는 게 더 쉬울까?" 영심 할머니가 말했다. 그러더니 팥빙수가 먹고 싶다고 중얼거렸다. 나는 팥빙수 네 그릇을 사왔다. "팥빙수 먹어요." 나는 수영장을 향해 소리쳤다.

*

2학기가 시작되었다. 기록이 2미터 10센티미터밖에 나오지 않았다. 흡혈귀 여선생은 보이지 않았다. 이름을 몰라 교무실에 가서 찾아볼 수도 없었다. 그래서 할 수 없이 단골 편의점에 가서 물어봤다. 편의점 점장도 모른다고 했다. 식당 업체가 바뀌었는지 급식이 달라졌다. 콩밥, 두부조림, 순두부찌개…… 새로운 영양사는 덩치가 커다란 남자였는데 남기지 말고 다 먹으라고 소리를 질렀다. 반찬이 이게 뭐예요? 항의하는 학생에게 단백질을 먹어야 한다며 호통을 쳤다. 기록은 좀처럼 늘지 않았다. 친구들과 떠들며 계단을 내려가는 K의 등을 살짝 밀었다. 정말, 아주, 살짝. 절대 두 손으로는 밀지 않았다. 하지만 담임은 내 말을 믿지 않았다. "두 손이나 한 손이나 그게 뭐가 중요해." 수업이 끝나면 나는 상담실에 가서 반성문을 썼다. 첫 줄은 늘 똑같았다. "K는 두 손이었고 나는 한 손이었다." 일주일 내내 똑같은 반성문을 쓰자 마침내 담임이 두 손을 들었다. "그래서 네가 하고 싶은 이야기는 뭐야?" 나는 담임에게 K와 둘이 마주 앉아 이야기를 하고 싶다고 했다. 깁스를 한 K가 상담실로 불려 왔다. 나는 K의 두 눈을 쳐다보았다. 눈이 시큰해질 때까지. 옆에 서 있던 담임이 눈싸움하려고 불렀어? 하고 말했다. "냄비 뚜껑이 들썩이는 걸 본 적이 있어?" 나는 K에게 말했다. K가 어깨를 으쓱했다. 요리를 하다 보면 뚜껑에 난 구멍 사이로 수증기가 새어 나오는 게 보인다고, 그리고 뚜껑이 달그락거린다고 나는 말했다. "그게 뭐?" K가 황당한 표정을 지었다. 자세히 보니 K의 눈 밑에 점이 있었다. 그걸 이제야 보다니. 나는 생각했다. "넌 그런 게 얼마나 아름다운지도 모르는 새끼야." 나는 나지막이 중얼거렸다. 나는 깁스를 한 K의 오른쪽 다리를 보았다. 무릎부터 종아리까지 깁스를 했다. "난 니 무릎이 평생

안 나았으면 좋겠다." 노안이 찾아와 책을 읽으려면 돋보기를 써야 하는 담임이 미간을 찌푸렸다. 상담실로 해가 지고 있었다. K도 눈이 부신지 미간을 찌푸렸다. 나는 천천히 자리에서 일어나 커튼을 쳤다. "한 손으로 밀었으면 내가 용서해주려 했어요." 나는 창밖을 보고 말했다. 그날 밤, 나는 아버지에게 이메일을 보냈다. 다리를 다친 이야기를 쓰려 했는데 막상 쓰다 보니 제자리멀리뛰기 이야기를 하게 되었다. 올림픽 종목에도 없는 그 스포츠를 아들이 얼마나 열심히 하는지에 대해. 그리고 구름판이란 단어가 얼마나 아름다운지에 대해. '그러니 제가 가거든 마당에 모래를 깔아주세요. 그리고 하얀색 구름판도 놓아주세요.' 잠시 후 아버지에게 짧은 답장이 왔다. '그래 알았다. 폴짝, 팔짝, 그리고 펄쩍 뛸 수 있게. 지금은 손님이 많아서. 이만.' 아버지의 답장을 읽다 나는 그동안 아버지의 편지를 잘못 읽었다는 것을 알았다. 아버지가 보낸 편지들을 다시 읽어보았다. 편지의 끝은 늘 똑같았다. 이만. 이만. 이만. 나는 늘 그것을 미안이라고 읽었다. 이제 그만하시라고. 그만 미안해하시라고. 아버지의 편지를 읽으면서 나는 늘 생각했다. 나는 웃었다. 의자를 뒤로 젖히고 웃었다. 미안이 아니라 이만이었구나. 이모가 또 현관문을 발로 걷어찼다. 쿵. 쿵. 쿵. 나는 티셔츠와 반바지를 대충 걸쳐 입고 밖으로 나왔다. "현관 비밀번호를 더 쉽게 바꾸었는데도 못 열다니." 나는 현관문을 열어주며 이모에게 말했다. (이모는 비밀번호를 111111로 바꾸었다. 너무 쉬워 아무도 생각하지 못할 거라면서.) "1이 몇 번인지 헷갈려. 다섯 번인지 일곱 번인지." 혀는 적당히 꼬여 있었다. "꿀물." 이모가 소리쳤다. 꿀물을 타는 동안 이모는 소파에 누워 잠이 들었다. 나는 이모를 흔들어 깨웠다. 억지로 꿀물을 먹이고 티셔츠로 이모의 입가를 닦아주었다. 슈퍼맨의 다리가 얼룩졌다. "이모 소개팅 안 할래?" 나는 이모에게 멋진 물리치료사가 있다고 말을 했다. 그러니 술 먹다 넘어져도 잘 치료해줄 거라고. "응." 잠결에 이모가 대답을 했다. 거실 창문을 닫다가 무심코 아래를 내려다보았다. 트럭 한 대가 세워져 있었다. 운전기사가 차 문에 기댄 채 누군가와 전화 통화를 하고 있었다. 나는 미안,이라고 중얼거렸다. 그러고는 이만,이라고 중얼거렸다. 오늘은 이만. 나는 창문을 닫고 블라인드를 내렸다.

느린 공,
더 느린 공,
아주 느린 공

우체부가 초인종을 눌렀을 때, 나는 다섯번째로 샤워를 하는 중이었다. "문 앞에 놓고 가세요." 화장실 문밖으로 고개를 내밀며 나는 소리쳤다. "사인을 해야 합니다." 현관문 밖에서 우체부가 대답했다. 나는 젖은 몸을 닦지도 않은 채 팬티를 걸쳐 입었다. 엉덩이에 팬티가 달라붙었다. 현관문을 아주 조금만 열고는 문밖으로 손을 내밀었다. "주세요. 사인하게." 우체부가 펜을 쥐여주었다. 그러고는 내 손등 위에 자신의 손을 올려놓았다. "자, 이름을 불러보세요. 제가 써드릴게요." 우체부가 이름을 한 글자 한 글자 써내려가는 것이 손끝으로 느껴졌다. 나도 모르게 눈을 감았다. 겨드랑이를 누가 간질이는 것 같은 기분이 들었다. 서명을 하면서 우체부는 이

구역을 담당하던 전임자가 교통사고를 당했다는 이야기를 해주었다. "오토바이가 빗길에 미끄러졌죠. 두 다리가 부러졌어요." 잠시 후 우체부가 다 됐습니다, 하고는 잡은 내 손을 놓아주었다. "물건은 문 앞에 그냥 두세요." 나는 말했다. 엘리베이터 문이 열리는 소리가 들렸다. "운전 조심하세요." 나도 모르게 소리쳤다. "오늘은 비가 오지 않으니까요." 우체부가 대답했다. 다시 샤워를 하면서 나는 이게 다섯번째 샤워에 속하는 건지 아니면 여섯번째 샤워라고 해야 하는 건지에 대해 생각해보았다. 명예퇴직을 하고 나니 매일매일이 심심했다. 신문은 끊은 지 오래였고, 바둑은 둘 줄 몰랐고, 만나는 친구도 없었다. 하루 세끼를 해 먹어도 시간이 남자, 나는 목욕을 하기 시작했다. 어떤 날은 하루에 열 번도 넘게 샤워를 한 적도 있었다. 이 사실을 아무에게도 말하지 않았다. 심지어 딸에게도. 수도 요금도 내 돈으로 내고, 보디 로션도 내 돈으로 사니까. 아니 정확히 말하자면 아내가 들어둔 보험금 덕분이지만. 중환자실에 입원해 있는 동안 아내는 일곱 번의 죽음을 넘겼고, 그때마다 유언을 남겼다. 가족의 생일은 달력에 표시되어 있다고. 비상금은 냉동실 맨 아래 칸에 있다고. 손자를 보거든 애 이름은 딸이 정하게 하라고. 아내는 임신을 하자 하루에 30분씩 전화번호부 책을 읽었다. 어떤 이름이 좋은데? 그렇게 물으면 늘 똑같이 대답했다. 너무 흔한 이름도 아니고, 너무 튀는 이름도 아닌, 그런 이름. 아내가 갓 태어난 아이에게 젖을 먹이며 후보로 뽑아놓은 이름들 중 어느 것으로 결정할까 고민하는 사이, 어머니는 인삼 한 채를 사들고 점집을 하는 이모에게로 갔다. 이모가 정해준 딸아이의 이름은 너무 흔하지도 않고 너무 튀지도 않았지만 아내의 짐작과는 너무 달랐다. 나는 어느 국회의원은 선거 때마다 이모가 정해준 색깔의 넥타이만 맨다는 말을 아내에게 해주었다. 아내의 또 다른 유언들은 이랬다. 짜게 먹지 말 것. 양말을 뒤집어 벗지 말 것. 화장실 변기 물이 새는지 자주 확인할 것. 그리고 통장의 비밀번호는 딸의 생일이지만 3백만 원도 들어 있지 않으니 너무 실망하지 말라는 말도 해주었다. 일곱 번의 유언을 남긴 뒤 아내의 병세는 기적처럼 나아졌다. 일반 병실로 옮겨 조촐하지만 생일 파티까지 했다. 깨끗하게 늙고 싶어. 촛불을 불기 전 아내는 소원을 빌었다. 그리고 한 번에 촛불을 껐다. 촛불을 껐어. 촛불을. 그때, 딸은 박수를 치며 울었다. 위암 말기였지만 어처구니없게 아내는 심장마비로 눈을 감았다. 딸과 내가 병원 정문 앞 분식집에서 순두부찌개를 먹던 그 순간에. 찌개에 들어 있는 미더덕을 먹다 혓바닥을 데어서 나는 장례를 치르는 사흘 동안 음식을 제대로 먹지 못했다. 당연히 아내는 마지막 유언을 남기지 못했다. 나는 여전히 짜게 먹고 양말을 뒤집어 벗었다. 변기 물이 새는 걸 그대로 두어 아래층에서 항의가 들어오기도 했다. 손녀의 이름도 원하는 대로 해주질 못했다. 사위의 작은아버지가 작명

소를 했기 때문이었다. 하지만 아내의 소원만은 잊지 않았다. 깨끗하게 늙고 싶어요. 머리를 감으며 나는 저녁에는 고등어 김치찜을 해야겠다고 생각했다. 사위는 택배를 찾으러 오는 날이면 꼭 소주 한 병을 사왔다. 뭘 그렇게 사는지 일주일에 서너 번은 물건이 배달되었고, 그러면 우리는 스포츠 뉴스를 보면서 소주를 반병씩 나눠 마셨다. 드라이기로 머리를 말린 다음 사위에게 문자메시지를 보냈다. 택배 왔네. 손톱과 발톱을 자르고, 손끝으로 5분 정도 두피 마사지를 했다. 옷장을 열고는 반팔을 입어야 할지 긴팔을 입어야 할지 잠시 고민을 했다. 그리고 현관문 밖에 있는 상자를 가지고 들어왔다. 박스가 커서 무거울 줄 알고 힘을 잔뜩 주었는데, 가벼워서 깜짝 놀랐다.

사위는 10시가 넘어서야 왔다. 나는 사위가 신발 벗는 것을 지켜보다가 구두 좀 닦으라며 잔소리를 했다. "내일 비 온대요. 그러니까 모레 닦을게요." 사위는 부엌으로 가서 냄비 뚜껑을 열어보더니 밥 남은 거 있어요? 하고 물었다. "배 나와." 나는 밥공기에 밥을 반만 담았다. "조금만 더 푸세요." 사위는 소주잔 두 개를 꺼내 식탁 위에 올려놓았다. 소주잔에는 '달리자, 달려'라는 문구가 새겨져 있었다. 사위가 인터넷 쇼핑으로 산 것이었는데 열 개가 한 세트였다. "언젠가는 열 명이 넘는 손님이 찾아올 날도 있을 거예요." 잔을 선물하면서 사위가 말했다. 나는 수저도 열 벌이 되지 않는다고 사위에게 대답했다. 우리는 스포츠 채널을 보면서 술을 한 잔씩 마셨다. 건배는 하지 않았다. 사위가 응원하는 팀과 내가 응원하는 팀은 달랐다. 사위는 프로야구가 창단되던 해부터 지금까지 좋아하는 팀이 한결같았다. 나는 전 시즌에 꼴찌를 한 팀을 응원했다. 그래서 매해 응원하는 팀이 달라졌다. "왜 꼴찌를 응원하세요?" 사위가 내 잔에 술을 반쯤 채우고 자기 잔에는 술을 가득 채웠다. 실은 꼴찌 팀을 응원하는 게 아니라, 우승을 할 수 있는 확률이 가장 낮은 팀을 응원하는 거였지만 사위에게는 말하지 않았다. 사위가 응원하는 팀은 8회 말에 쓰리런 홈런을 쳤고 역전승을 거두었다. 내가 응원하는 팀은 아직까지 경기가 진행 중이었다. 9회 초. 1 대 1이었다. "집사람이 해준 것보다 아버님이 해준 게 더 맛있어요." 딸과 사위가 주말 부부가 된 지 3년이 다 되어간다. 손녀가 학교를 가는 토요일이면 사위가 딸이 있는 곳으로 내려갔고, 손녀가 학교를 가지 않는 토요일이면 딸이 이쪽으로 올라왔다. 한 달에 두 번, 딸이 올라오는 주말에는 외식을 했다. 식당을 선택하는 것은 내 몫이었다. 그 때문에 '동네 맛집'이라는 동호회에 가입을 했다. 대부분은 맛이 없었다. 내가 가장 맛있게 먹었던 음식은 콩나물국밥이었다. 30년도 더 지난 일이다. 계약을 약속한 거래처 사장이 갑자기 연락을 끊자 나는 사장의 집 앞에서 일주일을 기다렸다. 마침내 만난 사장은 나를 처음 보는 사람처럼 쳐다보았다. 내 이름을 말하니, 안경을 벗었다가 손수건으로 닦은 다음 다시 꼈다. "아!" 그게 다였다. 운전기사가 차 문을 열자 사장은 다음에 보세, 하고는 차를 탔다. 그날 나는 낯선 동네의 골목길을 돌아다녔다. 그러다 만난 집이었다. 난쟁이인 노파가 팔던 콩나물국밥. 노파가 뒤뚱거리면서 국밥을 내왔다. 옆 건물에서 망치질을 하는 소리가 들려왔다. 규칙적으로. 심장박동처럼. 꿍. 꿍. 꿍. 나는 그 소리에 맞춰 숟가락질을 했다. 그러자, 한 달 전에 선을 봤던 어느 여자의 얼굴이 떠올랐다. 이름이 뭐였더라? 아무리 생각을 해봐도 이름이 생각나지 않았다. 저녁에 만났는데 차만 마시고 헤어졌다. 이런 나쁜 놈. 밥 먹자는 말도 하지 않고. 나는 국밥에 새우젓 한 숟가락을 듬뿍 넣었다. 짰다. 돌아가거든 그 여자에게 전화를 해야지. 짠 국물을 마시면서 나는 결심했다. 몇 년 후, 아내에게 프러포즈를 하고 난 뒤 국밥집을 찾아갔지만 이미 건물은 철거된 뒤였다. 그때 아내는 죽을 때까지 정해진 시간에 밥을 차려줘야 하는 남자와 살게 되리라고는 짐작도 못했을 것이다. 9회 말에 끝내기 안타가 나왔다. "졌네요." 사위가 말했다. 나는 리모컨을 집어 들었다. 아무 번호나 눌렀다. 각질 제거 양말을 파는 홈쇼핑 채널이 나왔다. "저건 별로 효과가 없더라고요." 사위가 말했다. "참, 택배 온 거는요?" 나는 화장실 문 앞에 놓아둔 박스를 가리켰다. 이번 주는 주문한 게 없는데, 라고 중얼거리면서 사위는 상자를 열었다. 사위가 포장 비닐을 푸는 것을 보면서 나는 택배 때문에 맘껏 외출도 못 한다고 투덜거렸다. 홈쇼핑에 중독된 사위의 물건이나 받아주는 신세가 되었다고. 배달된 물건은 검은색 피리였다. "이젠 별걸 다 사네." 사위가 삐익~ 하고 피리를 불어보았다. "잘못 배달된 물건 같아요. 그리고 장인어른은 어디 갈 데도 없으시잖아요." 사위는 박스 운송장에 씌어 있는 이름을 천천히 읽었다. 그건 형의 이름이었다. 피리를 다시 박스에 넣고 우리는 남은 소주를 두 잔씩 마셨다. 사위는 안주로 고등어를 한 점 집어 먹었고 나는 먹지 않았다. 마지막 잔은 아까워서 네 번에 나눠 마셨다. "내일은 분리수거 하는 날이야." 내가 말했다. "네." 사위가 대답했다. 11시가 되자 사위는 옆 동에 있는 자기 집으로 건너갔다. 나는 자기 전에 피리를 꺼내 한번 불어보았다.

형의 휴대폰으로 전화를 거니 없는 번호라는 안내 음성이 들렸다. 마지막으로 통화를 해본 게 4년 전인가 5년 전인가. 암튼, 그해 가을, 성묘를 하러 갔더니 누군가 나보다 앞서 어머니의 무덤에 절을 하고 간 흔적이 보였다. 나는 바닥에 버려진 담배꽁초의 수를 세어보았다. 여덟 개. 전화를 받은 형은 성묘를 오지 않았다고 거짓말을 했다. 담배 필터에는 잘근잘근 씹은 잇자국이 보였다. 내년 설에는 보자. 그리고 담배 좀 줄여. 형은 어떤 대답도 하지 않고 전화를 끊었다. 그게 마지막이었다. 형과 나는 한 살 차이였지만 동네 사람들 중에서는 우리가 쌍둥이라고 알고 있는 사람도 있었다. 키도 똑같고 왼손잡이라는 것도 똑같았다. 비록 단칸 셋방에서 신혼살림을 시작했지만 어머니는 첫아들의 돌잔치만은 근사하게 해주고 싶었다. 동네에서 그처럼 예쁜 아기는 없었으니까. 어머니가 그래? 하고 물으면 아기인 형은 모든 걸 알아듣는 것처럼 두 눈을 찡그렸다. 스물세 살의 어머니는 돌잔치를 위해 모아둔 돈으로 남편의 장례식을 치러야 했다. 돌잔치는커녕 기념사진도 한 장 찍지 못했다. 장례식이 끝나고 어머니는 형의 얼굴을 들여다보고는 하루 종일 그래? 그래? 하고 물었다. 웃을 때 두 눈이 반달이 되었다. 어머니는 아들의 얼굴을 보면서 웃을 수도 울 수도 없는 게 어떤 것인지를 알게 되었다. 배 속에 또 다른 아들이 자라고 있다는 것을 알았다면 틀림없이 울었겠지만. 나는 택배 상자를 뒤져 보낸 사람의 주소를 찾았다. 전화번호 끝자리가 지워져서 보이지 않았다. 확률이 9분의 1이니 그리 어려운 일은 아니었다. 1로 끝나는 번호로 전화를 걸었더니 어느 여자가 받았다. "잘못 걸었나 봅니다. 죄송합니다." 2로 끝나는 번호는 받지 않았고, 3으로 끝나는 번호는 목소리가 걸걸한 남자가 받았다. "혹시, 형?" 내가 묻자 상대방이 저는 동생이 없는데요, 하고 답했다. 여섯 번째 통화 만에 형과 전화 연결이 되었다. 내가 형? 하고 묻자 응, 하고 대답했다. "피리는, 왜, 보낸 거야?" "심심해서." 형이 소리를 쳤다. 나는 귀에서 전화기를 살짝 떼었다. "단소나, 대금은, 너무, 비싸고." 형은 마치 찻길 건너에 있는 사람에게 말하듯 단어 하나하나에 힘을 주어 말을 했다. "심심하면 뻥튀기나 먹어." 내 말에 형은 웃지 않았다. 내 말이 무슨 뜻인지 잊지 않았다면 틀림없이 평생 뻥튀기 장사나 해먹어라, 라고 대답했을 텐데. 그건 우리가 어렸을 때 자주 하던 농담이었다. 해가 지면 우리는 방바닥에 누워 서로에게 심심해? 하고 질문을 던졌다. 심심해? 그럼, 물이나 마셔. 심심해? 그럼, 파리 다리가 몇 개인지 세어봐. 심심해? 그럼, 손금을 가만히 들여다봐. …… 둘이 나란히 천장을 바라보며 사방이 깜깜해지기를 기다리던 그때. 텔레비전도 없고 라디오도 없어서 오직 나를 웃게 만든 것은 형이 지어낸 수많은 거짓말들뿐이었다. "어제, 원숭이를, 봤어. 동물원에 가서." 형은 그렇게 말하고는 한숨을 쉬었다. 나는 좀 작게 말하라고, 귀가 아파 죽겠다고, 형에게 말했다. "밭 한가운데, 변기가, 버려져, 있더라." 형은 점점 무슨 말인지 알 수 없는 이야기들을 해댔다. 오락실 주인이 되고 싶다느니, 산책을 하다 죽은 새를 발견하고는 무덤을 만들어주었다느니, 이제부터 우리는 하루에 한 끼만 먹어야 한다느니. 나는 오락실 주인이 되든 말든 이제 더 이상 빚은 갚아주지 않겠다고 말하려다 말았다. 죽은 새 무덤을 만들 시간이 있으면 엄마 산소나 한번 가보라고 말하려다 말았다. 그리고 이렇게 물었다. "형, 술 마셨어?"

*

 텔레비전이 고장 나자 형은 하루 24시간이 너무나 길다는 것을 비로소 알게 되었다. 1986년 아시안게임 때 샀던 텔레비전이었는데 가끔 소리가 안 나오는 것 빼고는 그럭저럭 볼 만했다. 공장 문을 닫은 후로 형은 가운데가 푹 꺼진 소파에 누워 하루 종일 텔레비전을 봤다. 최근 몇 년 동안 드라마에서 얼굴을 보이지 않던 여배우가 나와 동남아시아의 어느 나라를 소개하는 여행 프로그램을 볼 때였다. 여배우가 매미 튀긴 것을 들고 눈을 찌푸리던 순간, 갑자기 텔레비전이 꺼졌다. 브라운관 뒤쪽에서 퍽, 하는 소리가 들렸다. 이제 정말 끝났군, 하고 형은 생각했다. 여배우가 매미를 먹었는지 안 먹었는지 궁금했지만 그것 말고는 아쉬울 게 없었다. 형은 자리에서 일어나 창문을 열었다. 어디선가 희미하게 피아노 소리가 들리는 것 같았다. 이사를 오는지 사다리차가 도로에 세워져 있었다. 옆집에서 화장실 물 내리는 소리가 들려왔다. 지은 지 30년이 넘은 낡은 연립은 방음이 잘 되지 않았다. 형은 텔레비전 위에 있던 손지압기를 만져보았다. 2천 원짜리 지압기. 그건 어머니가 죽기 전까지 쥐고 있던 거였다. 어머니가 돌아가신 뒤, 형이 물려받은 것은 지압기와 효자손뿐이었다. 형은 지압기를 있는 힘껏 쥐었다. 손바닥에 바늘 눌린 자국이 났다. 그 자국을 보고 있자니 자신의 손이 자신의 것이 아닌 것처럼 느껴졌다. 중국의 어느 아이는 자신의 손을 뜯어 먹었다는데 그때 기분은 어떤 것이었을까? 형은 텔레비전에 비친 자신의 모습을 보았다. 한 번도 비행기를 타본 적은 없지만, 1년 내내 비가 오는 나라에서 살다 어제 막 귀국한 사람처럼 느껴졌다. 다시 태어나면 여행가가 될 거야, 라고 생각했다가, 다시 태어나는 일은 없을 거라는 생각에 고개를 저었다. 형은 옷을 갈아입고 집 밖으로 나왔다. 봄인 줄 알았는데 막상 나와보니 너무 더워 깜짝 놀랐다. 사다리차가 있던 곳으로 가보니 이사를 오는 중이 아니라 이사를 가는 중이었다. "피아노가 멋있네요." 형은 이삿짐을 정리하는 남자에게 말했다. 잠시 후 4인용 소파가 내려왔다. 침대가 두 개. 책상이 하나. 물건들이 끊임없이 내려왔다. 방 하나 거실 겸 부엌이 하나인 13평짜리 연립이었다. 그곳에 어떻게 저 짐들이 놓여 있었을까. 형은 고개를 들어 5층을 올려다보았다. 저기에는 내가 사는 곳과는 다른 공간이 있는 것일까. 이삿짐을 나르던 남자가 주머니에서 선글라스를 꺼내 꼈다. 형은 골목길을 걷기 시작했다. 겨드랑이에 땀이 배었다. 공장 창문에서 하얀 연기가 새어 나왔다. 정문 쪽으로 돌아가보니 '싱싱 어묵'이라는 현판이 보였다. 바닷가도 아닌 곳에 어묵 공장이 있다니. 형은 입구에 서서 담배를 피우고 있는 사람에게 물었다. "이 어묵이 우리가 아는 오뎅이에요?" 직원이 피식 웃으면서 그렇다고 대답해주었다. "이 동네에서 몇 년을 살았는데 공장이 있다는 건 처음 알았어요." 형은 말했다. 직원이 담배를 시멘트 바닥에 비벼 끄더니 잠깐만 기다리라며 안으로 들어갔다. 형은 회색 바닥에 버려진 담배꽁초를 보았다. 아버지 인생에서 유일하게 잘한 일이 있다면 담배를 끊은 일뿐이에요, 라고 말하던 아들이 생각났다. 직원은 꼬치에 꽂힌 어묵을 하나 들고 나왔다. "먹어봐요. 방금 나온 거예요." 어묵은 따뜻했고 고소했다. "소주 한잔이 생각나네요." "그렇죠? 포장마차에 납품하는 어묵이에요." "눈이 오면 아들하고 포장마차에서 종종 한잔을 했는데." 형은 직원에게 거짓말을 했다. 어묵 꼬치를 먹은 뒤 뒤돌아 나오는데 마치 술에 취한 것처럼 몸이 휘청했다. 형은 어묵 공장을 지나, 삼각 김밥 공장을 지나, 계속 골목길을 걸었다. 3층으로 된 낮은 연립주택을 지나자 논과 밭이 나왔다. 그 밭 한가운데 변기가 버려져 있는 게 보였다. 하얀색 변기였다. 사방으로 트인 곳에 놓여 있는 수세식 변기란 아무짝에도 쓸모없는 물건이었다. 형은 변기가 있는 곳으로 걸어갔다. 그러고는 물을 내리는 꼭지를 한번 눌러보았다. 당연히 물은 내려가지 않았다. 형은 변기에 앉았다. 텔레비전만 한 대 있다면 평생 밭 한가운데서도 살 수 있을 것만 같았다. 고개를 돌리자 거기에 형이 사는 낡은 연립이 보였다. 그 뒤로 해가 지고 있었다. 해가 완전히 지고 난 뒤, 거실 불이 하나 둘 켜지는 것을 보면서 형은 자리에서 일어났다. 돌아오는 길에 집 앞 편의점에서 소주 두 병과 돈가스 도시락과 즉석 북엇국을 샀다. 술을 마시며 옆집에서 들려오는 텔레비전 소리를 들었다. 이상한 하루야! 형은 중얼거렸다.

하지만 그 후로, 술을 마시기 시작하면서, 형은 매일매일이 이상한 하루처럼 느껴졌다. 안방 문과 화장실 문은 손잡이를 아래로 내려야 하는데 베란다로 나가는 문은 손잡이를 위로 올려야 했다. 그 사실을 이제야 알아차린 형은 누군가 몰래 집에 숨어들어와 문고리를 바꾼 게 아닐까, 하는 의심까지 했다. 옆집에 사는 할머니는 휠체어를 타고 다니는데 엘리베이터도 없는 건물에서 어떻게 3층을 오르내리는지도 이상했다. 그 집에서 할머니와 열 살짜리 손자만이 살고 있었다. '메론맛 아이스바'도 작년과는 다른 맛이 났다. 놀이터에는 그네가 없었다. 그네가 없는 놀이터는 생전 처음 봐요, 라고 딸과 놀러 나온 어느 엄마에게 물었다. 그랬더니 미끄럼틀을 타던 아이가 전 미끄럼틀이 없는 놀이터도 봤는데요, 하고 말했다. 연립은 모두 5개의 동으로 되어 있었는데, 102동 옆에 104동이 있고 그 옆에 103동이 있었다. 그리고 조금 떨어진 곳에 101동과 105동이 나란히 마주 보고 있었다. "왜 순서대로 하지 않았어요. 우체부만 힘들게." 경비는 형의 말을 알아듣지 못했다. "어르신 술 드셨어요?" 경비가 물었다. 형은 새소리가 나는 나무 아래에 앉아 한나절을 보내기도 했다. 잎이 무성한 나무는 아니었는데도 새는 보이지 않았다. 형은 엄지손가락보다 작은 새가 어느 구멍에 숨어 있을 거라고 상상을 했다. 그래서 나무 아래에 과자 부스러기를 뿌려놓기도 했다. 며칠이 지나서야, 그게 새소리가 아니라 나무가 바람에 흔들리면서 나는 소리라는 것을 알아차렸다. 나무가 흔들리자 나무를 감싼 삼각형 지지대가 마찰되면서 새소리를 냈던 것이었다. 형은 나무 밑동에 뿌려놓은 과자 부스러기를 찾아보았다. 비가 온 적도 없는데 과자는 흔적도 없이 사라졌다. 형은 길을 걸으면서 새소리가 아니지만 새소리처럼 들리는 것들에 대해 생각했다. 녹슨 대문이 바람에 흔들리는 소리. 연필 깎는 소리. 달걀 프라이 하는 소리. 손톱 깎는 소리…… 하지만 어떤 것도 새소리에 가깝지 않았다. 책가방을 멘 아이 하나가 횡단보도 한가운데 서 있는 것이 보였다. 이미 신호는 빨간색으로 바뀐 뒤였다. 차가 빵~ 하고 경적을 울리더니 아이를 피해 오른쪽으로 움직였다. 아이의 발치 아래에는 초콜릿이 떨어져 있었다. 아스팔트에 초콜릿이 서서히 녹아 흘러내렸다. 형은 그 앞에 쪼그리고 앉아 초콜릿 위에 물음표를 그려보았다. "이거 떨어뜨렸니?" 형이 묻자 아이가 고개를 끄떡였다. "내가 사주랴?" 아이가 고개를 저었다. "술 냄새 나요. 아저씬 나쁜 사람이죠?" 아이가 반대편으로 도망을 갔다. 형은 손가락에 묻은 초콜릿을 빨아 먹었다. 달았다. 나는 죽은 새에게 무덤을 만들어줄 정도로 착한 사람이란다. 형은 그렇게 말하지 못한 것을 후회했다. 심지어 장난감 회사를 운영하기도 했다고. 나쁜 사람은 장난감을 만들 수 없다고 형은 아이에게 말하고 싶었다. 그러다 갑자기 새소리와 비슷한 소리가 떠올랐다. 호두 소리. 호두 두 알을 부딪치면 새소리가 날 것만 같았다. 편의점에 가서 호두를 파느냐고 물었더니 아르바이트 학생이 깐 호두를 건네주었다. 할 수 없이 소주를 사들고 왔다. 술을 마시고 나니 마치 시차 적응을 못 하는 여행자가 된 기분이었다. 그깟 매미 먹는 걸로 호들갑을 떠는 그런 여행자가 되지는 않을 자신이 있었다. 화면이 켜지지 않는 텔레비전을 보면서 형은 매일매일 술을 마셨다. 비가 오면 우산을 쓰고 버려진 변기를 보러 갔다. 눈이 오면 변기에 쌓인 눈을 치우지 않은 채 앉아보았다. 엉덩이가 차가웠고 바지에 둥그렇게 변기 커버 자국이 남았다.

*

피리가 배달된 뒤, 일주일이 지나자, 조약돌 두 개가 배달되었다. 샤워를 할 때 가지고 들어가 비누로 깨끗이 닦았다. 그다음 주에는 호두 두 알이. 그다음 주에는 캐스터네츠가. 나무로 만든 것이었는데 오른손에 끼고 소리를 내보았다. 트라이앵글이 배달되던 날 형에게 전화를 걸었지만 받지 않았다. 딸이 손녀와 같이 올라왔고, 나는 낙지전골을 잘한다는 식당에 전화를 해서 자리 예약을 했다. 손녀는 낙지, 주꾸미, 오징어 같은 음식들을 좋아했다. 딸은 아무래도 올해에는 본사로 올라오기 힘들 것 같다고 말했다. 나는 지난 3년 동안 사위의 허리둘레가 얼마나 변했는지 아냐고 딸에게 물었다. "원래 배는 나왔어요. 그쪽 집안 내력이에요." 딸이 사위의 배를 보면서 말했다. 나는 딸에게 사위가 홈쇼핑에 중독되었다는 이야기는 하지 않았다. 사위가 딸이 보지 못하도록 물건들을 감추어둔다는 것을 알았다. 어떤 물건들은 한두 번도 쓰지 않고 중고로 되팔기도 했다. 갑자기 사위가 자리에 누워 윗몸일으키기를 하는 시늉을 했다. "이래서 내가 자넬 좋아하는 거야." 내가 말했다. 그랬더니 마치 사랑을 고백받은 사람처럼 두 볼이 빨개졌다. "할아버지 이거 마셔." 후식으로 나온 수정과를 손녀가 건네주었다. 한번 빨개진 볼은 집에 돌아올 때까지 가라앉지 않았다. 차에서 내리기 전에 나는 주머니에서 짝짜기를 꺼내 손녀에게 물어보았다. "이게 이름이 뭐더라. 우리는 짝짜기라고 불렀는데." 손녀가 입을 떼기도 전에 사위가 소리쳤다. "캐스터네츠요. 지난번엔 피리더니. 뭐, 악단이라고 만드시게요?" 나는 노후에는 뭐든지 취미 생활을 해야 한다고 대꾸해주었다. 짝. 짝. 짝. 캐스터네츠를 손가락에 끼고 삼삼칠박수를 쳐보았다. 붉어진 볼이 가라앉는 것 같았다. 자기 전에 샤워를 한 번 더 했고, 몸이 으스스한 것 같아 고무주머니에 뜨거운 물을 채워 배 위에 올려놓았다. 조약돌 두 개를 귀에 대보았다. 변기는 뭐고 원숭이는 또 뭐야. 어머니는 형이 어릴 때 배앓이를 자주 해서 우울한 아이가 된 것이라고 말하곤 했다. 형이 우울해지기 시작한 것은 아무리 노력해도 빠른 볼을 던질 수 없다는 것을 알게 된 후였는데도 말이다. 형은 초상집에서 얻어온 떡을 먹은 뒤부터 자주 배앓이를 했다. 그때 양귀비를 구해서 먹였어야 했는데. 어머니는 형이 사업에 실패를 할 때마다 똑같은 말을 되풀이했다. 배가 점점 따뜻해져왔다. 따뜻한 온기가 서서히 퍼져나가는 것 같더니 갑자기 심장 위로 묵직한 덩어리가 내려앉는 것 같았다. 심장마비일까? 나는 하나부터 열까지 숫자를 세었다. 심장은 아무 문제없이 뛰고 있었다. 그제야, 비로소 형이 했던 말이 무슨 뜻인지 어렴풋이 알 것만 같았다. 원숭이. 형과 내가 처음으로 가본 동물원. 동물원이 들어선다는 말을 들은 후, 우리의 소원은 돈가스를 먹어보는 것에서 동물원에 가보는 것으로 바뀌었다. 나는 공작새의 날개가 보고 싶었다. 형은 기린이 보고 싶다고 했다. 멱살을 어떻게 잡을 수 있겠니? 형은 기린만 떠올리면 멱살이란 단어가 저절로 생각난다면서 키득거렸다. 형의 생일날, 우리들은 어머니에게 동물원에 가고 싶다고 말했다. 형은 입장료만 내준다면 스무 살이 될 때까지 생일상을 안 차려줘도 된다고 했다. 나는 형이 입던 옷과 신발을 물려줘도 투덜대지 않겠다고 약속을 했다. 기린은 없었다. 공작새가 날개를 펴지 않아서 한 시간이나 애를 태웠다. 곰도 없었고, 펭귄도 없었다. 화가 난 형은 우리에 갇힌 원숭이를 향해 주먹밥 한 덩어리를 던졌다. 원숭이는 늙고 병들어 보였다. 아이들이 지나가면서 원숭이 우리를 향해 우우 하고 소리를 질렀다. 그러자 한쪽 구석에 앉아서 이를 잡고 있던 원숭이가 벌떡 자리에서 일어났다. 정말로 엉덩이가 빨개, 하고 누군가 말했다. 중학생이 되면서 야구부에 들어간 형이 와인드업을 하며 공을 던지는 시늉을 했다. 저게 우리의 조상이라니. 나도 형의 폼을 흉내 내보았다. 응. 실망스러워. 집으로 돌아온 우리는 그날 저녁을 굶었다. 바나나가 어떤 맛인지 더 이상 궁금하지도 않았다. 형에게 가봐야겠어! 나는 형의 휴대폰에 문자메시지를 남겼다. 그리고 텔레비전을 틀어 스포츠 뉴스를 보았다. 8대 0으로 졌다. 바보 같은 놈들.

초인종을 아무리 눌러도 형은 대답이 없었다. 나는 혹시 열쇠를 찾을까 해서 현관문에 매달린 우유 주머니를 뒤져보았다. 전단지, 껌 종이, 과자 봉지 같은 쓰레기들만이 들어 있었다. 옆집에서 남자아이가 나오더니 그 집은 늘 문이 열려 있어요, 하고 말했다. "저만 아는 비밀이에요. 그 집 아저씨가 열쇠로 문을 여는 걸 한 번도 본 적이 없거든요." 아이의 말대로 현관문 손잡이를 돌려보았다. 정말 문이 열려 있었다. "고맙다. 그런데 학교 안 가니?" "아저씨도 집에서 놀죠? 노는 아저씨들은 꼭 일요일에 학교 안 가냐고 묻더라고요." 그렇게 말하고 아이는 콧노래를 흥얼거리며 계단을 내려갔다. 형은 잠을 자고 있었다. 거실 소파에서. 안방을 열어보니 형이 만들었다가 팔지 못한 장난감이 박스째 쌓여 있었다. 어린이용 자동 배팅 기계였다. 어린이날을 앞두고 무리해서 광고도 했는데 생각보다 잘 팔리지 않았다. 모델은 10년이나 3할 타율을 유지했던 은퇴한 야구선수였다. 그는 공이 자동으로 나온다는 걸 강조했다. 직진과 커브도 조절할 수 있고 무엇보다 휴일이면 잠을 자고 싶어 하는 아빠들이 편히 쉴 수 있다고 말을 했다. 하지만 아이들에게 직접 공을 던져주고 싶어 하는 아빠들이 더 많았다. 어린이날이 되어도 장난감은 잘 팔리지 않았다. 투수였던 형은 공이나 글러브를 팔았어야 했다. 야구 배트를 만드는 공장을 차리는 게 아니었다. 그게 망하자 형은 타격 연습장을 차렸다. 어머니가 평생 번 돈과 내 신혼집 전세금이 들어갔다. 그게 망하자 형은 알루미늄 배트를 만드는 공장을 다시 한 번 차렸다. 그게 망하자 형은…… 도돌이표처럼 무한 반복되었다. 나는 박스 하나를 들고 밖으로 나가 옆집 현관문 앞에 놓아두었다. 잠에서 깬 형은 나를 보더니 다시 눈을 감았다. "꿈이야, 진짜야?" 형이 물었다. "그 이상한 물건 좀 그만 보내라고 왔어." 내가 말했다. 형의 눈은 벌겋게 충혈되어 있었다. "아침 먹자." 나는 아침이 아니라 점심이라고 대꾸를 했다. 세수를 하고 나온 형은 텔레비전 브라운관을 거울 삼아 머리를 빗었다. 로션을 손바닥에 듬뿍 덜더니, 얼굴에 바르고, 머리에 바르고, 마지막으로 발뒤꿈치에 발랐다. 열쇠를 잃어버린 뒤로 형은 현관문을 잠그지 않았다. 너무 오랫동안 집 안에만 있어서 열쇠를 언제 마지막으로 썼는지조차 기억에 없었다. "가져갈 물건도 없고. 도둑이 들어오면 같이 술이나 한잔하지." 형은 옆집에 장난감 상자가 놓여 있는 것을 보고는 아무 말도 하지 않았다. "순두부찌개 어때?" 나는 고개를 끄덕였다. 형은 바지락순두부찌개 1인분과 비지찌개 1인분을 시켰다. 우리는 찌개가 나오기 전에 안주로 소주 한 병을 나눠 마셨다. 설탕을 많이 쓰는 집인지 전체적으로 반찬들이 달았다. 그래도 짠 것 보다는 나았다. 오래간만에 먹어보는 비지찌개였다. 날이 쌀쌀해지거든 돼지 뼈를 넣은 비지찌개를 끓여 사위와 먹어야겠다는 생각이 들었다. 형은 소주 한 병을 더 시켰다. 나는 한 잔을 더 받았다. "이걸로 끝. 난 용량 초과야." 나는 마지막으로 받은 소주를 다섯 번에 나눠 천천히 마셨다. 형은 술 한 잔을 마시고는 밥 한 순가락을 먹었다. 그리고 순두부찌개와 비지찌개를 한 순가락씩 떠먹었다. 순서는 똑같았다. 술, 밥, 순두부찌개, 비지찌개. 다른 반찬은 먹지 않았다. 밥 한 순가락에 술 한 잔씩을 마시다 보니 어느새 소주가 두 병을 넘어섰다. "나는 그래도 꼭 밥이랑 술을 마신다." 형은 그게 뭐가 자랑이라고 이를 드러내며 웃었다. 그러다 갑자기 나 죽으면 육개장 말고 다른 국으로 해다오, 하고 말했다. "비지찌개 같은 걸로. 나는 일회용 플라스틱 숟가락에 육개장 기름이 벌겋게 물들어 있는 걸 보는 게 제일 싫어. 그래서 장례식장엔 안 간다." 형은 순두부찌개 밑바닥에 남아 있는 바지락을 꺼내 조갯살을 발라냈다. 숟가락 위에 열 개가 넘는 조갯살이 올려졌다. 형은 술을 한 잔 마셨다. 그리고 마지막 안주로 바지락을 먹었다. "그럼 숟가락을 다른 걸로 준비할게. 일회용 말고. 쇠숟가락." 내가 말했다.

낮술을 마신 형은 밭 한가운데 버려진 변기에 앉아서 오후를 보냈다. 그게 평소 형의 일과였다. 나는 형을 따라 골목길을 걸었다. 어묵 공장이 나왔고 삼각 김밥 공장이 나왔다. 망한 미용실이 보였는데 누군가 창문을 돌로 깼다. 깨진 창문 너머로 미용실 의자가 보였다. "저 집은 정말 더럽게도 머리를 못 잘라." 형이 말했다. 이왕이면 변기보다는 미용실 의자가 밭 한가운데 버려진 게 더 나을 것 같다는 생각이 들었다. 등받이도 있고 무엇보다 높이 조절이 되니까. 밭에는 아무것도 심겨 있지 않았다. 나는 아무것도 심겨 있지 않은 땅을 밭이라고 부를 수 있는 건지에 대해 생각해보았다. 밭에 버려진 변기가 아니라 공터에 버려진 변기라고 해야 맞는 거 아닌가?

내가 묻자 형이 잡초를 뽑아서 내게 보여주었다. "뭔가 자라잖아." 밭 입구에는 작은 냉장고도 버려져 있었다. 냉장고 문을 열어보았다. 아이스크림의 봉지가 보였다. 손가락으로 눌러보니 빈 봉지였다. 아래에는 소주병 두 개와 찌그러진 캔커피가 있었다. 형이 내게 변기를 가리키면서 앉아보라고 했다. 아무것도 심겨 있지 않은 밭이지만 이랑을 밟지 않도록 조심조심하며 발을 디뎠다. 변기에 앉자 갑자기 배가 아픈 것처럼 느껴졌다. 형과 나밖에 없었지만, 누군가가 몰래 나를 구경하고 있는 것 같았다. 보이지 않는 쇠창살에 갇혀 있는 듯한 기분이 들자 형이 왜 원숭이를 보러 동물원에 갔는지를 알 것만 같았다. "그 애 말이야. 왜 동물 모양이 그려진 티셔츠만 입고 다녔을까?" 우리 반에는 늘 동물이 그려진 티셔츠만 입고 다니는 아이가 있었다. 얼굴은 예쁘지도 않았고 그렇다고 못생기지도 않았다. 눈이 좀 작았다는 것 말고는 아무 특징도 없는 얼굴이었다. 원숭이가 웃고 있는 티셔츠와 원숭이가 바나나를 먹는 티셔츠. 여름이면 늘 그 두 벌을 번갈아 가며 입었다. 날이 좀 쌀쌀해지면 곰이 그려진 스웨터를 입었다. 동물원에서 돌아오는 길에 나는 형에게 그 아이에 대해 이야기해주었다. 다른 옷을 입은 걸 본 적이 없다고. 형, 그 애는 바나나도 먹어봤대. 반 애들이 뚱뚱하다고 놀리면 늘 그렇게 말해. 그때 형은 뭐라고 했던가. "불은 우리가 내지 않았잖아." 형은 밭에서 자갈들을 골라내면서 말했다. 우리가 그 애를 놀린 것은 그저 원숭이 때문이었다. 그 애 때문은 아니었다. 야구부 투수가 된 형이 그 애를 놀리자 다른 여학생들이 따라서 모두 그 애를 놀리기 시작했다. 도시락도 혼자 먹게 된 그 아이는 자신이 무엇을 잘못했는지 죽을 때까지 알지 못했을 것이다. 그 애가 죽었다는 소식을 들은 후 나는 일부러 절뚝이며 길을 걸었다. 어머니가 왜 그러느냐고 물었고, 담벼락에서 뛰어내리다 다리를 다쳤다고 거짓말을 했다. 아프지도 않은 발목에 침을 맞았다. 아파서, 나는 울었다. 그 애가 죽었다는 소식을 들은 후 형은 동네 뒷산에 가서 하루 종일 공을 던졌다. 형만의 비밀 연습 장소였다. 나는 형을 위해 나무와 나무 사이에 담요를 묶어 스트라이크 존을 만들어주었다. 담요 한가운데는 장미가 그려져 있었는데 나는 그걸 어느 집 빨랫줄에서 훔쳐왔다. 형은 하루에 5백 번도 넘게 장미를 향해 공을 던졌다. 공을 던지다 형은 나뭇가지에 새가 앉아 있는 것을 보았고 아무 생각 없이 그쪽으로 공을 던져보았다. 당연히 공은 새를 맞히지 못했다. 그런데도 새가 바닥으로 뚝 떨어졌다. 형은 새를 위해 무덤을 만들어주었다. 국화를 꺾어다가 동그랗게 장식도 해주었고 나무를 잘라 십자가도 만들어주었다. 무덤 앞에 서서 잠시 묵념을 하기도 했다. 새가 가여워서, 형은 울었다. "모든 게 원숭이 때문이야." 나는 형에게 들릴락 말락 한 소리로 중얼거렸다. 그 애의 이름이 무엇이었는지 생각나지 않았다. "거기 앉아 있으면 안 보이는 게 보인다."

형은 북두칠성의 손잡이는 별이 세 개가 아니라고 말해주었다. 어느 날, 잠이 오지 않는 여름날 밤에 보았다고. 두번째 별이 하나가 아니라 두 개라고. 너무 가까이 붙어 있어서 몰랐던 것뿐이라고. "그럼 북두팔성이네." 나는 다시 한 번 북두팔성이라고 발음을 해보았다. 하나도 낭만적이지 않았다. "형, 술에 취하면 뭐가 좋아?" 형은 가만히 나를 쳐다보았다. 그러더니 동그란 자갈 두 개를 골라 내 앞으로 다가왔다. 자갈 두 개를 부딪치자 딱, 딱, 딱 하고 소리가 났다. "새소리 같아?" 나는 새소리 같지 않다고 말해주었다. "새소리라면 이런 거지." 나는 휘파람을 불었다. 형이 들고 있던 자갈을 멀리 던졌다. "맞다. 휘파람을 배우면 되는 거였지." 형이 알 수 없는 소리를 했다. 나는 하마터면 형에게 하루에 다섯 번도 넘게 목욕을 하는 사람이 되었다는 이야기를 고백할 뻔했다. "내가 공을 던질게 받아봐." 형이 밭에 발자국을 남기며 길을 걸어갔다. 투수와 포수의 거리만큼 멀어졌을 때 형은 뒤돌아섰다. 형이 와인드업을 했다. 나는 두 손을 모아 공을 받을 준비를 했다. 형이 왼팔을 휘둘렀다. 형의 손에는 아무것도 들려 있지 않았지만 나는 진짜 공을 받은 것처럼 엄살을 피웠다. "좀 천천히." 나는 형에게 사인을 하는 척했다. 형이 고개를 저으며 사인을 골라냈다. "술에, 취하면, 뭐가 좋으냐고?" 형이 크게 소리쳤다. "술에 취하면 생각이 머리에서 나오는 것 같지가 않아. 발뒤꿈치나 엉덩이에서 나오는 것 같아." 형이 다시 한 번 와인드업을 했다. 형의 자세는 변함없이 멋있었다. 고등학교 2학년 때 형은 에이스였다. 한 경기에서 삼진을 자그마치 열세 개나 잡기도 했다. 형의 최대의 무기는 느린 공이었다. 너무 느려서 아무도 치질 못했다. 형이 공을 던졌다. 나는 그 공이 날아오는 것이 선명하게 보였다. 느린 공이었다. 아주아주 느린 공. 나는 손바닥이 아픈 것처럼 엄살을 피웠다. 그러고는 말했다. "볼이야."

해설

영원히 우연적인 것이 기적을 구원한다

강동호

우연적인, 필연적으로 우연적인

 필연의 사슬에 결박되어 있기보다, 우연이라는 무질서의 너울 위에서 표랑하는 경우가 다반사인 것이 인간의 삶이다. 세계를 예측 가능한 범주 속으로 귀속시키려는 인간은 그 사실을 고집스럽게 외면하고 마치 일상이 질서 정연한 플롯으로 정돈될 수 있다는 듯 살아가지만, 그럴 때마다 우연은 조심스럽게 우리의 평안한 일상으로 다가와 돌연 따귀를 날린다. 이것은 치명타다. 우연이라는 재난에 휩쓸릴 때 더 이상 인간은 세계가 필연적이고 당위적 질서로 움직인다는 맹신을 고수할 수 없으며, 자신의 삶이 어느새 참담하게 망가져버린 것을 뒤늦게나마 자인하지 않을 수 없다. 예를 들면 이런 식이다.

압정은 차 밑에 깔렸는데 다치지 않은 반 아이들이 힘을 합해 차를 들어 올렸어. 거울의 말에 의하면 한 20센티미터 정도는 들어 올렸다고 해. 그러다가 힘이 빠진 아이들이 버스를 놓쳤지. 그 충격으로 압정은 죽었어. "이게 다 밥도 안 처먹고 다이어트만 하는 년들 때문이야." (「어쩌면」, p. 13)

일곱 번의 유언을 남긴 뒤 아내의 병세는 기적처럼 나아졌다. 일반 병실로 옮겨 조촐하지만 생일 파티까지 했다. 깨끗하게 늙고 싶어. 촛불을 불기 전 아내는 소원을 빌었다. 그리고 한 번에 촛불을 껐다. 촛불을 껐어. 촛불을. 그때, 딸은 박수를 치며 울었다. 위암 말기였지만 어처구니없게 아내는 심장마비로 눈을 감았다. 딸과 내가 병원 정문 앞 분식집에서 순두부찌개를 먹던 그 순간에. 찌개에 들어 있는 미더덕을 먹다 혓바닥을 데어서 나는 장례를 치르는 사흘 동안 음식을 제대로 먹지 못했다. (「느린 공, 더 느린 공, 아주 느린 공」, p. 259)

이것은 불행인가? 사람이 죽었으니 정황상 분명 불행이나, 이것은 꽤 이상하고 애매한 불행, 농담 같은 불행이다. "밥도 안 처먹고 다이어트만 하는 년들"이 버스를 놓치는 바람에 발생한 충격으로 사람이 어이없이 비명횡사하고, 병으로 일곱 번이나 유언을 남기던 아내가 기적적으로 살아났으나 참으로 "어처구니없게" 심장마비로 죽어버렸으니 말이다. 이 무슨 황당무계한 일인가, 하는 생각이 들 법도 하겠으나 이것이 윤성희의 소설에서 일어난 일이라는 사실을 알게 된다면 사정이 다소 달라진다. 이 작가의 소설을 한두 번이라도 읽어본 독자라면 이토록 "어처구니없게" 일어나는 우연한 사건들은 그녀의 소설 속 인물들이 맞닥뜨리는 일상의 전모라는 사실을 잘 알 것이다. "첫사랑의 남자가 갑자기 교통사고로 반신불수가 되고"(「매일매일 초승달」), 남편이 잠을 자다가 심장마비로 죽는(「5초 후에」)등 나약한 인간은 차마 감당할 수 없을 것 같은 우연적 상황이 연속해서 아무렇지도 않게 발생한다.

다시 한 번 정색하고 묻자. 이것들은 모두 불행인가? 물론 사건이 일으킨 객관적 파장을 고려하면 그것은 무섭고도 참혹한 불행이다. 그런데 재난처럼 닥친 우연 앞에서 작가는 인물들의 정서적 비통함을 누설하기보다 슬쩍 시치미를 떼면서 상황을 코믹하게 무마시키기에, 우리는 여기서 비극적 카타르시스나 부조리극의 첨예한 자의식 같은 것을 좀처럼 엿볼수가 없다. 오히려 윤성희의 딴청 앞에서는 어쩐지 허허로운 웃음만을 흘리기 쉬운데, 이 작가의 소설이 어딘지 모자란 비극, 그러니까 희극적인 비극의 성격을 지니는 것은 그런 맥락 때문이다. 밀란 쿤데라는 이렇게 말한다. "비극은 우리에게 인간의 위대함이라는 멋진 환상을 줌으로써 위안을 제공한다. 희극은 이보다 혹독하다. 그것은 모든 것이 무의미하다는 것을 노골적으로 폭로한다. 나는 모든 인간적 사실들에는 희극의 요소가 내포되어 있다고 생각한다"(『소설의 기술』). 비극은 인간의 필연적 실패를 보여줌으로써 오히려 그 파산을 의미의 전당에 헌정케 하지만, 희극은 필연성을 지탱하는 의미론적 환상의 기둥 자체를 뽑아버림으로써 인간의 삶이라는 것이 실은 얼마나 형편없이 조악한 지반 위에 서 있는지 깨닫게 한다. 우연이 만들어낸 희극적 상황 앞에서 인간의 삶은 무의미함이라는 사태 속으로 혹독하게 벌거벗겨지는 것이다.

윤성희는 이처럼 모든 '인간적 사실들'에 내장되어 있는 무의미성을 무감하게 드러낸다. 그런데 놀라운 것은 그녀가, 어찌 보면 잔인해 보일 정도로 혹독한 이 우연성을 불가피하게 수용하는 것을 넘어서, 인간의 삶에서 가장 아름다운 일일 수 있다는 태도를 보인다는 사실이다. "우연이란 한 인간이 태어나서 경험할 수 있는 가장 멋진 일이라는 것을 첫사랑에게 배웠다고 적으리라"(「부메랑」, p. 134). 그것뿐인가. 어디선가는 이렇게 직접 고백한 적도 있다. "저는 '어느 날 문득'을 좋아합니다. 어느 날 문득의 세계가 곧 기적과 우연의 세계와 연결된다고 봅니다."[1] 이 작가의 소설에서 많은 인물들이 '어느 날 문득' 사고로 죽거나 상처를 입는 것을 감안하면 그 무슨 사드적 발언인가 싶어 뜨악할 수 있겠으나, 작가의 이 말이 타인의 불행을 은밀히 즐기고 있다는 뜻이 아닌 것만은 분명하다. 이러한 태도가 체념이나 운명주의를 가리키는 일이 아닌 것 또한 명백하다.

이것은 과도한 감정 편향에서 벗어나, 세계에 대한 원한 감정을 증류시킬 수 있는 하나의 쾌적하고도 청신한 정신적 태도를 갖추는 일이다. 말하자면 그것은 도저히 긍정할 수 없어 보이는 인간의 불행과 세계의 무의미성도 긍정할 수 있다는 어떤 순도 높은 정신적 태도를 가리킨다. 이러한 태도는 특별히, 2000년대라는 시대를 아둥바둥 돌파하고 있는 독자에게 불행과 고통에 대처하는 새롭고도 산뜻한 자세가 있다는 것을 깨닫게 했다. 2000년대는 어떤 시대였는가? 소위 더 이상 정치적 전망이 활발히 작동하지도 않으며 전망이 부재하다는 사실을 공표하는 것도 머쓱해진 시대, 그런데도 세상은 변함없이 폭압적이고 인간의 패배와 실패는 계속해서 되풀이되기만 하는 시대였다. 우리는 어째서 계속 불행한가? 역사는 과연 전진하고 있는가? 삶은 살 만한 가치가 있는가? 이 물음들에 답하기 위해 산산조각 난 공동체(80년대적인 것)로부터 그 어떤 희망을 건져낼 수도 없었으며, 이전과 같이 문제적 개인의 위대함이나 내밀함(90년대적인 것) 속으로 대피할

---

1) 윤성희·신형철 대담, 「상상해, 공동체」, 『문학동네』 2010년 겨울호, p. 48.

수도 없다. 이러한 진퇴양난의 국면에서 세계의 비극을 우연성으로 무던하게 받아들인다는 것은 이른바, 세계에 대한 '현상학적 판단 중지'(에포케)를 행하는 것일 거다. 불행을 회피할 수도 부정할 수도 없다면 그것이 누구의 소관인지 밝히는 일을 잠시 접어둘 필요가 있다. 세계는 우연적이고, 이 우연성으로 우리의 삶은 (억세게 운이 좋지 않은 이상) 거의 필연적으로 불행하기 마련이다. 그 무엇도 일어날 수 있는 '가능세계'(라이프니츠)의 총합으로서의 삶을 수용할 때, 세계의 우연성은 비로소 인간의 의식 안에서 필연적인 것으로, 그러니까 필연적인 우연성으로 전환될 수 있다.

말하자면 우연의 필연성을 받아들이는 것은, 불행을 받아들이되 그것에 짓눌리지 않고 불행 이후의 삶을 도모하는 일이다. 윤성희가 90년대적인 내면성의 미학을 초연하게 내어준 대신, 상처 입은 인물들 사이에서 맺어질 수 있는 어떤 새로운 관계의 가능성에 대한 조망권을 확보할 수 있었던 것은 그 때문이다. 첫 소설집 『레고로 만든 집』(민음사, 2000)에서 두번째 소설집 『거기 당신?』(문학동네, 2004)으로 넘어가면서 분명하게 포착되기 시작한 이러한 기미는 『감기』(창비, 2007)에 이르러 미학적으로 더욱 만개하기에 이르렀으며, 『구경꾼들』(문학동네, 2011)에서는 그러한 탐구가 단편의 격자를 넘어 장편으로까지 확대될 수 있다는 것을 훌륭하게 선보였다. 언뜻 보면 무심하고 엉뚱한 농담으로 일관하는 것처럼 보이나, 적지 않은 사람들이 어딘지 모르게 새로운 미학적 공동체의 탄생 조짐을 느꼈고, 덕분에 그녀의 소설에 '선물의 윤리학'(심진경), '공감의 공동체'(류보선) 등의 비평적 레테르가 붙을 수 있었다. 일찍이 볼 수 없던 미세하고 새로운 윤리적·미학적 태도의 개시였다.

선물 주기에서 선물 받기의 윤리로

이 모든 것들이 작가의 우연에 대한 태도에서 비롯되었다고 했지만, 사실 우연을 필연적인 것으로 받아들이는 것은 예상보다 더욱 가혹한 일일 수 있다. 우연의 필연성을 받아들이는 것은 내가 불행하다는 사실뿐만 아니라, 때로는 나 자신이 사소하게나마 우연의 기미가 되어 타인의 고통과 불행을 촉발할 수 있다는 사실까지를 감내해야 하는 일이기 때문이다. 나에게 당면한 고통을 견디는 것은 분명 힘겨운 일이나, 용납할 수 있을지도 모른다. 힘들긴 하더라도 견디면 될 일이고, 삶을 포기하지 않는 한 결국은 견디게 될 것이다. 하지만 (설사 의도가 아니었다고 하더라도) 나 때문에 다른 사람이 돌이킬 수 없는 고통을 안게 되었다는 사실을 견디는 것은 너무 힘든 일이다. 그런 '나'를 용납하는 일은 차마 견딜 수 없는 자책의 늪 속으로 스스로를 계속해 침잠하도록 만드는 일일 것이기 때문이다.

　윤성희의 네번째 소설집 『웃는 동안』에서 우리의 눈길을 끄는 부분은 바로 그러한 대목이다. 타인의 삶을 의도치 않게 일그러뜨렸다는 자책과 부끄러움을 감내하는 인물들이 작품 여기저기서 서성이는 중이다. 윤성희답게 그러한 정념이 표 나게 드러나지는 않으나, 자세히 살펴보면 소설 속 인물들의 개인적 마음의 역사에 어떤 근원적인 상처가 은밀하게 각인되어 있음을 알 수 있다.

　"혼자 죽게 해서 미안하다고 사과했어." 니 탓이 아니야, 하고 말해야 했지만 입 밖으로 말이 나오지 않았다. 어쨌거나 J에게 여행을 가자고 꼬드긴 사람은 Y였으니까. "근데 왜 J는 취소를 안 하고 혼자 여행을 간 걸까?" "그러게. 같이 가기로 약속했으면 같이 갔어야지." 나는 손가락으로 꽃잎을 건드리며 말했다. "그러면 나도 죽었지." Y가 볼에 바람을 넣었다 뺐다. "실은 나, J에게 돈 빌린 거 있었다." "얼마나?" "좀, 많이." 장례식장에서 딸의 사진을 붙잡고 우는 J의 어머니를 볼 때만 해도 나는 그 돈을 갚을 생각이었다. (「5초 후에」, pp. 198~99)

　「5초 후에」의 한 장면이다. 보아하니, 'Y'는 친구 'J'에게 여행을 같이 가자고 제안했으나 어떤 이유에서인지 약속을 지키지 못하고 결국 'J' 혼자 여행을 떠난 듯하다. 공교롭게도

'J'는 그때 사고로 죽게 되고, 홀로 남겨진 'Y'는 그 일로 오랫동안 괴로워한 것으로 보인다. 명명백백 우연이었음에도 불구하고, 그래서 "니 탓이 아니야"라고 제삼자가 애써 위로해도 소용이 없다. 내 탓이 아니지만, 내가 아니었다면 'J'가 죽지 않았을 것이라는 것도 부정할 수 없는 사실이니 말이다. 이것에 대해서라면, 이 작가의 전매특허라 할 수 있는 농담과 '감정 절약'(김영찬)의 기술도 무력하다. "우리가 일부러 화투를 져주었다는 사실을 알게 되면 화가 좀 풀리지 않을까?"라고 짐짓 윤성희식 농담을 던졌던 Y는 "그만하자"고 말하면서 유머가 더 이상 통하지 않는다고 자인한 뒤 "난 사라질 거야"(p. 199)라고 말한다. 심드렁하게 내뱉었지만, 아마도 'Y'는 스스로를 사라지게 하고 싶을 만큼 오랫동안 자기모멸과 혐오가 누적된 삶을 살아야 했던 것인지도 모른다.

윤성희의 이번 소설집에서 유난히 눈에 띄는 것은 의도치 않게 타인의 인생을 훼손했다는 것에 대한 자책과 고민의 시간들이다. 이미 이전 소설집 『감기』에서도 우연히 타인의 일상을 망쳐버렸다는 사실로 죄의식에 시달리는 인물들이 등장하기는 했으나, 자세히 살펴보면 그 괴로움에 대처하는 양상이 다소 다르게 서사화되고 있음을 알 수 있다. 예컨대 이전 작품들 「무릎」 「재채기」 「저 너머」 등에서는 인물들의 죄의식을 유발하게 된 원초적 사건이 영상처럼 눈앞에서 생생하게 고백되고 나서 이를 해결하기 위한 방법으로서 '선물의 윤리학'(심진경)이 능동적으로 행해진다면, 최근작에 이를수록 이러한 속도감 있는 자기 증언은 사라지고 이 죄책감을 해결할 수 있는 방책을 도모하지도 않은 채 그저 수동적으로 괴로워하고 있는 인물들의 심경이 좀더 은밀하게 새겨진다. 이러한 경향은 가장 최근에 발표한 「공기 없는 밤」 「부메랑」 「느린 공, 더 느린 공, 아주 느린 공」(이하 「공공공」) 등의 작품들에 이르러 더욱 분명해지는데, 윤성희의 소설에 익숙했던 독자라면 이러한 묘한 변화에 우선 낯설다는 인상을 받을 가능성이 높다. 이러한 일련의 작품들이 일반적으로 사건들이 빠르게 전개되는 것으로 알려진 윤성희식 소설 스타일을 묘하게 거스르고 있는 것처럼 보이기 때문이다. 물론 여전히 문장과 문장 사이의 연결에 있어서 거추장스러운 수사가 동원되는 법이 없고 곁가지 사건과 사건 사이의 연결이 직선적이지만, 가장 중요한 부분을 담당하는 중심 서사의 전개는 계속해서 지연되고 연기되는 특성을 보인다는 것이다.

이를테면, 「부메랑」을 보라. 이 단편에는 자서전을 쓰고자 하는 한 여자가 등장한다. 그녀는 실패한 삶을 살고 적적하게 늙어가는 외로운 인간이다. 그러던 '어느 날 문득' 자서전을 쓰기로 마음먹는다. 과거의 삶을 교정하고 새로 쓰고 싶다는 생각에서 그러했을 것이다. 때문에 그녀의 자서전에는 있는 그대로의 사실이 씌어져 있기보다 그녀가 원하는 허구의 이야기가 더 많이 적혀 있다. 그러던 그녀가 또 '어느 날 문득'

"10여 년 전에 쓰던 검은색 휴대폰을 찾기 시작한"(p. 123)다. 왜 그랬을까? "낡은 휴대폰이 갑자기 떠오른 이유는 고장 난 선풍기 때문"(p. 123)이라고 말하지만, 진짜 이유를 납득하기 위해서라면 중구난방으로 떠오르는 기억에 난파선처럼 표류하는 화자의 의식을 놓치지 않아야 한다. 애초부터 목적지와 지향점이 분명하지 않은 회상 장면들인지라 더욱 그러했을 텐데, 계속해 이와 동행하다 보면 마침내 그녀의 회상이 어떤 무의식의 심급 주위를 계속 서성이고 있다는 사실이 드러난다. 다름이 아니라, 10여 년 만에 '그녀'에게 "연락을 해온 동창에게 어떤 모욕을 주었는지"(p. 129) 기억이 난 것이다.

커피를 한 모금 마신 뒤 동창은 너희 엄마가 우리 엄마한테 빌려간 돈이 있어, 하고 말을 했다. "틀림없어. 우리 엄마가 죽기 전에 말했어." 그녀는 심호흡을 한번 한 뒤에 지갑에서 10만 원을 꺼내 동창에게 건네주었다. "기미나 수술해라. 얼굴이 그게 뭐냐." 학교 다닐 적에는 쫓아오는 남학생들이 있을 정도로 예뻤던 동창이었지만, 아들이 옥상에서 떨어진 벽돌에 맞고 쓰러져 열 번이 넘는 대수술을 한 뒤로 한순간 늙어버렸다. 그녀는 자서전에 기미나 수술해라, 라는 말을 하는 게 아니었다고 적었다. (p. 129)

어떻게 보면 참으로 사소한 기억에 불과할지 모르겠지만, 왠지 그 미안함이 잘 씻기지 않아 자서전을 쓰다 말고 동창에게 사과하기 위해 전화기를 찾았던 것이다. 그리고 그녀의 전화번호를 찾는 동안 다시 오랜 과거들과 조우한다. 첫사랑에 대한 추억, 칠 년 전의 생일에 대한 회상, 만성 소화불량에 걸려 죽은 외할머니에 대한 기억, 백화점 가판에서 장갑을 훔쳤던 경험, 트럭에 치여 죽은 남편의 이야기, 시아버지와 시어머니에게 받은 상처 등 자신이 감내해야 했던 과거의 불행들을 다시 경험하면서 힘겹게 동창과 연락이 닿는다. 비록 머뭇거리면서 자신이 누구인지 그리고 왜 전화를 걸었는지 밝히지는 못하지만 이 과정에서 '그녀'의 실존적 변화가 감지된다.

우는 동안 그녀는 온몸이 뿔뿔이 흩어지는 느낌을 받았다. 어깨가, 허벅지가, 눈동자가, 귀가, 종아리가 그리고 손가락과 발가락이 공중에 떠다녔다. 어느 추상화 화가의 작품을 보는 듯한 느낌이 들었다. 이걸 손으로 그린 거야. 발로 그린 거야. 그렇게 빈정거리던 자신이 부끄러워졌다. 그제야 그녀는 자서전의 시작이 잘못 되었다는 것을 깨달았다. (pp. 147~48)

윤성희의 이 단편이 마침내 도착하는 결론을 문장 수준에서 찾자면, "자신이 부끄러워졌다. 그제야 그녀는 자서전의 시작이 잘못 되었다는 것을 깨달았다"라는 부분을 가리킬 수 있을 것이다. 실패한 인생을 복구하고 싶다는 마음 하나로 자서전을 써나가던 주인공의 욕망은 예상치 못한 타이밍에 찾아든 과거의 기억으로 휘청거리기 시작한다. 나 자신이 의도치 않게 타인의 삶을 망쳐놓았다는 사실이 우연처럼 날아들 때, 거짓 자서전을 통해 내 삶을 치유하겠다는 바람을 완전히 초과해버리는 어떤 다른 감정, 즉 부끄러움과 마주칠 수밖에 없던 것이다. 이 부끄러움으로 '그녀'는 더 이상 능동적으로 자신의 삶을 새롭게 쓸 수 없다. "온몸이 뿔뿔이 흩어지는 느낌"은 그처럼 '나'를 거짓으로 새로이 조립하려 한 글쓴이의 욕망이 와해되는 순간을 가리킨다.

왜 이렇게 힘겨운 글쓰기를 시도해야만 했는가. 믿으실지 모르겠지만, 이게 다 "고장 난 선풍기 때문"에 시작된 것이다. 그녀의 갑작스러운 회상과 참회는 말 그대로 아주 사소한 계기에서 우연히 시작되었는데, 그러한 사소함과 우연이 결과적으로 '그녀'의 반성을 더욱 진실하게 만들어줄 수 있던 것이다. 어째서 그런가?

우리가 더 이상 반성하는 주체, 참회하는 개인의 진심을 믿을 수 없기 때문이다. 만약 인간이 어떤 과거의 일을 너무 능동적으로 참회하고 있다면, 그/그녀는 어쩌면 충분히 감당할 만한 과거를 다루고 있는 중인지도 모른다. 그러므로 어느덧 완결되어 있다고 생각하는 자신의 삶 안에 형언하기 어려운 수치의 시간이 살고 있다는 사실을 대면하려면 우리는 적극적으로 과거를 기억하고 참회할 것이 아니라, '어느 날 문득'의 수동성 속에서 그야말로 부끄러워 속수무책이 되어야 한다. 참회와 반성의 진정성은 능동적으로 획득되는 것이 아니라, 수동적으로 불가피하게 생겨나는 것에 가깝기 때문이다.

「부메랑」과 짝패를 이루는 단편 「공기 없는 밤」에도 비슷하게 '영화 오래 보기 대회'에 참가한 '김영희'의 회고담이 그려지고 있다. 그의 삶을 간추리자면 이렇다. '김영희'는 어렸을 때 일찍 가출해서 변기 공장의 사장이 된 자수성가한 인물이다. 그러던 그에게 헤어진 여자의 아들이 찾아오면서부터 인생이 어그러지기 시작한다. 여기서도 직접적으로 밝혀지지 않지만, 아마 자신의 인생이 잘못된 건 아들 때문이라고 여겼던지 그는 아들에게 통 아버지의 정을 주지 않는다. 그뿐만이 아니다. 수술비를 빌리러 온 배다른 형에게도 모질게 구는데, 이러한 인색한 삶을 살다가 결국 아들은 죽고 주위 사람들은 떠나, 이제는 홀로 "아들의 사망보험금으로 말년"(p. 119)을 보내고 있다. 이러한 인생의 자초지종이 영화가 상연되는 중간 중간 드러나는데, 나중에는 현실과 영화의 내용이 서로 간섭하면서 과연 어떤 것이 진실인지 모호해진다. 영화를 보는 내내 그는 "묻고 또 물었다. 어디서부터 잘못 되었는지"(p. 107). 아마 실패한 인생을 견디는 것이 쉽지 않았을 것이고, 이를 다시 되돌아보는 것 자체가 괴로운 일이었을 것이며, 무엇 때문에 자신이 이렇게 되었는지 그 자초지종을 이해할 수 없었을 것이다. "그는 할 수만 있으면 필름을 거꾸로 돌려 그 장면을 확인하고 싶"(p. 101)어 한다. 그의 인생은 어디서부터 어그러졌을까? "사생아라고 놀리는 옆집 아이의 코를 부러뜨렸을 때부터 어긋나기 시작했을까? 아니면 배다른 형의 새 신발을 우물에 버렸을 때부터"(p. 118) 어긋났을까. 그는 문득 자신이 부끄러운 과거를 대면하고 있다는 것을 깨닫는다. 그 부끄러움 속에서 그는 이상하게도 자신의 삶이 갑작스럽게 이해되는 순간을 경험한다.

> 이상한 일이었다. 두번째 영화를 보고 나서야 첫번째 영화의 마지막 장면이 이해가 되었다. 그리고 세번째 영화를 보고 나니 첫번째 영화와 두번째 영화가 다르게 이해되었다. 그런 식으로 열 편의 영화들이 겹쳐졌다. (pp. 118~19)

어쩌면 우리의 고장 난 삶이라는 것은 그처럼 때늦은 시기에 우연처럼 생각난 기억 같은 것에 의해 비로소 이해되고 용서될 수 있는 것이 아닐까. 말하자면 적극적인 회고가 아니라, 문득 사소한 일 하나 때문에 돌연 내 의식에 일으켜진 어떤 수동적 정념의 파고로, 망각 속에 잠들어 있었던 타자의 흔적이 되살아나고, 비로소 우리의 삶이 조금이나마 진실해질 수 있는 것은 아닐까.

그렇다면, 이제는 믿을 수 있겠다. 이게 다 "고장 난 선풍기" 때문이라는 사실을, 그리고 그렇게 쓴 작가의 저의를. 그리고 그것이 시간의 흐름 속에서 어느새 빛바래져버린 내 삶 속 타인의 흔적이 여전히 살아 있다는 것을 알리는 우연의 징표, 우연의 선물이라는 것을. 이 선물을 받을 것인가. 우리는 이 물음 앞에서 윤성희에 의해 환기되었던 기왕의 '선물의 윤리학'보다 더 어려운 어떤 윤리적 결단의 순간을 발견한다. 어느 날 문득 우연처럼 자신에게 닥친 불행에 민감하게 반응하는 것을 넘어서, 타인에게 안긴 상처까지도 회생시키는 어떤 불가피한 우연의 순간을 받아들이는 일이니 말이다. 이것을 '선물 주기'에서 '선물 받기'로의 전환이라고 부를 수는 없을까. 때로는 용서를 하는 것보다 용서를 구하는 것이 더 어려운 일이며, 참회할 마음을 아직 다잡지 못했을 때 무조건적으로 내가 용서되었다는 사실을 받아들이는 것이 더욱 감당하기 힘든 것이다. 과연, 「부메랑」에서 '그녀'가 용서를 구하는 전화를 걸었을 때 '동창'이 받지 않았으나, 거꾸로 갑작스럽게 동창에게서 전화가 왔을 때 '그녀'가 더욱 곤혹스러운 선택의 기로에 서게 되었다는 사실은 의미심장하다. 『감기』에서 죄책감으로 타인에게 제공되었던 '선물'은 『웃는 동안』에 이르러 우연이라는 매개를 통해 '부메랑'처럼 나에게 되돌아오는 중이기 때문이다.

이번 소설집에서 윤성희의 소설에서 연대와 공동체에 대한 상상력의 새로운 기미가 가미되고 있다는 사실을 살펴보기 위해서는 바로 이러한 면모를 공유해야 하는지도 모른다. 아시다시피, 윤성희의 소설을 논의하는 데 있어 공동체에 대한 상상력이나 공감의 윤리 같은 개념은 오랫동안 언급되어 왔다. 그러나 그녀의 소설을 읽으면서 공감이나 연대라는 말을 사용하고자 한다면, 조금쯤은 더 신중해져야 할지도 모른다. 자칫 그녀의 소설에서 드러나는 동화적인 색채가 세계에 대한 작가의 일방적 선의와 낙관을 드러내는 것처럼 비칠 수 있기 때문이다. 하지만 그녀의 긍정은 인간이 선험적으로 선하다는 대책 없는 믿음이나, 사람과 사람 사이의 직접적 소통이 한순간에 비약적으로 이루어질 것이라는 어떤 맹신과 분명하게 거리를 두고 있다. 지금껏 살펴보았듯이 그 긍정의 뒤편에는 항상 어떤 고통의 순간과 고독과 침묵의 세계가 고여 있음을 직관하는 일을 동반해야 하니 말이다. 이처럼 우연이 야기한 필연적 불행과 더불어, 타인의 고통에 대한 마음과 자책의 시간이 섞여 있다는 사실로 이번 소설집의 분위기가 이전의 윤성희 소설에 비해 한층 쓸쓸해졌지만, 더욱 성숙해지고 더욱 깊어질 수 있었다. 바야흐로 불가능한 자서전 쓰기라는 윤성희의 독특한 소설 쓰기를 통해 새로운 윤리적 지평에 대한 사유 가능성이 열리는 중이다.

쓸모없는 것의 나눔, 바보들의 공동체

윤성희 소설의 인물들은 사회화 시스템에 철저하게 안주하는 현대인의 관점에서 볼 때, 너무나도 미미하고 어수룩한 나머지 별다른 쓸모가 없어 보이는 왜소한 존재들이다. 실제로 윤성희는 「무릎」에서 "이 세상에서 가장 쓸모없는 것들만을 모아놓은 박물관"(『감기』, p. 212)을 소망한 바 있었는데, 과연 이번 소설집의 어느 대목을 펼쳐도 이러한 쓸모없는 일들에 열중하는 인물들을 쉽게 마주할 수 있다. 인물들은 쉬지 않고 "깡통을 차면서 어디까지 갈 수 있는지 알아보는 중이"(「5초 후에」, p. 191)고, 때로는 "내 소원은 제자리멀리뛰기에서 3미터 기록을 세우는 것"(「구름판」, p. 232)이라고 생각하면서 실로 아무짝에도 쓸 수 없는 제자리멀리뛰기를 줄기차게 연습하거나, 어떤 이는 주파수를 맞출 수 없는 고장난 라디오에 지나친 애착을 갖기도 하며(「어쩌면」), 어느 날 오랫동안 소식이 끊겼던 '형'에게서 피리, 조약돌, 호두 두 알, 캐스터네츠 등 정체를 알 수 없는 사소한 소품들이 배달되는 일이 일어나기도 한다(「공공공」, p. 271). 세계의 모든 것을 편익의 관점으로 사유하는 데 익숙한 똑똑한 현대인들의 생각 같아서는 "그런 쓸데없는 걸 왜 하냐?"(「구름판」, p. 236)고 타박할 수 있겠으나, 거기에는 우리의 각박한 삶을 해방시킬 수 있도록 만드는 어떤 낯선 기미가 숨겨져 있기에, 이러한 미미하고도 쇄말적인 삶이 어느 순간 은은하게 매력적으로 살아서 다가오는 것이라 할 수 있다.

「느린 공, 더 느린 공, 아주 느린 공」은 그런 맥락에서 읽어볼 수 있는, 이 소설집에서 가장 아름답고 먹먹한 느낌을 주는 소설 중 하나다. "명예퇴직을 하고 〔……〕 매일매일이 심심"한 나머지 하루에 "열 번도 넘게 샤워를"(p. 258) 하는 '나'와 고등학교 때는 꽤 잘나가는 야구 선수였으나, 야구를 그만둔 이후로는 야구 관련 장난감 사업을 차렸다가 실패만 거듭했던 '형'의 이야기다. 무료하고도 적적한 노년 생활을 허비하던 '나'와 '형'이 4~5년 만에 재회해서 심상하게 밥을 먹고, 산책을 하며 과거를 회상한다. 얼핏 심심한 일상사가 느리게 상연되는 것 같지만 계속되는 장면들 너머로 어딘지 모르게 쓸쓸하고 애잔함이 드리워져 있다는 사실이 희미하게 느껴진다. 모종의 사연이 있을 법하다. 과연 소설을 계속 읽다 보면 이들이 어떤 상처를 공유하고 있다는 사실이 희미하게 암시된다. 어린 시절 늘 원숭이가 그려진 티셔츠만 입고 다니던 아이를 놀린 기억이 바로 그것이다. "우리가 그 애를 놀린 것은 그저 원숭이 때문이었다. 그 애 때문은 아니었다. 야구부 투수가 된 형이 그 애를 놀리자 다른 여학생들이 따라서 모두 그 애를 놀리기 시작했다. 도시락도 혼자 먹게 된 그 아이는 자신이 무엇을 잘못했는지 죽을 때까지 알지 못했을 것이다. 그 애가 죽었다는 소식을 들은 후 나는 일부러 절뚝이며 길을 걸었다"(pp. 278~79). 한순간의 장난스러운 마음으로, 어수룩한 생각으로 저지른 일이 돌이킬 수 없는 결과를 초래했을지도 모른다. '초래했을지도 모른다'고 말한 까닭은, 엄밀히 말해 소설에서는 그 아이가 어떻게, 왜 죽었는지, 정말 형제들과 관련이 있는지 여부가 명백히 드러나지는 않기 때문이다. 어쨌거나, 그 이후 두 형제는 그 일에 대한 죄책감에 시달리는데, 진정 형이 야구를 그만둔 것과 이 아이의 죽음은 어떤 관련이 있을지 정확히 말할 수는 없으나, 소설을 읽는 독자의 마음에 미세한 파동 같은 것이 일어난다면 그 연유가 바로 저와 같이 언뜻언뜻 스치듯이 드러나는 우리 삶 속의 보이지 않는 맥락 때문이라는 것 정도는 말할 수 있을 것 같다. 그 맥락들은 형이 발견한 "밭 한가운데 (……) 놓여 있는 수세식 변기"처럼 "아무짝에도 쓸모없는 물건"(p. 268)들처럼 보일 수 있지만, 실로 이 쓸모없는 물건들 덕분에 우리는 비로소 삶에 대한 새로운 시야를 확보할 수 있게 된다.

밭에 버려진 변기가 아니라 공터에 버려진 변기라고 해야 맞는 거 아닌가? 내가 묻자 형이 잡초를 뽑아서 내게 보여주었다. "뭔가 자라잖아."(pp. 277~78)

하얀 눈을 맞으며 버려진 선풍기를 보자 그녀는 갑자기 눈물이 돌았다. 내가 이런 사람이 아닌데. 선풍기를 들고 계단을 올라오면서 그녀는 자신도 모르게 중얼거렸다. (「부메랑」, p. 124)

그 누구도 주목하지 않는 '버려진 선풍기'를 보면서 눈물을 흘리는 「부메랑」의 주인공처럼, 평상시에는 너무나도 사소하고 잡초와 같은 존재여서 쉽게 보이지 않았을지 몰라도, 원래 우리 주변을 둘러싸고 있는 쓸모없는 삶, 내버려진 삶, 부끄러운 삶이 실은 인간의 보편적인 삶의 전 국면과 별반 다르지 않다는 것에 대한 자각이 오는 순간이 있다. 바삐 움직이는 이 각박한 현대의 생체리듬상으로는 잘 포착되지 않으나 일상의 주변을 찬찬히 둘러보다 보면, 실은 삶이라는 것이 저처럼 우연적이고, 잔여적이며, 쓸모없는 시간들로 채워져 있음을 깨달을 수 있다는 것이다. 소설의 마지막 장면에 이르러 나와 형이 벌이는 캐치볼은 바로 그와 같은 사실을 끊임없이 되살리고자 하는 어떤 윤리적인 애도 행위처럼 느껴진다.

"내가 공을 던질게 받아봐." 형이 밭에 발자국을 남기며 길을 걸어갔다. 투수와 포수의 거리만큼 멀어졌을 때 형은 뒤돌아섰다. 형이 와인드업을 했다. 나는 두 손을 모아 공을 받을 준비를 했다. 형이 왼팔을 휘둘렀다. 형의 손에는 아무것도 들려 있지 않았지만 나는 진짜 공을 받은 것처럼 엄살을 피웠다. "좀 천천히." 나는 형에게 사인을 하는 척했다. 형이 고개를 저으며 사인을 골라냈다. "술에, 취하면, 뭐가 좋으냐고?" 형이 크게 소리쳤다. "술에 취하면 생각이 머리에서 나오는 것 같지가 않아. 발뒤꿈치나 엉덩이에서 나오는 것 같아." 형이 다시 한 번 와인드업을 했다. 형의 자세는 변함없이 멋있었다. 고등학교 2학년 때 형은 에이스였다. 한 경기에서 삼진을 자그마치 열세 개나 잡기도 했다. 형의 최대의 무기는 느린 공이었다. 너무 느려서 아무도 치질 못했다. 형이 공을 던졌다. 나는 그 공이 날아오는 것이 선명하게 보였다. 느린 공이었다. 아주아주 느린 공. 나는 손바닥이 아픈 것처럼 엄살을 피웠다. 그러고는 말했다. "볼이야."(「공공공」, pp. 280~81)

날아오는 저 "느린 공"이 보이지 않는가? 물론 아무나 다 볼 수 있는 것은 아니다. 작가는 이렇게 말했다. "잊지 말자! 써야 할 많은 이야기들이 허공에 떠다니고 있다는 것을. 눈이 밝은, 맑은, 사람에게만 그것이 보인다는 것을."(『소설가로 산다는 것』, 문학사상, 2011, p. 154) 그런데 보이지 않은 저 공을 보인다고 말하는 "눈이 밝은, 맑은" 사람들은 모두 바보 같은 사람들에 다름 아니다. 그렇지 않은가? 본래 사소한 것들이 불러일으키는 쓸쓸함에 마음 한 켠을 내어줌으로써 일상을 질척이도록 만드는 인간들이란, 영민하게 생존해야 하는 이 경쟁 시대에 참으로 어울리지 않는 어리석은 존재들이니 말이다. 가장 바보 같은 사람이 소파를 갖자는 이상한 내

해설 | 영원히 우연적인 것이 기적을 구원한다

기에서 '민기'가 의도치 않게 이기게 되는 「웃는 동안」의 한 장면은 아이러니하지만, 참으로 의미심장하다.

돈을 마련하기 위해 우리는 전단지를 나눠주는 아르바이트를 하다가, 전단지에 적힌 월수입 5백만 원이란 말에 혹해서 다단계 회사에 들어갔는데, 열두 명의 동창들까지 덩달아 빚더미에 앉게 했다. 그때 우리는 많은 친구들을 잃었다. 우리 넷이 계속 친구가 될 수밖에 없던 까닭은 그래서였다. 다른 친구들이 없었으니까. (p. 77)

"뭐가 좋은지 웃고 있다." 액자에는 우리 넷이 찍은 사진이 있었다. 재작년에 넷이 같이 차렸다가 망한 조개구이집 앞에서 찍은 사진이었다. 아무도 찾아오지 않는 식당에서 우리들은 조개를 구워 먹었다. 손님이 많아 보이기 위해서 둘씩 나눠 앉아서는 서로 모르는 사람처럼 굴기도 했다. 성민이 사진을 한참 바라보다가 액자 위로 수건을 던졌다. 그리고 최종 결정을 내렸다. "민기 승. 소파는 니 거야." (p. 81)

그러나 우리는 때로 너무 똑똑한 나머지 정작 중요한 것을 종종 잊어버리지는 않는가? 인간의 삶이라는 것이 계약과 합리적 교환 관계를 토대로 의미 있는 대상을 공유하는 데에서 시작되는 것이 아니라 더욱 근본적인 무엇, 보이지 않는 그 무엇을 공유하는 데에서 시작된다는 단순한 사실 말이다. 아감벤은 이렇게 말한다. "동일한 재산을 나누는 것을 통해 형성되는 동물의 공동체와 달리 인간 공동체는, 그저 순수한 실존적 공분(共分)을 통한 함께—삶으로 정의되어야 한다. 이것은 그 어떤 대상에도 속박되지 않는 우정, 즉 존재한다는 순수한 사실에 대한 동반적 지각으로서의 우정이다"(조르조 아감벤, 『친구에 대하여 L'amico』). 거듭되는 실패에도 불구하고, 아니 사실은 그 계속되는 실패 덕분에 위 친구들에게 끝까지 남는 것은 그저 넷이 같이 존재하고 있다는 그 느낌뿐이다. 분명 지독히도 망할 텐데 뭐가 그리 좋은지, 웃으며 사진을 찍고 있는 그들은 세상의 눈으로 보자면 참으로 한심하기 짝이 없지만, 이 세계의 그 무엇도 간섭할 수 없을 것 같은 공고함을 지니고 있다는 느낌이 든다. "잘 이해가 안 되거든 저런 바보들, 하고 욕을 해요"(「공기 없는 밤」). 그러므로 이 말은 최소한 윤성희의 소설 속에서는 욕이 아니다. 이 바보들이 구축하고 있는 공동체가 비록 세상을 이길 수는 없겠으나, 그 어떤 세계도 그들의 영역을 감히 침범할 수 없어 보이기 때문이다.

"희극의 진정한 천재는 우리를 많이 웃기는 사람이 아니라 알려지지 않았던 희극의 영역을 들추어내는 사람"(밀란 쿤데라)이라 했던가? 이 말에 혹 곁들어 있을지도 모르는 인간과 삶에 대한 냉소적인 뉘앙스를 걷어내면, 이것은 꼭 윤성희를 위해 준비된 말처럼 들린다. "형이 내게 변기를 가리키면서 앉아보라고 했다"(「공공공」, p. 278). "거기 앉아 있으면 안 보이는 게 보인다"(p. 279). 윤성희 소설도 이런 변기와 같아서, 그녀의 텍스트를 가만히 읽다 보면 우리는 그간 안 보이던 느린 공이 오가는 장면을 볼 수 있게 된다. 그 장면을 통해 유용한 무언가를 나누는 행위가 아니라 보이지 않는 것, 쓸모없는 것, 그런데 가만히 들여다보면 괜히 가슴 한구석을 아프고 부끄럽게 만드는 어떤 것, 그러니까 우리가 저 도저한 우연과 불행의 오욕을 견뎌내면서도 끝내 '살아 있다는 사실'이 지각될 것이다. 작가는 "어느 날 문득의 세계가 곧 기적과 우연의 세계와 연결된다고" 했는데, 이제는 이 말이 무엇을 뜻하는지 조금은 헤아릴 수 있을 것 같다. 참으로 여러 가지 사건들이 스펙터클하게 벌어지고 있는 오늘날의 세계에서, 그중에서도 내가 타인과 함께 '있다'는 사실 이상의 경이로운 기적이 또 어디 있겠는가. 우리 삶에 끈덕지게 달라붙는 유용성의 의미들을 다 걷어내고, 마침내 삶의 가장 밑바닥으로 내려가도 이 사실까지는 감히 부정할 수가 없다. 그렇게 그녀의 소설을 읽는 동안 독자는 사소한 우연이 증여하는 아주 잠깐 동안의 기적 같은 선물을 받으면서, 그 사실을 '어느 날 문득' 깨닫게 될 것이다. 그 기적이 선사한 깨달음 안에서 우리는 어느새 산다는 게 뭐 그리 신나는 일로 가득하다고, 또 다시 바보 같은 표정으로 웃고 있을 것이다.

작가의 말

　네번째 소설집의 제목을 『웃는 동안』으로 정한 것은 오래전이다. 세번째 소설집을 막 출간했을 때쯤. 그땐 「웃는 동안」이란 단편을 쓰기 전이었고, 동일한 제목으로 단편을 쓰게 되리라고도 생각하지 못했다. 그저 앞으로 쓸 단편들에 웃는 장면을 하나씩 넣어주고 싶었을 뿐이었다. 주인공들에게 웃는 동안만이라도 아주 먼 곳으로 여행을 다녀온 기분을 느끼게 해주고 싶었다. 어떤 소설에는 웃는 장면이 있고 어떤 소설에는 없지만, 여기 들어가 있는 모든 소설을 쓰는 동안 나는 자주 웃었다. 즐거웠다.

　「어쩌면」은 죠스바를 먹다 죽으면 어떻게 될까? 하는 생각에서 출발했다. 쓰는 시간보다 네 명의 여고생들과 노는 시간이 더 길었다. 이 귀신들 덕분에 한동안 내 머릿속이 시끄러웠다. 이 소설을 쓴 뒤, 일 년 넘게 소설이 잘 풀리지 않았다. 귀신이 나오는 이야기는 그만 쓰라는 말을 너무 많이 듣기도 했고, 매년 서너 편의 단편을 쓰다 보니 좀 지치기도 했다. 「**5초 후에**」라는 단편이 좀 어수선한 이유는 그래서일 것이다. 욕심이 앞섰다. 어깨에 힘이 너무 들어갔다. 그래서 반성하는 의미로 「**웃는 동안**」을 썼다. 시 쓰는 K 선배가 내게 극장에서 소파를 훔치던 이야기를 해주었고, 나는 그걸 언젠가 소설로 쓰리라 마음먹었다. 소설이 잘 안 풀릴 때, 슬럼프 비슷한 것이 찾아올 때, 그때를 위해 아껴두었던 이야기였다. 쓰다 보니 이 친구들에게, 「웃는 동안」이라는 제목을 선물해주고 싶었다. 「**소년은 담 위를 거닐고**」는 서울에 관한 테마 소설집에 수록된 소설이다. 서울에서 한 번도 안 살아봐서 소설이 이렇게 되었다고 변명하고 싶지만…… 이미 늦었다. 사라진 육교와 구멍가게 들에 대해 쓰고 싶었다. 제목은 신동옥 시인의 시 「별들의 옷」을 읽다 떠올렸다. 시에 나오는 구절은 이렇다. "소년과 고양이는 한사코 담장 위를 걷지." 초등학생 때 나는 담장 위를 걷는 걸 좋아했다. 양팔을 뻗고 담을 걷는 기분. 그 기분을 소설 속 주인공들에게 선물해주고 싶었다. 「**매일매일 초승달**」 이 소설은 소매치기로 평생을 살아온 할머니가 관절염에 걸리면 어떻게 될까? 이런 쓸데없는 생각을 하다가 쓰게 되었다. 첫줄을 썼다 지웠다 반복하다 보니, 혼자 소매치기를 하는 것보다는 자매들이 같이 하는 게 더 재미있을 것 같다는 생각이 들었고, 그래서 다른 이야기로 바꾸었다. 원래 마음에 둔 제목은 '매일매일 초생달'이었는데, 표기법에 맞춰 변경했다. 주인공의 나이를 생각하면 초승달이란 말보다 초생달이란 말을 더 자연스럽게 썼을 것 같았고 그래서 표기법이 틀린 걸 알면서도 '매일매일 초생달'이라는 제목을 고집했다. 하지만 시간이 지나 생각해보니 나 혼자만의 고집처럼 느껴졌다. 이 단편을 발표한 후 장편 연재를 시작했고 그래서 일 년 정도 단편을 쓰지 않았다. 「**공기 없는 밤**」을 쓸 땐 두려운 마음도 있었다. 등단한 이후로, 일 년 이상 단편 쓰기를 쉬어본 적이 없었기 때문이었다. 영화 오래 보기 대회에 나가는 할아버지 이야기는 오래전부터 쓰고 싶었던 것이었다. 그사이 몇 번 시도하다 실패하기도 했다. 「공기 없는 밤」을 쓰고 나니 뭔가 아쉬운 마음이 들었고 그래서 비슷한 소설을 한 편 더 쓰고 싶어졌다. 그러던 중, 오래된 선풍기를 청소하다가 가짜 자서전을 쓰는 여자가 떠올랐다. 선풍기를 청소하는 데 두 시간이나 걸렸다. 선풍기를 다시 조립한 뒤, 책상으로 가 소설을 쓰기 시작했다. 「**부메랑**」이 그것이다.

「**눈사람**」은 신문 기사를 보고 떠올린 소설이다. 일본의 최고령자가 실은 오래전에 죽은 사람이었다는 기사였다. 죽은 뒤 방에 갇힌 유령을 상상하게 되었다. 또 귀신 이야기야! 라는 말을 들을 것이 뻔했지만 그래도 쓰고 싶었다. 세상의 모든 소리를 듣게 되는 유령으로 만들어주고 싶었는데, 그 섬세한 소리를 표현해내는 일이 내겐 역부족이란 생각이 들었다. 내 문장은 눈 내리는 소리를 담아내지 못할 정도로 투박했다. **「느린 공, 더 느린 공, 아주 느린 공」**을 쓸 당시 나는 자주 산책을 했다. 어떤 소설이 될지는 모르겠지만 그저 아주 느린 공 같은 소설을 쓰고 싶다고 생각했다. 쓰다 막혀도 초조해하지 않고 가만히 기다렸다. 그러다 한 줄. 그렇게 썼다. 나이 든 주인공이 나온 소설을 연거푸 썼더니 좀 지루해졌다. 다시 소년이나 소녀가 나오는 소설을 쓰고 싶어졌다. 폴짝, 팔짝, 이런 단어에 어울리는 소설을 쓰고 싶었고, 한 달 정도는 매일 폴짝, 팔짝, 이렇게 중얼거리며 다녔다. 그렇게 해서 제자리멀리뛰기를 하는 소년이 내게 왔다. **「구름판」**이라고 제목을 정하고 보니, 그냥 이 소설이 좋아졌다.

작가의 말이 길어졌다. 자신감이 없어질 때 말이 길어지는 법인데. 그렇게 보이더라도, 이번 작가의 말에는 열 편의 소설들을 하나하나 호명해주고 싶었다. 문장이 되기 전에 내게 찾아왔고 문장이 된 후에도 내게서 떠나지 않은 사람들이 열 편의 소설 안에 와글와글 모여 있다. 그들은 사소한 계기로 나에게 와서 내가 생각하지 못한 방향으로 흘러갔다. 내가 한 일이라고는 그들이 움직일 수 있도록 그저 매일 썼다 지우는 행위를 반복하는 것뿐이었다. 나머지는 그들 스스로 알아서 했다. 고맙다. 내 문장이 그들의 삶을 따라가지 못해 미안하다.

2011년 12월
윤성희

수록 작품 발표 지면

어쩌면 『세계의 문학』 2007년 가을호
매일매일 초승달 『현대문학』 2009년 6월호
웃는 동안 『문학수첩』 2008년 겨울호
공기 없는 밤 『문학동네』 2010년 여름호
부메랑 『대산문화』 2010년 가을호
눈사람 『작가세계』 2010년 겨울호
5초 후에 『문학과사회』 2008년 가을호
소년은 담 위를 거닐고 〔테마 소설집〕『서울, 어느 날 소설이 되다』(강, 2009)
구름판 『문학과사회』 2011년 가을호
느린 공, 더 느린 공, 아주 느린 공 『문예중앙』 2011년 여름호

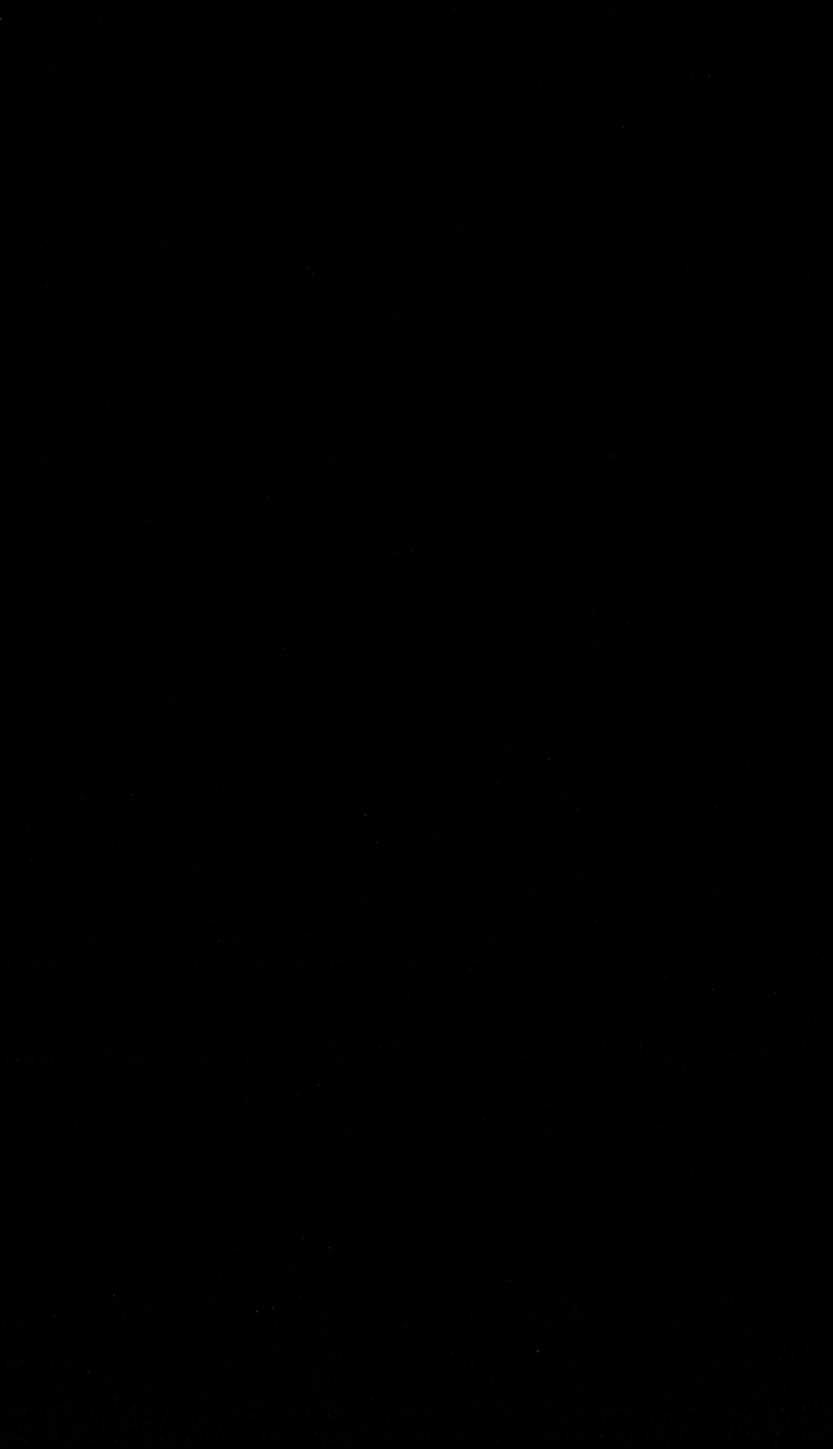

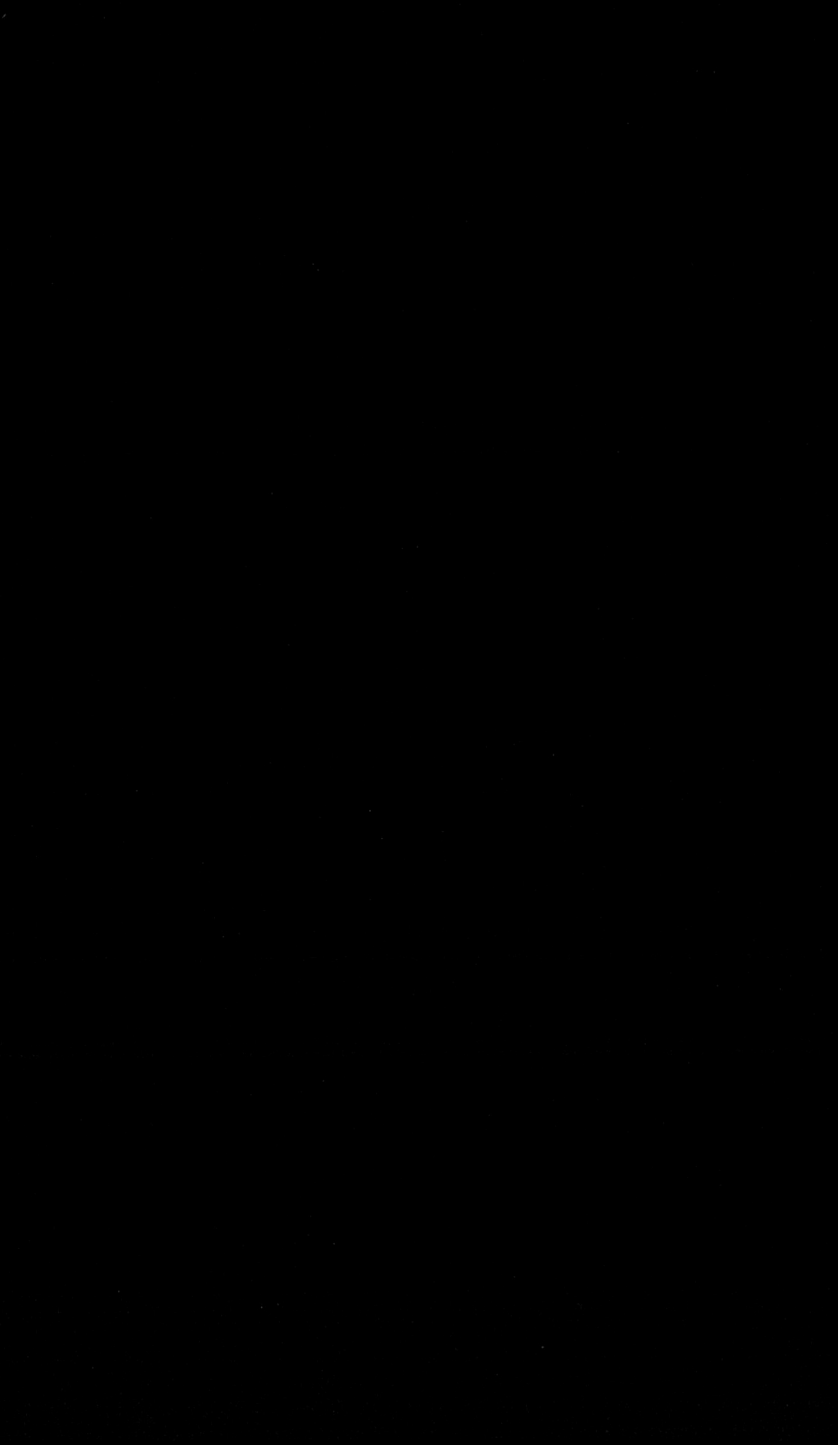